Martin Beyer

Elf ist eine gerade Zahl

Martin Beyer

11 IST EINE GERADE ZAHL

Roman

List

MIX
Papier | Fördert gute Waldnutzung
FSC® C014496
www.fsc.org

PRODUZIERT MIT VERANTWORTUNG

List ist ein Verlag
der Ullstein Buchverlage GmbH
www.ullstein.de
ISBN: 978-3-471-36085-9

Bei Fragen zur Produktsicherheit wenden Sie sich bitte an
produktsicherheit@ullstein.de
Gesetzt aus der Century Schoolbook, Aldus Nova und Kapra Neue
Satz: Savage Types Media GbR, Berlin
Druck und Bindearbeiten: GGP Media GmbH, Pößneck

Sonntag

Wer das Konzept der Selbstfürsorge erfunden hat, muss ein hinterhältiger Mensch gewesen sein. Denkt Katja, während sie durch den Stadtpark läuft. Der Frühling ist da. Immerhin. Die Kirschbäume tragen jedenfalls Blüten. Eine junge Frau posiert vor der rosaweißen Kulisse und lässt sich von ihrem Freund fotografieren. Sie stemmt die Hände in die Hüften, dreht und wendet sich, bald lächelt sie, bald ist sie ernst. Seit diesen Topmodelsendungen haben das so viele drauf. Katja ist in diesem Moment froh, dass sich ihre Tochter nicht für so etwas interessiert. Nur ein verpasster Trend ist ein guter Trend.

Sie denkt daran, doch noch Blüten zu sammeln, Knospen und Äste und Blätter für ihre Schülerinnen und Schüler, damit das Frühjahr nicht nur ein Arbeitsblatt für sie ist. Und vor zwei Wochen hätte sie das gemacht, hätte sie ihre Sammeltasche dabeigehabt, zu Hause die Handpresse von den Herbstblättern befreit und losgelegt. Vor zwei Wochen, zwei Wochen ist verdammt lang her.

Der Wind hält still. Drüben spielen zwei Jungs Federball, andere hocken auf der Tischtennisplatte und lassen Blüten auf sich niederregnen. Ein Beagle wetzt einem Ball hinterher, die Amselmännchen lassen ihre Stadionhymnen erklingen. Das nimmt sie alles wahr, doch seltsam gedämpft, eine unsichtbare Wand zwischen ihr und dieser Welt. Sie bleibt stehen, streckt die Hand aus, als könne sie die Grenze ertasten, aber da ist nichts. »Du musst diese Gelegenheit unbedingt nutzen und was für dich machen! Die nächsten Tage werden anstrengend genug.« Danke, Ellen, dass du mir das eingeredet hast. Sie kann keinen Schritt weiter, setzt sich auf eine Bank. Irgendein Werbeschild direkt gegenüber. Willkommen in unserem weitläufigen, extra für die Landesgartenschau angelegten Park. Schauen Sie, schauen Sie! Azaleen! Chrysanthemen! Der Japanische Lebkuchenbaum! Nein, sie möchte nicht mehr schauen. Sie schließt die Augen und atmet in kurzen Schüben, als wäre sie gerannt. Es soll ja Füchse in der Stadt geben, denkt sie. Hier im Park. Warum habe ich nie einen gesehen. Das wäre etwas anderes als diese hechelnden Hunde, die immer gleich ein Leckerli wollen, wenn sie mal einen Ball gefangen haben. Sie öffnet die Augen wieder, es tut ungleichmäßig weh. Nur nicht an morgen denken, nur nicht daran denken.

Ein junger Typ rückt an. Er setzt sich neben sie auf die Bank, Kopfhörer im Ohr, er zieht geräuschvoll die Nase hoch, sein Körperspray eine Giftwolke. Dann zückt er das Handy und spricht in das Gerät: »Ich kann nie in dieser Stadt sein, ohne ein Psycho zu werden. Ich meine, keine Ahnung, die Leute lassen sich hier am helllichten Tag ...«

Sie kann weder Vortrag noch Geruch ertragen, steht auf und geht weiter. Auf dem Basketballfeld ein Gedränge, vor dem Café sitzen die Sonnensüchtigen, in Decken eingewickelt, eine Schlange vor dem Eisstand. Niemand, der an ihr vorbeigeht, lächelt sie an. Könnte doch mal jemand machen und mich in meiner Selbstfürsorge bestärken. Du musst dich entspannen. Du musst runterkommen. Du musst den Akku aufladen. Du bist selbst dran schuld, wenn du das nicht schaffst.

Der Frühling ist noch ein schüchterner Kandidat. Schnell hat er sich wieder hinter den hohen Bäumen versteckt, der Park verschattet sich. Wind kommt auf. Sie schaut nach oben, dunkle Wolken rollen heran, senken sich herab. Ihr wird kalt. Sie holt die Mütze aus der Tasche, zieht sie auf und tief ins Gesicht. Blick auf das Handy: Hat sich Paula gemeldet? Nein, sie wird noch bei Marlon sein. Ihre Hände gleiten tief in die Schlitze des Dufflecoats, sie hebt die Schultern an und denkt: Abbruch. Das reicht. Aufgeladen wird heute nichts mehr, am wenigsten ich selbst.

Der Rückweg ist immer weiter und länger als der Hinweg, das scheint ein uraltes Gesetz zu sein, denkt sie. Irgendwann steht sie vor dem Mehrfamilienhaus, fröstelnd und schwitzend zugleich, und jetzt würde sie sich am liebsten mit einem Glas Wein belohnen, weil sie sich so schön um sich selbst gekümmert hat.

*

Paula hat sich Fertiggnocchi auf Tiefkühlsommergemüse zum Abendessen gewünscht. Katja holt den Beutel aus dem Gefrierfach, den anderen aus dem Kühlschrank. Schaltet das Küchenradio ein, schaltet es aus. Setzt sich, blättert die Prospekte der Supermärkte durch, ohne überhaupt etwas wahrzunehmen. Wo bleibt sie denn? Aber wenn ich ihr eine Nachricht schicke, wird sie entweder gar nicht antworten oder so etwas schreiben wie: *Ich bin übrigens kein Baby mehr.*

Als die Küche im Schatten liegt und Katja dreimal überlegt hat, das Licht anzuschalten, und diese Idee dreimal verworfen hat - zu mühselig, das Licht ist viel zu grell -, ist ihre Tochter zurück.

»Warum sitzt du hier im Dunkeln?«, fragt Paula.

»Ich find das gerade ganz angenehm.«

»Okay?!« Paula öffnet den Kühlschrank und holt sich den Traubensaft heraus. Sie öffnet die Flasche und riecht daran. Mischt sich eine Schorle.

»Wie war es mit Marlon?«

»Ganz gut.«

»Worüber habt ihr denn gesprochen?«

»Über viel.«

»Viel?«

»Ja, alles Mögliche.«

»Verstehe. Hast du Hunger?«

»Nicht so. Ich geh in mein Zimmer.«

Jetzt ist der Zeitpunkt gekommen, denkt sie, da ein Glas Wein überfällig ist. Sie sucht und findet ihn nicht, der Wein ist aus. Sie kocht sich stattdessen einen Kaffee. Vergisst, ihn zu trinken. Sitzt einfach nur so da, am Küchentisch. Wollte sich Notizen machen, ihre Fragen aufschreiben. Also gut, wenigstens das wirst du noch hinbekommen. Doch wenn sie an den morgigen Tag denkt, breitet sich von den Rändern des Bewusstseins ein Schatten aus und legt sich über jeden ihrer Gedanken, vernebelt die Sicht. Sie kann nicht denken, nur fühlen, und dieses Gefühl ist ein Gast, der nicht lange wartet, der einem die Tür einschlägt, sich breitmacht und sich nur schwer wieder vertreiben lässt. Trotzdem schreibt sie etwas auf den Zettel, *1., 2., 3.*, aber hinter diesen Punkten bleibt das Blatt leer, und der Gast fängt an, die Stühle umzuwerfen, und bringt Glas zum Zersplittern, und es ist ein ungeheurer Lärm in ihrem Kopf.

*

Später schleicht sie sich vor Paulas Zimmertür und lauscht. Es ist kein Laut zu hören. Wie oft du vor einer verschlossenen Kinderzimmertür stehst, denkt sie. Das Kind ist krank und du hörst, ob alles in Ordnung ist. Das Kind war wütend und hat sie zugeschlagen. Und wie oft du durch die Tür mit deinem Kind sprichst. Darf ich reinkommen? Komm doch raus! Ist alles gut? Sie klopft und fragt, ob sie jetzt Essen machen soll.

»Okay.«

»Okay?«

»Okay.«

*

Katja stochert im Essen, Paula stochert im Essen. Dreimal hat sie versucht, ein Gespräch zu eröffnen, dreimal hat Paula sie abblitzen lassen. Sie könnte es ein viertes Mal versuchen, niemand hindert sie daran, doch die meisten Sätze sind längst zu Phrasen geworden.

Du schaffst das. Wir stehen das zusammen durch. Kopf hoch, du bist doch eine Kämpferin. Was soll sie denn noch sagen, was sich nicht wie eine Superheldenparole anhört? Oder, noch schlimmer, nach einer versteckten Aufforderung: *Du wirst dir doch wenigstens Mühe geben, oder?*

Paula hustet, was ist das für ein Husten, vielleicht hat sie sich nur verschluckt.

»Hör auf, mich so anzusehen.«

»Wie sehe ich dich denn an?«

»Hatte nur nen Frosch im Hals.«

»Wollen wir noch was wegen morgen ...«

»Ne, lass mal. Ist schon gut.«

Sie räumt das Geschirr ab, sie kratzt das Essen mit der

Gabel von den Tellern in den Behälter für Biomüll. Da fällt ihr ein, dass sie das Essen hätte aufheben können, für morgen. Für sich selbst. Selbstfürsorge. Sich die Dinge leichter machen. Stress vermeiden. Scheiße. Scheiße. Scheiße.

»Den Fuchs muss ich unbedingt noch einpacken«, sagt Paula plötzlich. »Wo hast du ihn denn hingetan?«

Der Stofftierfuchs liegt im Kleiderschrank, oberes Regalfach, hinter der Bettwäsche. Katja steht in der Küche, den schmutzigen Teller in der Hand, und bewegt sich nicht mehr. Auch ihre Gedanken und Gefühle bewegen sich nicht mehr.

»Was hast du denn?«, fragt Paula.

Mit einem Ruck kehrt sie zurück aus einer irrsinnigen Entfernung. »Ach, nichts. Ich hatte nur so sehr gehofft, dass wir ihn nie wieder brauchen werden.«

*

Später steht sie vor dem Küchenfenster und sieht zu, wie Regentropfen an der Scheibe herunterlaufen. Wenn ich schon nicht schlafen kann, dann halte ich wenigstens Wache und behüte ihren Schlaf. Katja steht regungslos, sie kann nicht weg. Aber wo willst du auch hin?

Gegenüber flackert blaues Fernseherlicht. In einem anderen Fenster steht eine alte Frau im BH und wäscht sich mit einem Lappen unter den Achseln. Frau Pavlovic, die Unverwüstliche. Zwei Hüftoperationen, trotzdem zieht sie jeden Tag ihre Kreise durch das Viertel. Sie muss schon der Blitz treffen, um damit aufzuhören, das sagt sie selbst und kichert leise dabei. Die schöne Studentin mit der Wasserwelle trotzt dem Regen und geht mit ihrem Mischling Gassi.

Die Frisur unter die Kapuze gequetscht, wie schade. Der Schleichweg zum Stadtpark ist mit den neuen LED-Laternen hell ausgeleuchtet. Keine Schatten. *Damit sich unsere Bürgerinnen und Bürger sicher fühlen.*

Wie oft du an einem Fenster stehst und schaust, denkt sie. Früher schon, als du selbst noch ein Kind warst. Zwiegespräche mit dem Kastanienbaum, auf den Alfred so stolz war. Der Wechsel der Jahreszeiten, und auch deine Wünsche haben gewechselt, manchmal von Tag zu Tag. Wie oft du an einem Fenster stehst, noch immer, als sogenannte Erwachsene. Es ist kurz nach der Trennung, kurz nach dem Umzug, stundenlang wirft Paula den Ball gegen die Mauer und fängt ihn wieder. Manchmal fährt sie mit dem Nachbarkind Roller, meistens streiten sie. Du siehst ihr nach, wie sie losläuft, ohne dich, das erste Mal, das zweite Mal. Nur zur Schule, zum besten Freund. Ein Radius von fünfhundert Metern, und dir kommt es jedes Mal so vor, als ginge sie in das große weite Land jenseits der purpurfarbenen Flüsse, wo alles passieren kann. Alles ist möglich, auch das Schlimme.

Katja atmet flach, öffnet das Fenster, reißt es ganz auf. Sie bekommt etwas ab vom Regen, spürt ihn auf dem Gesicht, auf den Händen. Atmet ein und aus. Die Luft ist kühl und klar. Ein paar Tropfen fallen auf den Zettel, auf das Blatt. Es liegt auf der Fensterbank. *1., 2., 3.* Dahinter steht noch immer nichts.

*

Später, als der Regen längst aufgehört hat, schaut sie noch immer hinaus. Im Haus gegenüber brennt kein Licht mehr. Ganz still ist es nie. Irgendwo brummt immer ein Motor, wird eine Tür zugeschlagen, bellt ein Hund. Auch die neuen Laternen schalten sich irgendwann ab. Die Schatten kommen zurück, breiten sich aus. Wir sind nicht mehr sicher, denkt sie. Die restlichen Tropfen auf der Scheibe, innen und außen. Sie berührt sie mit dem Finger, einen nach dem anderen, bis sie sich aufgelöst haben.

*

Noch später, die Lider sind so schwer. Im Stehen einschlafen, geht das? Fällst du dann einfach um? Aber sie will nicht schlafen, kann es nicht. Die Schatten haben fast alles eingehüllt da draußen, die Nacht hat gewonnen. Akzeptiere es und geh endlich ins Bett. Doch sie harrt weiter aus, denn es muss etwas kommen. Wunder sind auch eine Frage der Ausdauer.

Die Sache mit dem Park und den Füchsen. Ellen hat ihr das Foto aus der Zeitung gezeigt. Warum bekomme ich nie einen zu Gesicht? Sie beschließt, so lange zu warten, bis sie einen entdeckt. Es kommt ihr so vor, als würde etwas davon abhängen. Bald kommt es ihr so vor, als würde *alles* davon abhängen. Ein Zeichen, ein Wunder, ein Versprechen. Genau das, was wir jetzt brauchen.

Sie zuckt zusammen, Sekundenschlaf? Aufhören, Schluss damit. Sie geht ins Schlafzimmer, das Deckenlicht trifft sie hart. Katja stellt einen Stuhl vor den Schrank, steigt hinauf und schiebt die Bettwäsche zur Seite. Ein orangegrauer Zipfel, sie zieht daran. Etwas Zerrupftes kommt zum Vorschein. Alles andere als ein Wunder, denkt sie. Im Grunde ist es nur ein Trick, von dem sie nicht weiß, ob er noch einmal funktionieren wird.

Montag

Warten und Schweigen. Das ist alles, was wir tun. Katja reicht es, sie steht auf und geht ans Fenster. Blick auf den Innenhof der Klinik. Sie sagt: »Ich glaube, die Wolken verziehen sich gerade. Könnte doch noch ein sonniger Tag werden.«

Keine Antwort.

Alle Wörter werden von Paula umgehend zurückgeschickt, Empfängerin verweigert die Annahme. Und von sich aus sagt sie nichts, fragt nichts, möchte sich an nichts mehr erinnern. Sie könnten etwas miteinander spielen. *Uno!*, *Schach*, *Trivial Pursuit* (junior edition), *U-Bongo*, so was hatten sie damals beim ersten Chemo-Block mitgenommen. Damals, wie das klingt, es ist noch nicht so lange her. Gestern, als sie Paulas Tasche packte und ihr *Skip:bo* hinhielt, gab es als Antwort nur ein tonloses:

»Lass gut sein.«

Was sie noch mehr vermisst als Paulas Worte, sind ihre Berührungen. Damals, nach der ersten Diagnose, nach der Gewissheit, mit was sie es zu tun haben, hatten sie sich ständig berührt. Das Händehalten auf den Wegen zwischen Wohnung und Krankenhaus, auf den Gängen und Fluren der Stationen, das Händedrücken vor der Blutentnahme, der Biopsie, dem Einsetzen des Ports, beim Warten, bis die Infusionen in ihren Körper getröpfelt sind. Für Paula vielleicht ein Rückfall ins Kleinkindalter, für Katja ein altes neues Gefühl der Nähe. Ihre Wange zu berühren, ihr einen Kuss auf die Stirn zu geben, das alles fehlt jetzt, seit die Krankheit zurück ist. Ist vielleicht endgültig verloren gegangen, als sie vor drei oder vier Tagen neben Paula auf dem Sofa lag, ihr die Wange streichelte und ihre Tochter sagte:

»Hör bitte auf, mich zu berühren!«

»Warum?«

»Es tut mir weh.«

Warten und Schweigen. Bis jemand die breite Zimmertür öffnet und die Ergebnisse verkündet. Das Vorgehen. Die Chancen. Die Aussichten. Katja spürt ihren Salto schlagenden Magen und denkt an den Vormittag, an den Tanz durch die Behandlungszimmer. Blutgas. Spirometrie. CT. Labor. Die Suche nach einer weiteren Stelle in ihrem Körper, heute vielleicht noch winzig, morgen schon ein riesengroßes Problem. Sie dürfen nichts finden, denkt sie und weiß gar nicht, wen oder was sie darum bittet. Das Universum vielleicht. Universum, lass sie bitte nichts finden.

Sie bietet Paula ein Glas Wasser an, sie lehnt ab. Ihre Tochter greift zum Handy und wischt darauf herum. Insta oder TikTok, Nachrichten schreibt sie fast nie. Sie fragt Katja längst nicht mehr, ob es ihr recht ist, dass sie hinter dem Gerät abtaucht. Obwohl ihre Mutter im Zimmer ist. Ihr zur Seite steht und sitzt.

Noch ein Fensterblick: Es stimmt, die Wolken haben sich verzogen. Draußen leuchten die Frühlingsfarben in den Bäumen, Mutter Natur hat den Malkasten aufgeklappt. Blütenhaft, das Ganze, und das hab ich mal gemocht, so sehr gemocht, denkt sie. Nein, sie wird keine Blüten sammeln und trocknen und mit ihren Schülern auf farbiges

Tonpapier kleben. Sorry, in diesem Jahr fällt der Frühling aus. Frau Altenberg fällt aus. Mehr oder weniger. Und es hätte bestimmt wieder Kinder gegeben, die das Laub lieber blau und schwarz ausgemalt hätten als grün. Grün wie Kobalt. Grün wie ein Smaragd.

Immerhin, es ist ein Einzelzimmer. Hier, im Lungenzentrum. »Na, das ist ja der pure Luxus«, hat sie vorhin gescherzt und von Paula einen Eisblick geerntet. Vielleicht hätte sie lieber wieder eine Zimmernachbarin gehabt, in ihrem Alter, mit der sie anders hätte reden können als mit ihrer Mutter. In der Kinderonko hatten sich allerdings nur lose Freundschaften entwickelt. Es war eine Art Schicksalsgemeinschaft, aber jeder war zu sehr mit sich selbst beschäftigt. Oder einfach zu schwach, zu erschöpft. Keine Romanhandlungen, keine filmreifen Szenen, keine Heldengeschichten. Stattdessen hast du einen Port im Körper, an den Schläuche angeschlossen werden, durch die unterschiedliche Gifte träufeln. Du betrittst eine Toilette, in der ein Hinweisschild dazu rät, zweimal zu spülen wegen der Ausscheidung toxischer Substanzen. Cisplatin. Doxorubicin. Methotrexat. Du löffelst mit wundem Mund Suppen von Tabletts mit Papierauflagen, darauf wechselnde Sinnsprüche:

Auch Umwege erweitern unseren Horizont.
Ernst Ferstl

Die Wände sind hier gelb, ein beruhigendes Ocker, jeweils in Betthöhe ein paar Kratzer. Ein nichtssagender Monet-Manet-Druck darüber, impressionistische Blumen, frisch aus der Maschine. Bald werden sie sogar duften, irgendjemand muss das doch endlich mal erfinden, denkt sie. Etwas, das diesen Krankenhausgeruch vertreibt. Alles viel karger, nüchterner als auf der Krebsstation. Als Paula vor einem Jahr die Entlassungsglocke auf Station 2D läuten durfte, hatten sie sich geschworen, nie mehr zurückzukehren. Nie mehr Station 2D: Pädiatrische Onkologie. In diesem Moment hat sie das Gefühl, lieber dort sein zu wollen als hier in diesem unbekannten Zimmer, auf diesen neuen Gängen, mit diesen neuen Schwestern, Pflegern, Ärztinnen und Ärzten. Wie schnell man sich an einen Ort gewöhnen kann, mit ihm vertraut wird, selbst wenn es eine Krebsstation ist.

Paula, vom Smartphone absorbiert, das glänzende Gesicht glänzt noch mehr im blauen Licht, als würde sie schwitzen. Schwitzt sie schon wieder?

»Was schaust du dir an?«, fragt sie ihre Tochter.

»Ach, nichts.«

Der operierende Arzt tritt ein, leichte, schnelle Schritte, die Assistenzärztin hinter ihm, eine Schwester ist auch dabei und lächelt, lächelt wenigstens. Doktor Leinweber lächelt nicht. Die runden Brillengläser können das Stirnrunzeln nicht überdecken, die Augenbrauen sind zusammengezogen. Ein sprechendes Gesicht, er scheint zu den Menschen zu gehören, die am liebsten ihre Gesichtsmuskeln trainieren. Er wirkt gehetzt, kurzatmig. »Hello again«, sagt er, an Paula gewandt, er lächelt noch immer nicht. Ausgerechnet jetzt fällt das Sonnenlicht ins Zimmer, das Bernsteinlicht. Bitte, lass es kein Zeichen sein. Der Doktor beginnt, die Botschaften zu verkünden, und Katja muss sich verzweifelt konzentrieren, ihm folgen zu können, hält die Luft an.

»Es bleibt dabei, keine weiteren Fundstücke«, sagt er. »Das ist vorerst die gute Nachricht!«

Katja atmet aus und schnappt nach Luft. Ein Rundherd in der Lunge, linksseitig, sagt der Arzt. Gute Chancen, dass es keine Überraschungen geben wird. Er preist noch einmal das moderne, gewebeschonende Verfahren an, hybrider Operationssaal, 360-Grad-CT.

»Aber es muss der große Eingriff sein?«

»Bei einem Osteosarkom als Vorerkrankung ist das angezeigt, ja. Wir müssen uns alles genau anschauen, dürfen nichts übersehen. Und die bildgebenden Verfahren zeigen nicht immer alles. Manchmal brauchen wir noch die hier!« Er hält beide Hände hoch und lässt sie vibrieren wie in einem Musikvideo aus den Achtzigern. An Paula gerichtet: »Keine Sorge. In gut einer Woche bist du wieder zu Hause.«

Paula reagiert nicht.

»Aber es folgt dann eine Chemotherapie«, sagt Katja. Oder war das eine Frage?

»Das können wir nach der Operation definitiv beantworten. Wenn wir das entnommene Gewebe untersucht haben. Das entscheidet dann Doktor Nowak zusammen mit dem Tumorboard.«

»Wann wird sie morgen operiert?«

»Frühestens übermorgen.«

»Übermorgen? Es hieß doch ...«

»Wir müssen schieben, tut mir leid. Die Anästhesistin ist mit einem Wert der Blutgasuntersuchung nicht zufrieden. Könnte mit dem Infekt von neulich zu tun haben.« An Paula gerichtet: »Wir müssen deine Lungenfunktion morgen noch einmal unter Belastung testen. Es ist eine reine Vorsichtsmaßnahme. Wir schalten bei der OP deine Lunge ab, und wenn wir sie dann wieder anschalten, soll sie möglichst klaglos ihren Dienst verrichten. Das wird sie auch. Morgen haben wir alle Werte beisammen, und sollte alles passen, legen wir los.«

Paula reagiert nicht.

»Keine Sorge. Morgen wissen wir auf jeden Fall mehr.«

Paula reagiert nicht.

»Kopf hoch«, versucht es Doktor Leinweber noch einmal, drückt die Brille mit dem Zeigefinger in Position. »Bald stehst du wieder auf dem Platz.« Jetzt lächelt er gequält, Paula nickt kaum merklich, der Mund ein Strich.

Aha, denkt Katja, das hat er sich also gemerkt, das mit dem Fußball. Und bevor es ihr gelingt, eine Frage zu stellen, sich zu vergewissern, dass sie bezüglich der Operation alles richtig verstanden hat, bevor sie noch einmal nachhaken kann, was dieser *eine Wert der Blutgasuntersuchung* bedeutet, von dem er gesprochen hat, was das alles für Paulas Zukunft bedeutet, bedeuten kann, bedeuten wird – *1., 2., 3.* –, hat die Delegation den Raum verlassen.

Sie setzt sich zu ihrer Tochter ans Bett. Würde sie am liebsten in den Arm nehmen. »Sie haben nichts weiter gefunden! Das ist alles nicht so schlecht«, sagt sie und beißt sich im nächsten Moment auf die Lippe. »Das ist gut«, hättest du sagen müssen, so wie es die Ratgeber dir geraten haben. Und so bleibt von deiner Aussage wieder nur ein einziges Wort übrig: schlecht.

Doch Paula reagiert ohnehin nicht darauf, sie hat die Finger in den Fuchs gekrallt, der ramponierte, schmuddelige Fuchs, mittlerweile mehr grau als braun, den sie vor der ersten Chemo aus der Mottenkiste geholt hat. »Ich bin zwar viel zu alt dafür, aber irgendwas brauche ich schon.«

Seitdem ist er immer dabei. Wie früher, in der Kita. Heimlich im Schulranzen in der Grundschule. Und davor, viele Jahre davor, half er Katja bei Fieber und fiesen Sandkastenfeinden. Ein Zwei-Generationen-Fuchs, erfolgreich weitergegeben von der Mutter an die Tochter. Von Schwester Mona hat er eine Mütze aus Verbandsmaterial bekommen, es verdeckt die kahle Stelle am Kopf. Katja war kurz davor, ihn endgültig verschwinden zu lassen, Hausmüll, Sperrmüll, jedenfalls: Ruhestand. Gut, dass sie damit noch gewartet hat.

Paulas Hand entspannt sich etwas. Der Ring fehlt, er zog die Bälle magisch an, damit sie nicht ins Tor donnern. Paula hat ihn vergangene Woche schweigend im Klo versenkt und damit in die Kanalisation gespült. Ich muss ihr wieder einen machen, denkt Katja, einen neuen magischen Ring. Aber würde sie ihn überhaupt annehmen?

Sie berührt Paula nun doch. Hand auf Hand auf Fuchsfell. Die Berührung geht als leichter Stromschlag durch Paulas Körper, sofort wird die Hand weggezogen. Schweigen. Sie betrachtet den knochigen Arm, den Ansatz der Narbe, die bis rauf zur Schulter geht. Paula hat die Augen geschlossen, schläft sie? Katja erinnert sich an ein Spiel, das sie früher oft gespielt haben. Sie zieht sich den Kimono an und wird damit zu einer Wahrsagerin (ein besseres Kostüm hat sie nicht). Sie setzt sich auf einen Stuhl und wartet, bis ihre Tochter ins Zimmer kommt. Ein Stück Schokolade dient als Bezahlung, und dann darf sich Paula neben sie setzen und ihre Hand ausstrecken. Die Wahrsagerin betrachtet die Handfläche und zeichnet mit dem Finger die Furchen nach. Mit großer Ernsthaftigkeit erzählt sie von der Zukunft ihrer Kundin.

»Werde ich wirklich mal die schnellste Frau der Welt sein?«

»Warten Sie, lassen Sie mich sehen, ja, diese Nebenlinie hier ...«

»Vielleicht möchte ich doch lieber die *klügste* Frau der Welt sein!«

»Nun, auch das möchte ich nicht ausschließen, Ihre Schicksalslinie zeigt eindeutig ...«

Und in den weit geöffneten Augen des Mädchens spiegelt sich die Sehnsucht, dass all dies Wahrheit werden kann, all das möglich ist. Und warum nicht? Wer oder was könnte sie daran hindern?

Katja muss schlucken. Sie steht auf, öffnet die Tür zur Toilette. Neonröhrenlicht, barrierefreies Pinkeln. Sie setzt sich, bleibt sitzen. Sie muss weinen. Warum jetzt? Die Botschaft war doch gar nicht so schlecht. Es hätte eine schlimmere Botschaft sein können. Die OP kann erfolgreich sein, die OP wird erfolgreich sein. Immerhin ist es nur das kleine Weinen, das sie mit einem beherzten »Reiß dich zusammen!« in den Griff bekommt. Tränen abtupfen mit Klopapier, klinisch rein. Die Nase putzen. Scheiße. Scheiße. Scheiße. Wie ich das alles hier hasse. Sie muss schlucken, alles hinunterschlucken, sonst müsste sie noch lange sitzen bleiben. Aber sie schluckt es hinunter, darin ist sie gut. Noch einmal: »Reiß dich zusammen! Paula soll dich nicht so sehen.« Sie steht auf, das Spiegelbild meidet sie. Einatmen und ausatmen, das ist der Trick. Sie geht zurück ins Zimmer, das Bernsteinlicht ist weitergezogen, es ist Zeit, die Deckenleuchte anzuknipsen. Wo ist der Schalter? Ach ja, dort an der Wand. Im Bett regt sich nichts, Paula hat die Augen noch immer geschlossen. Die kurzen hellbraunen

Haare, sie werden ihr bald wieder ausfallen. Die Haut ist fahl. Katja verspürt den Impuls, ihr etwas vorzusingen, lässt es sein. Musik erträgt sie kaum noch. Ihr geliebter K-Pop, zu dem sie in ihrem Zimmer getanzt und gesungen hat. *Dancen.* Sie haben auch gerne zusammen gesungen, als sie noch in dieser Galaxie der Gesunden gelebt haben. Was soll ich denn noch machen, was kann ich ihr sagen? Sie steht im Raum und weiß nicht, ob sie sich noch einmal setzen oder nach Hause gehen soll. Reicht das für heute? Reicht es Paula für heute? Schweigen und warten, warten und schweigen. Sie geht einen Schritt vor, sie geht zwei Schritte zurück. Wo ist ihre Jacke? Ach ja, dort.

»Kat?«, sagt Paula plötzlich. (Mama sagt sie längst nicht mehr.)

»Mein Schatz?« Sie geht zum Bett, bleibt aber stehen, hat schon die Jacke in der Hand.

»Du kannst ruhig gehen, ich komme schon klar.«

»Sicher?«

»Sicher.«

»Dann verpasse ich den Spruch des Tages auf dem Essenstablett.«

Das erste Grinsen heute. Immerhin. Katja widersteht der Versuchung, Paula einen Kuss zu geben. Sie verlässt das Zimmer und betritt den Gang der Station. Die lächelnde Schwester der Visite bemerkt sie und kommt auf sie zu: »Nur Mut, Frau Altenberg.«

»Ich weiß nicht. Seit die Krankheit zurück ist, hat uns der Mut irgendwie verlassen.«

»Das ist doch verständlich! Sie wird da wieder rauskommen. Warten wir mal ab, wie die OP verlaufen wird.«

»Bald wissen wir mehr.«

»Bald wissen wir mehr.«

Einige Türöffner später ist sie im Innenhof zwischen Neu- und Altbau der Klinik. Der Ahorn blüht. Die zwei Raucher in Pyjamahosen nicken ihr zu, ein Gärtner gräbt ein Beet um. Das Sonnenlicht ist fast schon hinter der Klinikfassade verschwunden. Sie muss hier raus, um es noch einmal im Gesicht zu spüren. Sie muss hier raus, um den Tag noch einmal neu zu beginnen. Das zweite Leben der Katja Altenberg. Du könntest Unterricht vorbereiten für nächste Woche (Unterricht, den du wahrscheinlich nicht halten wirst). Du könntest etwas anderes trinken außer Kaffee. Du könntest - ja wirklich! - du könntest etwas essen. Du könntest dir aber auch einfach eine Flasche Rotwein kaufen, dich in die Küche setzen und trinken und versuchen, zu vergessen. Für ein paar Augenblicke vergessen, was ist.

*

Das Taxi verschmäht sie, sie geht los. Vorbei am Imbiss mit dem Namen *Wegzehrung*, durch den Tunnel unterhalb der Bundesstraße hindurch, ein Stück am Waldrand entlang. Wind in den Haaren, sie ist zu kalt angezogen, hat das Frühjahr zu früh eingeläutet, egal, sie spürt ihre Hände, ihr Gesicht, die Ohren brennen. Schnell, schneller, das Laub des vergangenen Herbstes wirbelt unter ihren Füßen. Mit Elektromotoren gepimpte Lastenfahrräder ziehen an ihr vorbei, ein Kind winkt ihr mitleidsvoll zu. Sie nähert sich von oben, hügelseits der Altstadt, die Kirchtürme stehen wie Schachfiguren in einer ewigen Pattsituation. Vom Regen ist das Kopfsteinpflaster noch feucht, die meisten Leute tragen Mützen, Kapuzen, sie vermummen sich noch.

Vor der Buchhandlung hält sie an. Hat Ellen heute Dienst? Sie konnte sich ihre Zeiten noch nie merken. Ist dir danach? Nach Ansprache? Keine Ahnung. Aber du könntest Paula ein Buch besorgen, das sie vermutlich nicht lesen wird. Katja zögert. Da fällt ihr ein, dass hier auch Wein verkauft wird, das Sortiment eines ehemaligen Philosophieprofessors: *Wein der Philosophin, Wein der Erkenntnis, Wein der Aufklärung* (warum eigentlich nicht *Wein der Verklärung*?). Sie betritt den Laden und biegt erst einmal nach rechts ab in die Kinderbuchabteilung. Ein Automatismus, sie ist sich unsicher, ob sie hier überhaupt noch richtig ist. Sie stellt sich mit verschränkten Armen vor das Regal mit den Klassikern und braucht eine Minute, bis sie nicht mehr nur hindurchstarrt und die Titel der Bücher wahrnehmen kann. Michael Ende, Otfried Preußler, Cornelia Funke. Etliche hat sie zu Hause stehen, in ihrem Handapparat für die Schule. Ganz wenige, ihre Heiligtümer, in einer besonderen Kiste unter dem Bett.

Sie greift nach den *Geschichten aus Tausendundeiner Nacht*. Sie blättert durch den dicken Band, Ali Baba, Sindbad, an viel mehr kann sie sich nicht erinnern. Lass dich nicht mit einem Dschinn ein! Und gab es da nicht zahllose männliche Figuren, denen schnell ein Körperteil fehlte? Finger ab! Hand ab! Ihr fällt nicht mehr ein, warum sie bestraft wurden. Weil sie sich in die falsche Dame verliebten? Oder weil sie so raffgierig waren? So tollpatschig? Oder alles zusammen?

»In dieser Ausgabe gibt es allerdings keine Illustrationen«, sagt jemand neben ihr.

Katja muss die Linse umstellen, auf etwas anderes richten, ein mühsamer Prozess. Dann hat sie eine vertraute

Gestalt vor Augen, gerader Pony, schulterlanges braunes Haar, blaue Strickjacke. Fast einen ganzen Kopf kleiner als sie, noch schlank oder schon üppig, ein voller, schöner, ausgearbeiteter Körper jedenfalls und nicht nur eine mehrfach radierte Skizze wie sie.

»Könntest ruhig mal wieder in *meiner* Abteilung vorbeischauen«, sagt Ellen und klingt amüsiert, nicht beleidigt.

»Tut mir leid, von Ratgebern habe ich die Schnauze voll«, erwidert sie und umarmt ihre Freundin.

»Verständlich, geht mir oft genug genauso. Darf ich natürlich nicht sagen«, sagt Ellen ungewöhnlich laut, als sie sich aus der Umklammerung befreit hat. »Wonach suchst du denn, etwas für die Schule?«

»Wein, um ehrlich zu sein. Und ich dachte mir, vielleicht bringe ich Paula ein Buch mit. Obwohl sie gar nicht mehr viel liest. Oder sie sagt es mir nicht, sie macht alles mit sich selbst aus. Die OP wurde auf übermorgen verschoben, und ich habe keinen Schimmer, wie wir den Tag morgen durchstehen sollen.«

»Du könntest ihr was vorlesen.«

»Das funktioniert nicht mehr.«

»Kannst es ja trotzdem versuchen.«

Katja stellt das Buch zurück und verschränkt die Arme vor der Brust. Abwehrschild hochgefahren. »Und das mit dem Wein ...«

Ellen lächelt und berührt sie an der Schulter, löst die Barriere auf. »Du musst dich nicht rechtfertigen. Und eine Geschichte ist immer eine Möglichkeit, das weißt du doch viel besser als ich.«

»Ja, klar.«

»Ihr zwei werdet das schaffen. Ihr seid groß und stark und mächtig.«

Katja reagiert nicht, sieht wieder durch alles hindurch.

»Hörst du mich?«

»Ist schon gut, danke.«

Ellen wirft einen Blick auf die Wanduhr. »Magst du noch einen Kaffee mit mir trinken? Ich muss gleich mit dem Umbau anfangen. Wir haben nachher einen Vortrag im Haus. Kannst gerne hierbleiben, falls dich das ablenkt.«

»Worum geht es denn?«

»Ein Gastdozent aus Indien spricht über Hermann Hesse. *Siddharta,* nehme ich an. Ist fast ausverkauft, der alte Hermann zieht immer noch. Ich muss moderieren, die Chefin ist krank. Ausgerechnet ich.«

»Das packe ich gerade nicht, tut mir leid. Außerdem hatte ich heute schon so zehn bis zwölf Tassen Kaffee.«

»Unsere Maschine kann auch heißes Wasser für einen Tee. Folge mir bitte unauffällig.«

Es ist wirklich schon lange her, denkt Katja, als sie Ellen in die sogenannte Lounge folgt. Als sie ihr beim Bedienen des zischenden Vollautomaten zusieht, in einem Korbstuhl sitzend. Schon lange her, seit sie sich bei den Erstsemesterveranstaltungen getroffen haben, beide kolossal überfordert, beide froh, nicht allein durch die Gänge irren zu müssen. Eine Lehramtskandidatin Gymnasium, Mathe und Physik, dazu noch eine ausgezeichnete Schachspielerin, trifft auf eine Grundschuladeptin mit losen dichterischen Ambitionen. Das war vier Semester lang eine ausgezeichnete Konstellation, bis Ellen schwanger wurde und der Vater es vorzog, sich aus dem Staub zu machen. Stundenlange Diskussionen im Café. Ellen entschied, das Studium abzubrechen, während ich einfach weitermachen konnte, denkt Katja, auf diese halbherzige Art. Lehrerin – vielleicht ist das doch nicht das Richtige, vielleicht ist das doch zu gewöhnlich und ein anderer Weg wartet auf mich.

»Früchte- oder Grüntee?«

»Einfach nur heißes Wasser, bitte.«

Ellen setzt sich ihr gegenüber und nippt am Cappuccino. In dem wohlmeinenden Licht der Lounge sieht sie dennoch müde aus. Was nicht heißt, dass sie dann stiller wird. Eher unberechenbarer. »Magst du nicht deine Jacke ausziehen?«, sagt sie, und Katja gehorcht. »Ah, das ist ja dieser wunderschöne Wollpulli. Warte, es könnte sein, es wäre möglich, dass *ich* ihn dir geschenkt habe.« Sie lächelt und stellt die Kaffeetasse ab.

»Wäre möglich.« Ein Humorangebot. Nein, ich kann das heute nicht annehmen, denkt Katja. Außerdem wusste sie nicht einmal mehr, welchen Pulli sie heute Morgen angezogen hat.

»Möchtest du nicht doch bleiben? Vielleicht ist Hermann Hesse ja *tröstlich* für dich.«

»Nein, wirklich, ich ...«

»Schon gut. Kann ich sonst noch was für dich tun?«

»Du könntest mir endlich eine Flasche Wein verkaufen. Oder am besten gleich zwei.«

*

Sie findet noch Salat im Kühlschrank, von dem sie ein paar Gabeln isst. Letschert, hätte ihre Mutter dazu gesagt. Den *Wein der Aufklärung* hat sie entkorkt, sie ist beim zweiten Glas. Ihre Tochter sitzt nicht neben ihr, ihre Tochter liegt nicht in ihrem Bett. Sie haben vorhin noch kurz telefoniert, Paula hat ihr den Spruch des Tages vom Essenstablett durchgegeben:

Das Leben muss nicht leicht sein,
wenn es nur inhaltsreich ist.
Lise Meitner

Sie sieht sich um. Alles scheint so wie immer zu sein. Das Brummen des museumsreifen Kühlschranks, das zu grelle Deckenlicht über dem kleinen Esstisch, Bilder hängen schief, Fotos von der Flusswanderung in Frankreich verblassen oder verfetten. Sie geht ins Wohnzimmer. Der rauchfarbene Kapuzenpulli von Paula liegt auf dem Sofa, sie nimmt ihn und riecht daran. Der Bananenbaum und die Aloe üben sich in Askese, vernachlässigt, von jeder Wasserquelle abgeschnitten. Morgen, gleich nach dem Aufstehen, gieße ich euch (Vorsatz im nächsten Moment vergessen). Das farbexplosive Ölbild von Lou, Gegenleistung für eine dreiwöchige Beherbergung, Tröstung und Verpflegung aufgrund einer tiefen Sinnkrise. Anrufen, ich muss sie unbedingt anrufen (Vorsatz im nächsten Moment vergessen). Die drei Billy-Regale voller Bücher, auf die sie mal stolz war. Jetzt kommt es ihr so vor, als würden die Bücher sie beobachten, als würden sie zurückschauen. Na, hast du uns auch vergessen, sind wir dir auch nichts mehr wert? Sie geht zum Regal, fährt mit der Hand über einen Buchrücken. Wer belauert hier wen, denkt sie. Wann hat das angefangen, dass wir uns nicht mehr vertrauen?

Und über und unter und neben allem liegt eine angstvolle Ahnung, ein unaussprechlicher und unaussprechbarer Gedanke: Paula wird fehlen. Es wird der Tag kommen, an dem du diese Zimmer betrittst und sicher bist, sie künftig allein zu bewohnen. Es muss nicht sein, aber es kann sein. Es ist wahrscheinlicher geworden. *Insgesamt ist die Prognose für Patienten mit Krankheitsrückfall ungünstig.* Sie beugt den Kopf und drückt ihn gegen eine Buchreihe. Flucht, denkt sie, Bücher waren doch mal meine Zuflucht. Heute sind sie eine Wand, eine Mauer.

Zurück in der Küche kippt sie den Restsalat in den Biomüll, zu den Gnocchi vom Vortag, im Behälter wuchert Schimmel, Fruchtfliegen flüchten. Ich muss das endlich rausbringen (Vorsatz im nächsten Moment vergessen). Sie schenkt sich ein weiteres Glas ein, nimmt einen großen Schluck, schenkt gleich wieder nach. So langsam wird ihr warm. Sie geht in Paulas Zimmer. Es kommt ihr wie eine Grenzverletzung vor, aber sie sucht ihre Nähe; das, was von ihr noch im Raum schwebt, wie nennt man das. Sie stellt das Weinglas auf dem Schreibtisch ab. Neben die Schulsachen, seit Tagen nicht mehr angerührt. Der Zauberstab liegt dort, mit dem sich die magischen schwebenden Harry-Potter-Kerzen an der Decke anschalten lassen. Aus England importiert, ein todsicheres Geschenk für einen echten Fan, dachte sie, mehr als *ganz nett* fand Paula das allerdings nicht, auch wenn sie sich Mühe gab, Begeisterung zu heucheln. Das Bett muss ich frisch beziehen, denkt sie, das darf ich wirklich nicht vergessen. Medikamentenschachteln aufräumen. Fieberthermometer, Inhalationsgerät. Dieser blöde Infekt kam dann noch dazu. Paula mag es nicht, dass ihr Kranksein sichtbar ist wie eine Narbe auf der Stirn. Den Spiegel hat sie wieder mit dem indischen Schal zugehängt, vorbeugend.

Im Bücherregal ist die obere Reihe frei. Dort standen eigentlich die vier Pokale, die Pokale liegen mittlerweile verbeult in einer Kellerkiste, Opfer der ersten Wutanfälle nach der Diagnose. »Ich will die nicht mehr sehen, nie mehr! Diese Scheißpokale!«

Das Poster von Almuth Schult hat sie zerrissen, mit Tesa zusammengeklebt und wieder aufgehängt. Das große Idol im blauen Trikot der Nationaltorhüterin, den Ball lässig in der rechten Hand. Das hatten sie selbst im Copy-Shop drucken lassen, und Paula sagte beim Aufhängen: »Ich werde mal so wie sie!«

Die Kehle verschnürt. Wie gut diese Wendungen manchmal zutreffen. Die Luft wird knapp, und wieder fühlt es sich so an, als würde sie hier stehen und nicht mehr nach vorne blicken können, sondern nur noch zurück. Es fühlt sich an, als wäre Paula nicht mehr da. Aber sie ist noch da, und die Chancen stehen nicht schlecht, hat Doktor Leinweber gesagt, dass die Operation gut verläuft. Wann hat er das gesagt, heute oder im Vorgespräch am Freitag? Sie muss wieder mehr nachfragen, wieder mehr bohren, wieder hartnäckiger sein. So wie am Anfang, als sie sich nicht hat abspeisen lassen. Recherche, Fachbücher, Ratgeber, das volle Programm. Ich werde lernen, ich werde wissen, ich werde einen Weg finden, sollten es die Ärzte nicht schaffen. Wissen ist Macht. Wissen bedeutet Kontrolle. Ein Medizinstudium in vier Wochen, wenn es sein muss – und da war er wieder, der Glaube, dass die üblichen Gesetze nicht für sie gelten, nicht für Katja Altenberg. Dieser kindliche Glaube, etwas Besonderes zu sein. Jedenfalls nicht gewöhnlich. Alles, nur nicht gewöhnlich. Und jetzt sieh dich an, sieh dich um! Hat doch geklappt, hat doch funktioniert! Dein

Kind hat eine seltene, eine heimtückische Krebsart, und dein Kind wird geheilt, aber es soll ja nicht gewöhnlich, es soll ja etwas Besonderes sein, also kehrt der Krebs nach einem Jahr zurück, und das hast du nun davon. »Sei vorsichtig, was du dir wünschst, es könnte in Erfüllung gehen«, hat Mutter immer gesagt, wenn es um meine Träume ging. Warum hat sie mir diesen Satz eingepflanzt, warum nur? Unter die Haut tätowiert.

Sie versucht, zu atmen, sich auf das Regal zu konzentrieren. Da stehen noch ein paar Lieblingsbücher, von denen sie sich nicht trennen können (von denen *ich* mich nicht trennen kann?). *Kuschelflosse. Malamander.* Noch ein paar Sachen aus ihrer eigenen Kindheit: *Das doppelte Lottchen, Jim Knopf und Lukas der Lokomotivführer.* Das wird Paula nicht mehr anrühren. *Die unendliche Geschichte* hatte sie vor ein, zwei Jahren aus ihrer Kiste der Heiligtümer genommen und ihrer Tochter feierlich übergeben. In der Hoffnung, sie damit anzustecken, eine Tradition zu begründen, eine Art Erbfolge wie mit dem Fuchs (hat nicht geklappt). Daneben *Harry Potter,* nur noch vier Bände, der Rest verliehen und nicht zurückbekommen. Ein paar Ergänzungssachen, Kochen mit Harry, ein Filmbuch. Daneben ein Kompendium über Trainingsmethoden im Jugendfußball, ein Geschenk der Trainerin. Daneben Schulkram, Malhefte, alte Tagebücher, mit einem Zahlencode verschließbar. Ein Guinness-Buch der Rekorde aus dem Jahr 2010, das wollte sie bei einem Flohmarktbesuch unbedingt haben und hat es einen Wutanfall später auch bekommen, nur gelesen wurde es dann kaum bis gar nicht.

In der unteren Regalreihe entdeckt sie ein ihr unbekanntes Buch: *Zeit der Verachtung.* Auf dem Umschlag ist ein

Einhorn zu sehen, silberglänzend, mit einem grimmigen Blick. Sie blättert es auf. *Dieses Buch gehört Marlon.* Aha, also eine Leihgabe von ihrem besten Freund. Den Paula seit der Kita an ihrer Seite hat. Der Einzige, den sie noch erträgt, dem sie sich noch zeigt. Ein Papierfetzen ragt aus dem Buch, sie schlägt es an dieser Stelle auf und beginnt zu lesen. Ein Mädchen namens Ciri gerät mit ihrem Pferd in ein Unwetter. Blitze ohne Donnern, kein Regen. Ein Sturm zieht auf, bedrohliche Schatten ziehen über sie hinweg. Trugbilder? Sie verirrt sich. Sie kommt an eine Klippe und sieht einen Turm, den Möwenturm, den sie fürchtet. Sie wendet sich ab, findet wieder ihren Weg, zumindest glaubt sie das, da wird die Sumpflandschaft durch unzählige blaue Feuer erhellt. Der heulende Wind in den Weiden. Aus dem Himmel galoppiert eine gespenstische Bande von Reitern auf sie zu. Skelettpferde, Skelettreiter, die Wilde Jagd. Der König dieser Reiterbande hält vor ihr, lautes Gelächter. *Ja, wir sind Leichen. Du aber bist der Tod.*

Das ist stark, findet sie. Was ist das für ein Genre? Horror? Fantasy? Fantasyhorror? Die Wilde Jagd kennt sie noch aus ihrer Kindheit. In den Tagen zwischen Weihnachten und Neujahr bestand ihr Vater darauf, dass keine Wäsche auf den Leinen hängen blieb. Damit die Wilde Jagd sich nicht darin verfange und dadurch ein Unglück geschehe. »Du und dein Abrakadabra!«, sagte ihre Mutter dazu. Doch ihre Eltern hielten sich daran, zwischen den Jahren wurde keine Wäsche gewaschen – und Katja war überrascht, dass es in dieser stillen, heiligen Zeit auch böse Geister geben sollte. Alfred erzählte ihr von den Raunächten, von den offenen Türen zwischen den Welten, und jeden Abend von Weihnachten bis zum Dreikönigstag hatten sie ein bestimmtes Ritual durchgeführt, jetzt erinnert sie sich wieder daran: Ihr Kinderzimmer war dunkel, nur eine Taschenlampe spendete Licht. Alfred und sie saßen auf dem Bett und ballten die Hände zu Fäusten, fester, immer fester, bis sich die Nägel ins Fleisch bohrten, bis es wehtat. Und sie hatten sich vorgestellt, dass sie damit einen Schutz heraufbeschworen, eine Art Bannkreis, der alle Geisterwesen davon abhalten würde, hier haltzumachen. Unheil zu stiften, Unglück zu bringen. Bestimmt drei, vier Jahre lang führten sie dieses Ritual aus, bis sie nicht mehr an dieses Abrakadabra glaubte, oder besser: bis es für ihr Alter nicht mehr vorgesehen war, daran zu glauben. Bis eine Freundin sie auslachte, als sie ihr davon erzählte.

Sie überfliegt die nächsten Seiten. Eine Zauberin namens Yennefer und ein Hexer können das Mädchen befreien. Geralt, der Hexer. Da war doch was. Der Hexer. *The Witcher*. Eine Serie, die zu schauen sie Paula verboten hat (genau wie *Stranger Things*). Die sie aber vielleicht, vermutlich, ziemlich sicher bei Marlon längst angesehen hat (genau wie *Stranger Things*). Sie klappt das Buch zu, das Einhorn hat seinen grimmigen Blick nicht verloren. »Du Närrin!«, will es sagen. »Wie kannst du glauben, dass ich nicht das Richtige für deine Tochter wäre!« Mag Paula das wirklich? Oder mag sie es nur, weil Marlon es mag? Sie überlegt kurz, ihr das Buch am nächsten Tag mitzubringen, stellt es dann aber wieder zurück ins Regal.

Sie geht mit dem Weinglas zurück in die Küche, ihre Müdigkeit hat das Gewicht einer ganzen Welt. Die Augen brennen, die Lider würden so gerne loslassen, sich schließen, sie erlaubt es ihnen nicht, die Jalousien sind festgeklemmt. Sie öffnet den *Wein der Philosophin*, obwohl die andere Flasche noch nicht leer ist. Er schmeckt etwas tiefer, herber, irgendwie freut sie das. Warum sollte eine Philosophin lieblicher sein als die Herren der Aufklärung. Da kommt ihr ein Gedanke. Wo ist eigentlich? Sie geht in das zerwühlte, zerzauste Schlafzimmer. In dem ihr Schreibtisch steht, bedeckt von einem zerklüfteten Gebirge. Hefte, Blätter, Kopiervorlagen, ausgedruckte Mails. Klamotten liegen auf dem Boden, der Schrank ist offen. Sie knipst die Schreibtischlampe an und das Deckenlicht aus. Sie dreht sich, es dreht sich in ihr, wie heißt es richtig? So viel Arbeit, so viel zu tun. Die lange Liste ihrer Versäumnisse. Du musst stark sein! Niemandem ist geholfen, wenn du nicht stark bist! In einem Ordner mit der Aufschrift GESCHICHTEN wird sie fündig. Vielleicht vierzig, fünfzig Blätter, mit einem blauen Faden vernäht.

DIE ABENTEUER DER TOLLKÜHNEN, WEISEN UND WUNDERSCHÖNEN PRINZESSIN PING PANG
Erzählt von Katja und Paula Altenberg
Mit Illustrationen von Paula Altenberg

Ihr Gemeinschaftswerk. Wie viele Stunden konnten sie mit der Prinzessin zubringen? Mutiger als der tapferste Soldat der Palastwache. Schlauer als die sieben Weisen am Hof. Mehr Ahnung von Politik und Wirtschaft als die Bonzen. Nicht sie musste gerettet werden, oh nein, Ping Pang rettete alle anderen: völlig unfähige Ritter, Simpel, Dummerjans und andere arme Teufel. Einmal sogar ihre Mutter aus den Fängen des grünen Kobolds (ein entfernter Verwandter des Rumpelstilzchens). Sie blättert die Seiten durch, ihre Handschrift, unterbrochen von wilden Strichen und Linien,

Strichmännchen in höchster Gefahr, Blumen und über allem eine brennende, lachende Sonne. In einer Episode notlandet der Außerirdische Kriuwik mit seinem Schrottraumschiff neben dem mittelalterlichen Palast der Prinzessin. Totalschaden. Das hatte etwas von Monty Python, und auch Kriuwik will und wird von der Prinzessin gerettet werden. Hinten, ganz hinten in der Mappe hat Paula die Autorinnen und die Illustratorin gezeichnet, lachende Strichmännchenköpfe, umrahmt von einem Herz, und erneut ist Katja mit dem Versuch beschäftigt, die Tränen wegzuschlucken.

»Lasst uns lieber mal an die frische Luft gehen«, hatte Simon dann immer gesagt, wenn sie stundenlang mit ihrer Prinzessin beschäftigt waren. »Lasst uns lieber mal an die frische Luft gehen!« Ein Kind muss nach draußen. Es muss *toben*. Simons pädagogisches Lieblingswort. Ein Kind muss toben. Arschloch, so ein Arschloch. Und draußen herumgetobt wurde ja zur Genüge, warum muss immer das eine gegen das andere ausgespielt werden. »Ihr und eure Geschichten!« Zu spät gemerkt oder es viel zu lange nicht wahrhaben wollen, wie unterschiedlich ihre Vorstellungen davon waren, was oben und was unten, was richtig und was falsch ist. Oder es erst endgültig begriffen, als ein Kind auf der Welt war.

Und Paula? Sie tobt gerne. Sie ist sogar mit Marlon zum Fußballtraining gegangen und dabeigeblieben (im Gegensatz zu Marlon). Jetzt aber, lieber Simon, kann sie das nicht mehr, weil sich in ihrer Lunge ein Knoten gebildet hat. Weil das Osteosarkom im Oberarm, eigentlich vollständig operativ entfernt, noch immer streut, oder vor der Entfernung gestreut hat. Was bleibt noch? Sag es mir, Simon, sag es mir doch. Und wo habe ich den Wein hingestellt? Sie hat ihn in der Küche gelassen. Egal, diesen Gang würde sie nicht mehr schaffen. Sie sitzt auf dem Bett, im Schneidersitz. Sie ist zweiundvierzig und sie ist zwölf. Sie ballt die Hände zu Fäusten, drückt zu, so fest sie kann. Warum sollte das alte Ritual nicht noch einmal wirken? Der Schutzzauber? Die Wilde Jagd kann kommen, denkt sie, Paula wird ihr nicht in die Hände fallen. Dafür sorge ich. Sie spürt, wie die Fingernägel ins Fleisch schneiden. Bald tut es weh, aber das muss es auch. Hat nicht jeder Zauber seinen Preis? Blut muss fließen. So viele Geschichten erzählen davon. Sie drückt noch fester. Blut muss fließen. So viele Geschichten. Dieses ganze Abrakadabra.

Dienstag

Warum habe ich nur noch Albträume? Warum zwingen wir Kinder, nicht über den Rand zu malen, und tun so, als wäre das total wichtig? Wann habe ich den Termin bei der Hausärztin, hoffentlich nicht morgen? Warum hat Sting seit zwanzig Jahren kein gutes Lied mehr geschrieben? Warum werde ich nach einer Dusche nicht mehr wach? Das Fiepen des Waffeleisens reißt sie aus ziellosen Fragen. Sie stellt das Radio und damit den Sting-Song aus, klappt das Gerät auf und hievt die Waffel heraus. Deutlich zu dunkel, sie schiebt den Regler nach unten. Der Geruch nach etwas leicht Angebranntem führt sie zwangsläufig zu dem Tag zurück, als das Ergebnis der Biopsie vorlag, als sie Gewissheit hatten. Sie schafft es nicht, diese Bilder zu vermeiden. Sie auf Abstand zu halten, das hat sie gelernt. Sich nicht davon mitreißen lassen. Nicht gleich auseinanderfliegen. Sie auf die Bühne stellen und betrachten. *Nichts leichter als das.*

Mutter und Tochter sitzen im Besprechungszimmer. Sie warten. Der Arzt kommt hinzu. Doktor Nowak ist sein Name. Er hat die Möglichkeit, sich hinter seinem Schreibtisch zu verschanzen, sein Gesicht hinter dem Bildschirm zu verbergen, sie hingegen sitzen völlig ungeschützt im Raum. Er sagt das, was sie befürchtet haben. Aber zwischen der Befürchtung und der Gewissheit gibt es einen großen, wenn nicht einen gewaltigen Unterschied. Die eine ist mit der Hoffnung befreundet, die andere nicht. Als sie wieder aus dem Zimmer sind, wissen sie nichts zu sagen. Sie gehen, Hand in Hand, zum Aufzug. Sie steigen richtig ein und falsch aus. Sie verlieren die Orientierung. Sie fragen nach, sie sind im Eingangsbereich. Da die Mutter keinen Führerschein hat, müssten sie mit dem Bus nach Hause fahren, doch das ist unmöglich. Für ihre verunsicherten Füße könnte schon der Weg zur Bushaltestelle zu weit sein. Sie bestellen ein Taxi. Der Taxifahrer redet unaufhörlich, und im Radio läuft überlaut ein Song, den die Mutter lange nicht und den die Tochter vermutlich noch nie gehört hat: *Felicità* von Al Bano und Romina Power.

Die Tochter fragt, ob dieses Wort nicht so etwas wie Freude bedeutet. Die Mutter entgegnet, es bedeute Glück.

»Na, das passt ja«, sagt die Tochter, und die Mutter fühlt in diesem Augenblick deutlich wie nie, wie man gleichzeitig in einer Welt sein kann und von ihr getrennt, und wie das der Welt herzlich egal ist. Sie hält nicht einfach an, nur weil die eine oder der andere nicht mehr mitkommt. Sie dreht sich weiter und lässt glückliche Menschen von ihrem Glück singen. Das Glück ist ein Strand bei Nacht, die heranwogende Welle, das Mondlicht, deine Hand auf dem Herzen, dein unschuldiger Blick, die funkelnden Sterne, die Sommersprossen auf der Nase, dein Lächeln, deine Berührung, das ist das Glück. *Felicità-tà-tà*. Diese ganzen beschissenen Lügen.

Zu Hause wissen sie nicht, was sie tun sollen, aber irgendetwas müssen sie ja tun, um nicht verrückt zu werden. Sie könnten alles tun, alles wäre gleich sinnlos, also beschließen sie, Waffeln zu backen. Die erste Waffel wird nichts, wie immer, der Teig klebt am Eisen, und als die

Mutter die Fetzen herausgeschabt und eine neue Teigportion nachgelegt hat, fängt die Tochter an zu weinen. Dann weinen sie beide. Sie lernen ganz neu zu weinen. Sie dachten vielleicht, sie hätten schon jede Art zu weinen kennengelernt und durchgemacht, doch das ist nicht so. Und irgendwann ist die zweite Waffel schwarz, es qualmt, es stinkt, und aus ihrem Weinen wird zuerst ein Lachen, dann eine lange Umarmung. *Du schaffst das. Du bist nicht allein. Ich bin bei dir.* Die ersten Sätze dieser Art fallen, und sie fühlen sich noch nicht wie Kaugummi an, zu lange im Mund gelassen.

Und seit diesem Tag sind zumindest die Waffeln eine sichere Sache, denkt sie. Das Stärkungsessen vor und nach den Operationen. Zwischen den Chemo-Zyklen, als Paula wieder mehr als nur Suppen und gekühlte Bananenstücke herunterbrachte. Katja hat gehofft, nie mehr darauf zurückgreifen zu müssen, auf diese Gewohnheitskrümel mitten im Ausnahmezustand. Sie wirft sich die zweite Ibu ein, kontrolliert dreimal, ob sie alles ausgeschaltet hat, geht mit der Tupperdose voller Waffeln nach unten. Im Treppenhaus begegnet ihr Susanna. Sie hatte während der Chemo angeboten, Paula Augenbrauen zu tätowieren, sie hatte abgelehnt.

»Heute ist die Operation?«

»Nein, morgen.«

»Dann wird morgen ein guter Tag werden. Heute ist es egal, aber morgen, morgen wird es gut.«

Katja nickt und lässt die Nachbarin stehen. Gespräche abzubrechen, bevor sie zu einem Rührstück werden, das musste sie schnell lernen, und seitdem spricht sie mit Susanna nur noch kurz.

Als sie durch die Stadt fährt und später das Rad durch den Wald schiebt, spürt sie erneut diese sich weiterdrehende fremde Welt. Äußerlich hat sich nichts verändert, gar nichts. Die Menschen fahren zur Arbeit, zum Einkaufen, grüßen sich, verabschieden sich, brüllen sich an, wenn der eine dem anderen im Verkehr die Vorfahrt nimmt. Auf dem Waldweg hoch zum Klinikum schwirren die ersten Zitronenfalter durch die Luft (bei einem hat sie das Gefühl, er würde sie begleiten wollen). Alles beginnt zu erwachen, sich zu erheben, den Winterschlaf abzuschütteln. Frisches Grün an den Birken, die Blätter der Blutbuche haben ihr sattes Rot zurück. Und sie? Ist wieder nur ein Schatten auf diesem Wimmelbild, sie huscht hindurch. Pendelt von der Wohnung zu diesem Nichtort von einer Klinik. Dort schlagen die Uhren anders, dort wird anders buchstabiert, anders gezählt. Dort ist Elf eine gerade Zahl. Wer hat das zu ihr gesagt? *Dann ist Elf eine gerade Zahl.* Sie kommt nicht mehr drauf. Der Weg ist nun nicht mehr so steil, sie kann weiterfahren. Nur noch wenige Minuten, dann hat sie die Klinik vor sich. Den Altbau, baumumstanden, die zu einem Irrgarten formierte Hecke am Rand. Und daneben der wuchtige, molochartige Neubau, tausendundein Fenster, Antennen, Rohre, Zufahrten, Schranken, Zäune, Abteilungen, Hinweisschilder, das Parkhaus, der Hubschrauberlandeplatz, das Heulen der Sirenen. Und wenn man das im Dunkeln sieht, wirkt es wie eine Stadt in der Stadt. Die kleine Großstadt der Kranken.

Im Neubau ist auch das Lungenzentrum untergebracht. »Was für ein Glück, dass es das hier gibt, dass Paula nicht noch woanders hinfahren muss«, sagte Ellen vergangene Woche am Telefon, vermutlich, um irgendetwas zu sagen.

Und Katja hatte sofort die Ergänzung im Ohr: »Dass Paula zum Sterben nicht noch woanders hinfahren muss.«

Als sie das Zimmer betritt, findet sie ihren Vater auf dem Besuchsstuhl sitzend, mit überschlagenen Beinen, Paula mit aufrechtem Oberkörper im Bett, eine Infusion bahnt sich den Weg in ihre Blutbahnen. Unklar, was sie gerade gemacht haben, ob sie sich unterhalten haben, ob sie geschwiegen haben, Paula hat nicht das Handy in der Hand. Immer hat sie das Gefühl, sie zu stören, wenn sie in das Zimmer kommt, ein bedeutender Augenblick, ein wichtiges Gespräch, das Paula so nie mit ihr führen würde. Die beiden waren schon immer ein verschworenes Duo, eigentlich seit Paula ein Baby war. Wenn sie geschrien hatte, musste man sie nur in Alfreds Arme legen, sie schauten sich an, und es war Ruhe.

Die Belastungstests habe Paula klaglos mitgemacht, berichtet Alfred und reibt sich die Augen. Die Infusion sei nichts Arges, nur ein kleiner Kräftigungstrank für die Blutkörperchen. »Die Ergebnisse werden dann am Nachmittag verkündet, aber ich glaube ohnehin, dass das alles nicht nötig ist. Sicher haben sie zu wenig Personal und mussten deshalb schieben.«

»Ich habe Waffeln gebacken«, sagt Katja und versucht, wie eine stabile Ich-bekomme-auch-in-Scheißsituationen-und-nach-einer-Horrornacht-immer-noch-etwas-gebacken-Mutter zu klingen, und das muss, bitte schön, doch eine erfreute Reaktion hervorrufen – »Hurra, du hast daran gedacht, Waffeln! Diese schöne Tradition, immer her damit« –, so einfach ist das nicht. Paula schüttelt müde den Kopf, sie mag nichts essen. Nicht mal ein kleines Stück? Nicht mal ein kleines Stück. Der Vater greift indes in die

Dose und isst bedächtig mit geschlossenen Augen; das ist seine neue Maxime, alles achtsam ausführen, nichts nur nebenbei.

»Ich mache dann mal los«, sagt er, als er die dritte Waffel verspeist hat. Greift sich den prall gefüllten Jutebeutel (was ist da drin, haben sie etwas gespielt, Schach?), er beugt sich über Paula, streichelt ihr über den Kopf, küsst sie auf die Stirn, sie lässt es ohne Gegenwehr geschehen.

»Du schaffst das, mein Mädchen. Morgen nach der OP sehen wir uns wieder, und dann wird alles wieder gut werden.«

»Okay. Na dann ... tschüss, Opa!«, sagt sie leise und schließt die Augen. Keine Träne kommt heraus.

Alfred nickt Katja vielsagend zu, was bedeuten soll: Lagebesprechung vor der Tür.

»Ich komme kurz mit und hole mir einen Kaffee«, sagt sie. Paula starrt an die Decke, dann sind sie beide draußen.

»Wie schätzt du sie ein?«, fragt Katja vor dem Kaffeeautomaten. »Hat sie was gegessen?«

»Essen kann man das nicht gerade nennen. Und sie ist sehr still. Kein Wunder, diese Warterei ist doch unmenschlich. Wäre sie lieber noch für einen Tag nach Hause gegangen!«

»Habt ihr geredet?«

»Wir haben miteinander geredet, ja.«

»Und worüber?«

»Sie hat gegoogelt. Man sollte ihr das Ding wegnehmen. Ich habe mal wieder versucht, ihr zu erklären, dass andere Erfahrungen keine Rolle spielen. Dass Statistiken keine Rolle spielen. Dass es nur Zahlen sind. Sie aber ist ein Mensch, und jeder Mensch ist anders, jeder Mensch hat seinen eigenen Weg. Die Erfahrungsberichte machen dir Hoffnung oder Angst. Und die Zahlen sagen dieses und jenes aus, nur ob das auf dich zutrifft, ist eine ganz andere Frage.«

»Aha. Und du glaubst, das hat ihr geholfen?«

»Zumindest hat es ihre Stimmung nicht verschlechtert. Katja, wir müssen ihr doch nichts vormachen. Sie ist alt genug zu wissen, was los ist. Sie kann alles mit ein paar Klicks selber nachlesen. Wir müssen nur darauf achten, dass sie sich nicht von anderen Erfahrungsberichten runterziehen lässt. Und dass sie sich eben nicht von Prognosen und Statistiken täuschen lässt. Dass sie glaubt, dass ...«

»... Elf eine gerade Zahl ist.«

»Dass Elf eine was? Wo hast du das denn her?«

»Von dir anscheinend nicht.«

»Jedenfalls ... ich weiß doch auch nicht, das muss morgen einfach gut werden. Auch mit einem Rezidiv kann sie immer noch ...«

Eine Welle erfasst ihn, er verliert die Spannung, glaubt sich selbst nicht mehr, kein Wort, musste sich heute schon lange genug zusammenreißen, einen langen Vormittag. Seine Augen werden feucht, er macht einen Schritt auf sie zu und sie merkt, er möchte sie berühren, aber sie hält den Kaffeebecher wie einen Schild in der Hand.

»Schon gut, Papa«, sagt sie und versucht, der Welle auszuweichen. »Es wird schon gut werden.«

»Kommst du heute Abend kurz vorbei?«, fragt er. »Ich koche uns was.«

»Wenn sie mich hier rausschmeißen, mache ich das. Ich schreibe dir nachher, ja?«

»Siehst müde aus«, sagt er.

»Dito.«

»Bis später.«

»Bis später.«

Er geht seines Weges, sie zurück zu Paula. Wie weiter, was bleibt ihnen? Das Warten und das Schweigen, einen langen Nachmittag? Nein, denkt sie, das halte ich nicht aus. Vielleicht hätte sie doch das Buch mit dem grimmigen Einhorn auf dem Umschlag mitbringen sollen. Sie hätte ihr daraus vorgelesen und von der Wilden Jagd erzählt. Von Alfred und ihrem Ritual. Dann hätten sie ihn angerufen und gefragt, ob er das eigentlich immer noch mache. Das mit dem Hände-zu-Fäusten-Ballen und dem Bannkreis. Vielleicht hätte sich Paula wirklich darauf eingelassen, und sie hat Ellens Worte im Ohr: Eine Geschichte ist immer eine Möglichkeit. Seit wann glaube ich nicht mehr daran? Und warum eigentlich nicht mehr?

Ihre Tochter sitzt noch immer aufrecht im Bett, die Hand liegt offen auf dem Fuchs, als wollte sie ihn streicheln. Das Bernsteinlicht ist zurück im Zimmer. Es ist plötzlich merkwürdig leise, draußen scheppert und klappert einmal nichts, keine Rufe sind zu hören. Es ist in diesem Augenblick, als wären sie allein hier, in einem großen, verlassenen, hässlichen Hotel. Sie setzt sich auf den Stuhl neben dem Bett, nippt am Kaffee, und bevor Paula nach dem Handy greifen kann, sagt sie:

»Ich möchte dir eine Geschichte erzählen.«

»Eine Geschichte?«

»Ja, so wie früher.«

»Du meinst, eine erfundene Geschichte?«

»Eine erfundene Geschichte.«

Paula verzieht keine Miene. Wenigstens blockt sie es

nicht sofort ab. Längere Pause, dann sagt sie: »Du hast immer so schöne Geschichten erzählt.«

»Das weißt du noch?«

»Klar. Wie könnte ich Prinzessin Ping Pang vergessen.«

»Stimmt, mit der haben wir uns bestimmt ein Jahr lang beschäftigt. Stoff für mehrere Staffeln.«

Ein Lächeln liegt auf Paulas Lippen. »Und wie heißt die Geschichte?«

»Sie heißt ... sie heißt: *Der Fuchs und das Mädchen.*«

»Sehr witzig!«

»Nein, sie heißt wirklich so. Oder soll sie lieber *Das Mädchen und der Fuchs* heißen?«

»Ich möchte doch keine Geschichte über mich hören!«

»Warte erst mal ab.«

»Du meinst es wirklich ernst damit, oder?«

»Aber sicher.«

»Also gut, wir können es ja mal probieren. Alles ist besser, als hier herumzuliegen und zu warten.«

»Na, vielen Dank auch.«

»Sorry, ich meine: Es kann jetzt losgehen.« Sie macht es sich bequem, schließt die Augen. Katja überlegt, überlegt zu lange, Paula öffnet wieder die Augen, sieht sie fragend an. »Was ist denn? *Es war einmal ...*«

»Es war einmal? Sehe ich so aus, als würde ich damit eine Geschichte beginnen?«

»Also gut, aber jetzt fang endlich an!«

»Noch eine Waffel zur Stärkung?«

»Was zum ...«

»Und wie lautet eigentlich der heutige Spruch auf dem Essenstablett?«

»Kat!«

Wie sehr ich es vermisse, auf diese Weise mit ihr zu sprechen, denkt sie. Überhaupt einmal wieder mit ihr zu sprechen und nicht nur neben ihr zu stehen und im Wortsteinbruch zu arbeiten. Froh, wenn sich ein Wort abschlagen lässt aus der Wand des Schweigens. Doch es ist schon wieder vorbei damit. Was hast du dir da eingebrockt. Sie holt Luft: Also fangen wir an.

Sie lief. Sie lief immer weiter. War sie dem Schatten entkommen? Sie hielt kurz an, riskierte einen Blick zurück: Da war nichts. Doch sicher fühlte sie sich nicht. Also weiter, immer weiter. Sie lief barfuß, schnelle Schritte ohne Echo. Ein Steg führte über schwarzes Wasser, vor ihr funkelten die Lichter einer fremden Stadt. Hochhäuser stachen ihre Antennen in das Halbdunkel, rotes Blinklicht und darüber der Mond.

Es war, wie aus einem Albtraum zu erwachen, nur ohne die Erleichterung zu verspüren, den Bildern der Nacht entronnen zu sein. Deshalb lief sie. Sie lief, so schnell sie konnte. Asphalt, Straßenzüge, links, rechts, links. Das Kunstlicht der Laternen grell und kalt. Keine Menschenseele, obwohl hier bestimmt Tausende Seelen lebten. Wind fegte durch die Schneisen, die Bäume zitterten. Blätter fielen, aber es war nicht das anmutige Fallen, das sie so mochte, bei dem man Lust bekam, die Hand auszustrecken, um ein Blatt zu fassen und wieder loszulassen. Blindes Treiben, ein Hin und Her.

Wo war sie? Und wo war der Fuchs? Sie hatte ihn verloren, glaubte aber zu spüren, dass er noch in der Nähe war. Sie überlegte, nach ihm zu rufen, um Hilfe zu rufen, doch wer würde sie hören? Also lief sie, sie lief, bis sie nicht mehr konnte. Bis die Beine bleiern wurden und der Mund sich anfühlte, als hätte sie Sand gegessen. Sie lehnte den

Rücken gegen einen Laternenpfahl, wischte die Tränen weg, oder war es der Schweiß? Sie hörte einen schrillen Ton, irgendwo schien ein Zug zu halten. Dann aber wurde es plötzlich still und sie hörte etwas anderes, ein bekanntes Geräusch. Sie erstarrte, denn damit hatte es angefangen. Es war dieses tiefe, beständige Ausatmen. Es war, als würde die Stadt ausatmen und etwas Dunkles entsenden. Etwas Dunkles, das hungrig war, es wuchs, es strömte, es eroberte Straßenzug um Straßenzug, breitete sich unaufhaltsam aus. Der Schatten war hinter ihr, er kam näher, sie hatte zu lange ausgeruht. Weiter, sie musste weiter. Wohin sollte sie gehen? Sie hatte vergessen, aus welcher Richtung sie gekommen war. Sie wartete, zögerte. Wohin? Hinter ihr türmte sich eine schwarze Wolke auf, das Dunkle hatte sie beinahe eingeholt, nicht mehr als eine Straßenbreite lag noch zwischen ihnen. Schon verformte sich der Schatten zu einer Klaue, groß genug, sie ganz zu umfassen, das Mädchen war erstarrt, konnte sich nicht rühren. Los doch, na los doch! Aber wohin?

Als ob er eine Antwort auf diese Frage sei, landete ein Schmetterling auf dem Zaun nicht weit von ihr. Er schimmerte bläulich, sein Leuchten wurde mal stärker, mal schwächer, für kurze Zeit erstarb es, um dann wieder hell aufzuflackern. Der Falter verließ den Zaun und segelte auf sie zu, kam dicht an sie heran. Sie hatte noch nie ein solches Exemplar gesehen. Es war, als würde ein Ozean auf seinen Flügeln liegen.

»Wohin?«, sagte sie zu dem Geschöpf. »Schnell, wohin?«

Der Schmetterling flog los, das Mädchen hatte nur zwei oder drei Herzschläge Zeit, sich zu entscheiden. Sie folgte ihm. Eine schlechte Angewohnheit, Tieren hinterherzulaufen, das wusste sie mittlerweile. Aber was sollte sie tun? Außerdem hatte der Fuchs ihr nichts Böses gewollt, im Gegenteil. Der Falter malte mit seinem Licht wirre Muster in die Nacht. Zuerst war er ihr nicht schnell genug, dann wiederum flog das Tier so rasant voraus, dass sie kaum hinterherkam. Sie wusste nicht, wie lange sie sich auf diese Weise durch die Straßen bewegten. Sie schürfte sich die Füße auf, das Kleid klebte ihr am Körper. Nur einmal wagte sie es, zurückzublicken. Sie hatten den Schatten anscheinend abgehängt, trotzdem befahl sie ihren Beinen, zu laufen, dem blauen Lichtpunkt hinterher, bis es irgendwann nicht mehr weiterging. Ein hoher Zaun versperrte dem Mädchen den Weg, der Falter war verschwunden. Der Zaun schien keinen Durchgang, kein Schlupfloch zu haben. Sie sah sich um, sie musste irgendwo am Rand der Stadt sein. Brachland, die letzten ungenutzten Flecken Erde. Sie hatte noch immer keinen Menschen getroffen, keinen einzigen. Sie spähte durch den Zaun und konnte die Silhouette eines Bauwagens ausmachen. Rauch stieg aus einem kleinen Schornstein, ein trüber, kreisrunder Lichtschein dort, wo anscheinend ein Fenster war. Aus einem Baum schossen Fledermäuse und übten den Sturzflug, gelbe Mondaugen spähten in ihre Richtung. Eine Katze?

Da bemerkte sie die Lücke. Der Maschendraht war hier unvollständig, und wenn sie das Stück etwas anhob, würde sie auf die andere Seite kriechen können. War das eine gute Idee? War der Falter über den Zaun hinweg- oder durch ihn hindurchgeflogen und wartete drüben auf sie? Sie zögerte, dann bückte sie sich und bog den Draht auseinander, während sie gleichzeitig versuchte, sich hindurchzuzwängen. Blutend kam das Mädchen auf der anderen Seite heraus. Sie hatte sich am Arm verletzt, doch sie spürte kaum noch etwas, nicht die Kälte, nicht den Riss in der Haut.

Das Mädchen richtete sich auf, tat ein paar Schritte und stand vor dem Bauwagen. Daneben befand sich noch ein Verschlag, vielleicht ein Geräteschuppen. Eine blinde Lampe hing neben dem Eingang, ein Windspiel zitterte und gab einen hässlichen Klang von sich. Aus dem Fenster der Hütte drang das schwache Licht, ansonsten konnte sie kaum etwas erkennen. Wo war der Falter geblieben? Er war verschwunden, und sie fasste einen weiteren Entschluss. Sie klopfte an die Tür und musste an jenes Märchen denken, ihre Mutter hatte es früher so oft erzählt. Darin kam ein Mädchen vor, das zu schwach war, um fest genug an eine Tür zu klopfen. Das Haus blieb verschlossen. Und wenn nicht ein Freund das Klopfen übernommen hätte, wäre das Mädchen nie an ihr Weihnachtsgeschenk gekommen, ein prächtiges Schokoladenschiff, denn die Tür gehörte zum Süßigkeitenladen einer tief schlafenden oder schwerhörigen Frau, sie wusste es nicht mehr. Dieser Bauwagen sah nach allem anderen als nach einem Süßigkeitenladen aus. Was allerdings dem Märchen entsprach: Niemand öffnete ihr, und sie nahm noch einmal alle Kraft zusammen und klopfte. Der Schatten lauerte auf sie, sie konnte nicht zurück. Endlich vernahm sie Schritte, die Tür ging lautlos auf.

»Was zum …«, sagte eine große Frau, sie wäre mit dem Kopf gegen den Türrahmen gestoßen, wenn sie sich nicht gebückt hätte.

»Können Sie mir bitte helfen?«, sagte das Mädchen.

Die Frau beugte sich weiter vor, lugte erst über die eine, dann über die andere Schulter des Mädchens, sie seufzte, dann zog sie das Mädchen zu sich ins Haus. Sie hatte kurzes Haar, sie trug eine Art Handwerkerhose und ein Hemd, aber so richtig konnte sie es im Licht einer Öllampe nicht erkennen. Die Wärme im Wagen nahm dem Mädchen fast den Atem. Ein Ofen bollerte, ein schwerer Geruch hüllte sie ein, eine süße Fäulnis. Zwei abgemagerte Katzen sprangen von ihren Kissen und schickten sich an, sie zu mustern. Eine dritte kam von draußen durch eine Klappe in der Tür herein, zu ihr gehörten die Mondaugen. »Hier, zieh das an«, sagte die Frau, ihre Stimme war tief. Hinter einem Paravent durfte sie sich ein zu großes Wollkleid anziehen, daraufhin sollte sie sich auf ein Sofa setzen, dessen Bezug gänzlich zerschlissen war, vermutlich von den Krallen der Haustiere, und wie auf ein Kommando war eine der Katzen bei ihr und fauchte sie an.

»Hallo! Ernesto! Was hab ich dir zum Thema *Teilen* beigebracht«, knurrte die Frau und drückte den Kater unsanft vom Sofa.

Das Mädchen bekam einen Becher gereicht, ein schwarzer, bitterer Saft, dazu ein Gebäckstück, unförmig, ein Brocken. Sie aß begierig, sie war am Verhungern. Ein unbekannter Geschmack lag ihr auf der Zunge. Die Frau, sie kam ihr in der Enge des Wagens wie eine Riesin vor, setzte sich auf einen Stuhl neben dem Sofa und beugte sich wieder zu ihr. Ein faltiges Gesicht kam näher, schartig, und doch hatte es plötzlich etwas Jugendliches, Frisches, die Augen blitzten, das eine war etwas dunkler als das andere. Immer näher kam das Gesicht, bis das Mädchen zurückwich.

»Du hast Angst vor mir? Es sieht vielleicht nicht so aus, aber du bist hier sicher. Nimm noch einen Keks.«

Das Mädchen aß, und beim letzten Bissen spürte sie, dass dieser entsetzliche Tag einer verlockenden Schwere wich, ein sanftes Gewicht zog an ihr. Sie konnte kaum noch die Augen offen halten, nicht mehr sitzen. Sie sank um, da war eine Hand, die sie abstützte und führte, damit sie nicht einfach umkippte. Ein letzter Blick auf das fremde Gesicht und diese blitzenden Augen. Ein letzter Blick auf ein Lächeln, das sie nicht kannte.

Eine junge Schwester steht vor ihnen, stellt sich als Laura vor und befreit Paula vom Infusionsschlauch. Dann wird noch der Blutdruck gemessen, er ist zu hoch.

Die Schwester neigt den Kopf zur Seite. »Kann mit der Infusion zusammenhängen. Oder mit der *Gesamtlage*. Oder mit beidem. Vielleicht möchtest du etwas zur Beruhigung haben? Bevor du mir davongaloppierst?«

Paula nickt, die Schwester verschwindet und kommt keinen Augenblick später mit einem Blister zurück (*sie* ist auf Speed, denkt Katja, sie braucht eigentlich die Beruhigungspillen). »Nehmen wir lieber gleich zwei davon«, sagt Laura und reicht Paula ein Glas Wasser. »Und mein Vorschlag wäre: Geht doch mal ein paar Schritte vor die Tür, jetzt habe ich dich ja entkabelt. Moderate Bewegung, dann pendelt es sich meistens ganz gut ein.«

»Möchtest du?«, fragt Katja ihre Tochter.

Sie möchte.

*

Was für ein Himmel, denkt sie, als sie draußen sind. Ein unwirkliches Blau. Wäre es nicht leichter, wenn es regnen würde? Es würde jedenfalls besser zur *Gesamtlage* passen. Schönes Wetter ist für die Glücklichen unter uns, nicht für die Pechkinder. Sie schaffen es bis zum Waldrand, Paula mit Mütze und Daunenjacke, Jogginghose und Sneakern.

Katja ist sich erst sicher, dass sie selbst eine Jacke trägt, als sie es überprüft. Spazierengehen führt nie zu etwas Gutem, denkt sie. Warum lasse ich mich jedes Mal wieder darauf ein. Gibt es eine Ausnahme, ein einziges positives Beispiel? Nein, gibt es nicht. In der Hölle wird nichts anderes gemacht als spazieren zu gehen, jeden Tag, noch eine Runde, noch eine Runde.

Spazierengehen im Urlaub mit den Eltern. Alfred bewaffnet mit dem Kescher, er hat diese peinliche Kappe auf, aus der das Sommerhaar quillt. Er durchkämmt die Insel auf der Jagd nach seltenen Exemplaren, um sie zu töten, um sie aufzuspießen. Im Urlaub wird Alfred zum Mörder. Und ihre Mutter möchte, während der Vater als irrer Lepidopterologe durch die Böschung kriecht, ernsthafte und ernsthaft aufklärerische Gespräche mit der Tochter führen. »Nicht, dass du schwanger wirst. Damit machst du dir alles kaputt.« Wohingegen Katja sich nur eine Frage stellt: Bin ich im nächsten Jahr alt genug, um allein in Urlaub zu fahren?

Außerdem: Spazierengehen mit Simon. Weil das Wetter schön ist. Weil das Essen zu schwer war. Weil er ausnahmsweise zu Hause ist und nicht arbeitet. Weil er Simon ist. Draußen, ach, draußen ist es so schön. Einmal haben sie es gewagt und sich auf einer Lichtung geliebt. Spätestens danach hätte ihm klar sein müssen, dass sie kein kerniges Naturlandwesen ist, eins mit der Schöpfung. Danach sind sie erst einmal zur Notfallapotheke gefahren, um sie mit Chemikalien einzusalben.

Spazierengehen mit Ellen, um sie zu trösten. Mit Lou, um sie zu trösten. Mit Ellen, um getröstet zu werden. Mit Lou, um getröstet zu werden. Weil sich das Leben Betrügereien für sie ausgedacht hat. Weil es permanent die Richtigen mit den Falschen zusammenbringt. Weil aus zwei Hälften kein Ganzes wird. Niemals.

Spazierengehen mit Paula, um ihr zu sagen, dass sie ab sofort nicht mehr zu dritt, sondern nur mehr zu zweit wohnen werden. Leben werden. Ohne Simon leben werden. Und Paula fängt daraufhin an zu rennen, einfach loszurennen, und sie geben bestimmt ein denkwürdiges Bild ab, das Kind mit dem gelben Kleid und dem Feuerkopf, und die Mutter hinterher im Versuch, es einzufangen. Distanzieren, du musst diese Bilder auf Abstand halten. Sie auf die Bühne stellen und nur beobachten. *Ja, klar.*

Sie schweigen, vielleicht teilt Paula ihre Abneigung gegen diese Form der moderaten Bewegung. Sie mochte es lieber, sich auszupowern, bevor - bevor ihre - bevor ihre Krankheit - wie sie diese Sätze hasst. Als sie wieder bei der Klinik sind, möchte ihre Tochter durch den Irrgarten gehen. Oder ist es ein Labyrinth? Sie glaubt sich zu erinnern, dass es da einen Unterschied gibt.

»Mama«, sagt ihre Tochter, die nicht mehr Mama sagt, als sie vor der hüfthohen Hecke stehen. »Ich hab so große Angst vor morgen. Noch mehr als vor der OP am Arm.« Und sie macht etwas, das sie sich die vergangenen Tage verboten hat, sie drückt sich an ihre Mutter und lässt sich halten. Festhalten, damit sie nicht fällt. So stehen sie vor diesem Irrgarten, aneinandergelehnt, eine ganze Weile, und sie gehen doch nicht hinein.

Als das Mädchen aufwachte, flutete Sonnenlicht den Bauwagen. Sie brauchte eine Weile, um zu verstehen, wo sie war. Sie blickte an sich hinunter. Sie trug ein einfaches, raues Kleid, das ihr bis zu den Knöcheln reichte, es passte genau. An ihrem Unterarm schmerzte ein großer Schnitt, auf den jemand eine glänzende Tinktur gestrichen hatte. Sie bewegte ihre Beine, ihre Arme, schwere Gewichte, sie verrichteten noch ihren Dienst. Die Füße waren zerkratzt, das Blut war getrocknet. Sie stand vom Sofa auf, aber es musste ein anderes Sofa sein, denn der Samtstoff wirkte tadellos, noch keine Katzenkralle hatte ihn bearbeitet. Auf einem polierten Tisch standen Karaffe und Glas, sie trank wie eine Verdurstende und schenkte nach, trank und schenkte nach, ein bitterer Geschmack auf der Zunge. Dazu nahm sie sich eins von diesen Gebäckstücken, sie waren äußerst trocken und schmeckten nicht gerade süß, irgendeine aufdringliche Zutat, etwas Herbes, sie kam nicht darauf.

Es war sehr warm im Raum, obwohl der Ofen kalt zu sein schien. Das einfallende Sonnenlicht hatte für die Jahreszeit eine eigentümliche Kraft. Herbstlicht? Nein, das konnte nicht sein. Sie sah sich um. Wo war die Frau? Alles wirkte so geräumig, viel größer, als es von außen den Anschein gehabt hatte. War sie nicht mehr in dem Bauwagen? Hatte die Frau sie in ihr Haus gebracht? Aber wie? Und wann?

Sie sah Töpfe und Tiegel, Flaschen und Dosen, Büchsen

und Gläser, Kerzenständer und Spiegel, eine Reihe geschnitzter Tiere (zumeist Elefanten), Vasen mit und ohne Blumen, das in Öl gemalte Porträt eines ernst dreinblickenden Mannes, er trug einen schwarzen Hut, und von der Decke hingen Knoblauch und getrocknete Kräuter. Außerdem gab es Kissen, Decken, Kartons und Stofffetzen, einen grünen Lampenschirm sowie zerfledderte Bücher. Sie nahm einen der Elefanten in die Hand und drehte ihn hin und her, er war überraschend leicht, wog fast nichts. Sie stellte ihn wieder ab und trat nach draußen. Ihre Füße berührten einen warmen, weichen Boden, als würde sie auf einer Samtdecke laufen. Der Anblick war überwältigend.

Sie lief auf Klee. Bunt gemusterte Schmetterlinge flogen zu Dutzenden umher, weiter hinten erstreckte sich ein Meer voller Blumen, der Geruch von Bärlauch drang ihr scharf in die Nase und verschwand wieder. Obstbäume blühten, eine gewaltige Hecke umringte den Garten, in ihr schienen sich Tausende Lebewesen zu bewegen, kriechend, Flügel schlagend, hüpfend. Die Farben und das Licht waren von einer außergewöhnlichen Sattheit, prall, gleißend, kaum auszuhalten. Und es kam ihr so vor, als würde sie alle Geräusche viel deutlicher hören als sonst. Das kleinste Summen und Rascheln drang ihr in die Ohren, das Schlagen von zarten Flügeln, Käferbeine tippelten deutlich vernehmbar über Erde und Blüten und Blätter. Es war ein klingendes Bild, es war so voll, so erfüllend, doch es war von allem zu viel, sie wurde bestürmt von Farben und Gerüchen und Geräuschen und sah keinen Platz, keinen Flecken, der sich etwas mehr im Hintergrund hielt. Alles wollte gesehen und gehört und sofort bewundert werden. War das ein Traum? Schlief sie noch? Wo war die Stadt geblieben? Der hohe Zaun? Sie atmete tief ein und hatte das Gefühl, allein das Schauen und Hören mache sie satt.

Die Frau saß auf einer Bank inmitten der Kleewiese, sie trug eine kurze Hose, die blassen Beine streckte sie weit von sich. Kugelrunde Waden. Überhaupt kam sie ihr heute fülliger, gesünder, runder vor als gestern. Sie hielt eine Zigarette in der Hand, sie steckte in einem langen Stiel. Die Hand zitterte leicht.

»Das ist ganz unmöglich«, sagte das Mädchen, als sie vor der Frau stand. »Gestern noch war ich in einer Stadt. Und so lange kann ich nicht geschlafen haben, dass wir schon wieder Frühling haben.«

»Wenn es so ist, dann ist es möglich«, sagte die Frau und setzte den Zigarettenhalter an die Lippen. »Und halten nicht auch viele Tiere einen Winterschlaf? Aber ich darf dich beruhigen: Seit deiner Ankunft ist gerade mal eine Nacht vergangen. Hier, innerhalb der Hecke, wechseln die Jahreszeiten schnell. Und es ist immer eine Überraschung, was der nächste Tag bringen wird.«

»Wirklich unglaublich!« Mehr wusste das Mädchen nicht zu sagen.

»Wenn du schon mal hier bist, kannst du dich auch zu mir setzen. Mir ist ein wundervoller Tag gelungen.«

Das Mädchen setzte sich vor ihr ins Gras und wollte vorerst nur eines wissen: »Darf ich fragen, wie du heißt?«

»Wie ich heiße? Da fängst du mal gleich mit der schwierigsten Frage an.«

»Wieso? Hat nicht jeder einen Namen? Und ist es nicht ganz einfach, danach zu fragen?«

»Einfach?«, sagte die Frau und blies Rauch in die Luft. »Manchmal ist es unendlich schwierig, danach zu fragen.

Und noch viel schwieriger, darauf zu antworten. Du kannst mich *einfach* Magda nennen.«

»Magda? Das ist ein schöner Name. Aber nicht dein richtiger, oder?«

Da musste die Frau lachen und verschluckte sich fast an ihrem Qualm. »Du gefällst mir. Und wie lautet *dein* richtiger oder falscher Name?«

»Pola.«

»Na schön, Pola oder Pia oder ganz anders. Wie bist du hierhergekommen? Ich hatte lange schon keinen Besuch mehr. War auch nicht scharf drauf, um ehrlich zu sein.«

Pola erzählte und spürte beim Erzählen, wie gut es ihr tat. Wie sie sich augenblicklich leichter fühlte, da sie die Bilder mit jemandem teilen konnte. Sie erzählte, dass sie mit den Freundinnen im Stadtpark gewesen war. Wann war das gewesen? Gestern, vorgestern? Vor Wochen, vor Monaten? Jedenfalls war es ein Spätsommertag gewesen, und sie waren keineswegs zu weit gelaufen. Sie hatten nicht die Brücke über den Bach überquert, den die Eltern als Grenze ausgewiesen hatten. Sie spielten Fangen, sie spielten Verstecken. Sie malten mit den Fingern geheime Botschaften und Wünsche in die Luft. Sie lachten Tränen und stritten sich furchtbar. Ein ganz gewöhnlicher Tag.

Bis er auf der anderen Seite des Bachs zu sehen war, spärlich verborgen hinter einem Strauch, zu ihnen herüberspähend. Der dunkle Fuchs. Sein Fell schimmerte blauschwarz und war durchsetzt mit grausilbernen Streifen. Um die Schnauze und an der Schwanzspitze waren die Haare schlohweiß. Ein dunkler Fuchs! Hatte die Lehrerin nicht gesagt, sie seien ausgestorben? Die Mädchen waren wie eingefroren, gaben keinen Mucks mehr von sich. Der Fuchs wendete sich ab und schnürte mit diesen eleganten, seltsam fließenden Bewegungen davon. Sie musste hinterher! Sie hatte ihn doch gar nicht richtig gesehen. Eine solche Gelegenheit würde nie wieder kommen, so ein seltenes Tier, mitten in der Stadt! Und schon war sie über die Holzbrücke, war sie auf der anderen Seite des Wasserlaufs, aber keines der Mädchen war ihr gefolgt. »Bist du verrückt?«, riefen sie ihr nach. »Pola, kehr um!« Doch sie lief weiter und versuchte, ihren Zorn zu unterdrücken, weil die anderen sie wieder einmal im Stich ließen. Und sie würde wieder als die Ungehorsame gelten, als das wilde Mädchen. Die Stimmen wurden immer leiser, bis sie schließlich ganz verstummten. Was sollte schon passieren? Sah der Park hier nicht haargenau so aus wie auf ihrer Seite? Was sollte großartig anders sein? Nur der Bach wurde breiter, das fiel ihr auf, wurde von einem Flüsschen zu einem Fluss. Und das Wasser war etwas dunkler geworden, aber das konnte auch eine Täuschung sein.

Ein Glück, dass der Fuchs es nicht eilig hatte. Er nahm sich Zeit, die herabgefallenen Früchte eines Apfelbaums zu beschnuppern, er tastete mit der Pfote in ein Erdloch, dann machte er ohne ersichtlichen Grund einen Satz in die Luft, lief weiter, kratzte an der Rinde einer Birke, manchmal schien er sogar absichtlich im Kreis zu laufen. Sicher wusste er längst, dass sie hinter ihm war. Konnten Füchse nicht viel besser riechen und hören als Menschen? Was ihr große Mühe bereitete – ihm zu folgen, seine Spur nicht zu verlieren –, war für ihn eine Kleinigkeit. Sie hatte nur ihre Augen als Hilfsmittel, und die waren nicht einmal gut, wie der Doktor neulich gesagt hatte. Als sie vor einer Tafel gesessen und wieder eine Zahl falsch angegeben hatte. »Na, na«, hatte er gesagt, »jetzt machst du schon wieder aus einer ungeraden eine gerade Zahl.«

Sie lief immer tiefer in den Park hinein. Wo waren die Spaziergänger und Liebespaare und Sportler? Niemand zu sehen. Sie schwitzte, bekam Durst, aber solange sie den Fuchs im Blick hatte, wollte sie nicht umkehren. Bis sie eine Lichtung erreichten. Der Fuchs hielt an, wartete ab; er machte keine Anstalten, weiterzugehen. Er stand nur da und sah sie an. Sie schritt langsam auf ihn zu. Als sie bei ihm war, beugte sie sich leicht zu ihm und streckte ihm die Hand hin. Er zögerte, beschnupperte die Finger, dann schleckte er sie ab. Schließlich schmiegte er sich an ihre Füße, wie sie es von Katzen kannte.

»Freunde?«, sagte sie.

Sie hatte einen herben Geruch in der Nase, gewöhnte sich schnell daran. Sie berührte das Fell, der Fuchs ließ es zu, es war noch weicher, als sie es sich vorgestellt hatte. Aus der Nähe betrachtet war das Haar viel länger, eine helle Strähne auf seinem Rücken sah aus wie ein Streifen Schnee. An einer Stelle am Kopf fehlte das Fell, dort war er beinahe kahl, sie fuhr mit den Fingerspitzen darüber. Vielleicht hatte er sich dort einmal verletzt?

Sie kam in die Hocke und versuchte zu sehen, was der Fuchs sah, versuchte zu hören wie er. Sicher war sie nahezu blind und taub im Vergleich zu ihm, und sie war ihm eine Fremde, wenn nicht eine Gefahr. Doch sie hatte sich einem Tier noch nie so verbunden gefühlt, und sie hatte die Hoffnung, dass es dem Fuchs ebenso erging. »Ich nenne dich Silberfuchs«, sagte sie.

Sie erhob sich, es wurde schlagartig dunkler. Sie blickte zum Himmel, ein dunkles Blau, sicher war es spät geworden. Viel zu spät, die Eltern würden sich bereits Sorgen machen. »Kannst du mich zu der Holzbrücke führen?«, sagte sie zum Fuchs. »Von dort aus kenne ich den Weg.« Er reagierte nicht. »Dann muss ich es selbst versuchen, sonst bekomme ich richtig Ärger.« Sie fuhr ihm ein letztes Mal durchs Fell – »Mach's gut, ich werde dich bestimmt nicht vergessen!« – und musste sich nun entscheiden, welche Richtung sie einschlagen würde. Kam ihr irgendetwas bekannt vor? Nein. In der Dämmerung hatte sich alles verändert, die Bäume waren grünschwarze Zufälle, kein Muster war erkennbar, kein Wegweiser half. Sie setzte sich in Bewegung, irgendeine Spur würde sie schon entdecken, da hörte sie einen hellen, spitzen Schrei. Es war das erste Mal, dass der Fuchs einen Laut von sich gab. Und noch einmal. Wollte er ihr etwas sagen? Dann lief er in eine andere Richtung davon, und sie deutete sein Rufen so, als solle sie ihm folgen, vielleicht hatte er sie ja doch verstanden.

Im abnehmenden Licht fiel es ihr schwer, ihn nicht aus den Augen zu verlieren. Der Fuchs blieb immer wieder stehen, blickte sich nach ihr um und gab ihr die Gelegenheit, aufzuschließen. Es dauerte nach ihrem Gefühl nur wenige Minuten, bis sie die Brücke entdeckte, die Brücke über den Wasserlauf. Und bis sie die Rufe hörte:

»Pola! Pola! Wo bist du?«

Der Vater, die Mutter, die anderen Mädchen. Sie konnte jede einzelne Stimme aus dem Chor heraushören. Ein paar Schritte noch, nicht viel. Sie wollte sich schon bedanken, sich endgültig von Silberfuchs verabschieden. Sie wollte schon »Hier bin ich!« rufen, da hörte sie das Geräusch. Wie ein Atmen, ein beständiges Ausatmen. Es konnte nicht zu einem einzelnen Menschen gehören, es war eher, als würden tausend Münder auf einmal ausatmen und nicht mehr damit aufhören. Was sie noch mehr erschreckte: Sie sah pechschwarze Gewächse zwischen den Bäumen wuchern, in einer höllischen Geschwindigkeit. Waren es Wurzeln oder Ranken? Oder war es nur Rauch? Es blieb keine Zeit, das zu unterscheiden, denn alles wuchs augenblicklich zu einem einzigen großen Schatten zusammen, der auf sie zuströmte, begleitet von diesem entsetzlichen Geräusch. Der Fuchs bellte, noch spitzer, noch heller als vorhin, er duckte sich, sprang auf, dann lief er los, und erst jetzt bekam Pola eine Ahnung davon, wie schnell er laufen konnte. Zuerst schien es, als würde er davonlaufen, doch dann machte er plötzlich halt und kehrte wieder um, lief auf den Schatten zu. Das Geräusch wurde nicht lauter, aber deutlicher, eindringlicher. Es kam näher. Pola spürte, wie diese Schwärze sie anzog wie ein Versprechen. Wie leicht es wäre, ihr nachzugeben. Die Brücke, sie musste es nur zur Brücke schaffen! Der Rückzug in ihre Welt, dort, wo sie in Sicherheit war, wo ihr nichts passieren, niemand ihr etwas anhaben konnte. Doch die Brücke war verschwunden, und der Schatten kam immer näher, ein schwarzer, kühler Mantel.

»Mama! Papa! Hilfe! Hier bin ich! Hier bin ich!«

Sie bekam keine Antwort. Als der Schatten sie fast erreicht hatte, löste sie sich aus ihrer Erstarrung und lief.

»Ich bin so lange vor dem Schatten weggerannt, bis ich hierhergekommen bin«, sagte Pola zu Magda, die aufmerksam zugehört hatte, ohne sie nur ein einziges Mal zu unterbrechen. »Dieser schwarze Fluss … ich bin ihm gefolgt, und plötzlich war es Herbst. Als wäre ich wochenlang gelaufen. Ich kam in eine Stadt, und ein blauer Falter hat mich zu dir geführt, bevor der Schatten mich eingeholt hat.«

»Hm«, sagte Magda und zündete sich eine neue Zigarette an.

»Weißt du, was das alles bedeutet? Kannst du mir helfen?«

»Sieh dich um, ich helfe dir doch schon! Und alles andere hat noch Zeit.«

»Wo bin ich hier? Und was ist dieses dunkle Etwas? Warum verfolgt es mich?« Pola betrachtete die Wunde an ihrem Arm. »Ich hätte dem Fuchs nicht hinterherlaufen sollen, ich bin selbst dran schuld.«

»Nein, Liebes, bist du nicht! Was hast du denn getan? Du bist einem äußerst seltenen Tier gefolgt. Das war gut, das war mutig! Ich erkenne den Geist einer Forscherin. Du hast damit angefangen, einer Sache auf den Grund zu gehen, und da hört es bei den meisten leider schon auf. Zu leben bedeutet doch, sich nach draußen zu wagen, eine Gelegenheit beim Schopfe zu packen. Nur kann halt etwas schiefgehen bei so einer Sache, und dann ist nichts mehr, wie es mal war. So heißt es doch. Nichts ist mehr, wie es war. Frühling ist plötzlich Winter, Sommer ist plötzlich Herbst. Die Welt steht kopf. Und kannst du etwas dafür? Ja und nein. Ist es dein Schicksal, ist es nur Pech? Wer weiß das schon. Jetzt aber hast du großes Glück, denn du bist bei mir gelandet. Es gibt im Augenblick keinen besseren Ort für dich.«

»Ich möchte nach Hause«, sagte Pola und schämte sich im nächsten Moment dafür, so unhöflich zu sein. Daher setzte sie hinzu: »Auch wenn es hier natürlich sehr schön ist.«

»In deinem Zustand kann ich dich unmöglich gehen lassen. Sieh dich an! Bist ja ganz zerschunden. Und erst recht nicht, weil dieses trübsinnige Elend von einem Schatten immer noch hinter dir her ist. Du würdest es keinesfalls schaffen, ihm zu entkommen. Keinesfalls! Ich sage: Bleib eine Weile hier in meinem Jahreszeitenhaus.«

»Jahreszeitenhaus?«

»Nun, du sitzt direkt davor, mein Kind.«

Pola blickte sich um. Das, was ihr gestern noch als der dunkle Umriss eines Bauwagens gegolten hatte, offenbarte sich als ein rot gestrichenes Holzhaus, die Farbe glänzend, als wäre sie gerade erst aufgetragen worden. Das Reetdach war moosbewachsen, ein Kasten mit Wildblumen hing vor dem großen runden Fenster. Der Anbau glich einem zu kurz geratenen Zwilling, dieselben Formen, das Fenster, die Tür, alles an derselben Stelle, nur eben deutlich kleiner. Pola stutzte. Was war das hier, was sollte das? Es konnte doch nur ein Traum sein. Ein Traum, aus dem sie nicht mehr aufwachte.

»Im Nebenhaus kannst du dich einrichten«, sagte Magda, als wäre sie ihrem Blick und ihren Gedanken gefolgt.

Wind kam auf, die Blüten der Obstbäume stoben durch die Luft, die Hecke zitterte. Das Himmelsblau glich nun einer eingerissenen Tapete, dunkelgraue Schlieren breiteten sich aus. Eine bittere Kälte legte sich über den Garten, Pola schauderte.

»Sieht so aus, als würde er immer noch nach dir suchen«, sagte Magda und blickte der aufziehenden Dunkelheit entgegen. »Schnell ins Haus!«

Sie wendeten sich ab und gingen in den Anbau, Pola hatte ein weiteres überfülltes Zimmer vor sich. Vieles kam ihr bekannt vor, weil es sich auch nebenan befand, nur eben größer. Die geschnitzten Elefanten, die Tiegel, Gläser, Dosen und Vasen, die Lampe mit dem grünen Schirm. Nach welcher Ordnung hier alles stand und lag und hing, blieb Pola verborgen, nur die Bücher waren diesmal ordentlich in einem Regal aufgereiht. Auf dem Bett ein weißes Nachthemd, sie nahm es zur Hand, befühlte es, es war weich wie das Fuchsfell, passte jedoch nicht recht zur Jahreszeit und zur Wärme in diesem Zimmer.

»Die Nächte hier werden kalt«, sagte Magda. »Der Übergang ist garstig.«

»Der Übergang?«

»Du wirst es spüren.«

Magda lächelte erneut in einer unbekannten Sprache, verließ das Zimmer und kehrte wenig später mit einem Tablett zurück: der schwarze, bittere Saft, die nach Weihnachten schmeckenden Kekse. Pola trank und hatte das Gefühl, dass ihr Durst nicht gestillt wurde, wohingegen ein Keks ausreichte, um sich so satt zu fühlen wie nach einer deftigen Mahlzeit.

»Leg dich hin und ruh dich aus. Aber vergiss nicht, das Nachthemd anzuziehen. Die Nächte werden hier wirklich ungemütlich. Und wenn du dich danach fühlst, kommst du zu mir rüber. Ich hätte verdammt große Lust, mal wieder so richtig aufzukochen, jetzt, da ich Gesellschaft habe.«

Pola stand vor dem Fenster, es kam ihr wie das Bullauge eines Schiffs vor. Draußen rauschte kein Meer, draußen erstreckte sich der Garten, er hatte alles Helle und Frühlingshafte verloren, lag kalt und grau und stumm vor ihr. Die Obstbäume waren kahl geworden, letzte Blüten schwebten umher wie vergessene Farbpunkte. Wie lange konnte sie sich hier vor dem Schatten verstecken? Sie fühlte sich müde, niedergeschlagen, sie wünschte sich nach Hause zu ihren

Eltern, zu ihren Freundinnen, in ihr Viertel mit den unscheinbaren Häusern, dem schiefen Kirchturm, den Kastanienbäumen. Dort, wo sie jeden Stein kannte, jedes Gesicht, wo sie jeden Geruch schon mal in der Nase gehabt hatte. Hier war ihr alles ein Rätsel. Und Magda? Sie war nichts anderes als freundlich, zuvorkommend, hilfsbereit, und doch war etwas an ihr, das Pola nicht behagte. Und stand es wirklich in ihrer Macht, den Lauf der Zeiten zu verändern? Das war unbegreiflich! So unbegreiflich wie alles, das ihr zuletzt widerfahren war. Warum war es ihr widerfahren? Warum ihr? Sie spürte die Erschöpfung in jedem Glied. Sie würde noch bleiben, das war das Vernünftigste. Nur nicht zu lang! Die Augen fielen ihr schon wieder zu. Mühsam zog sie das Kleid aus und das Nachthemd an, was ihr lächerlich vorkam, sie würde ja schwitzen! Sie legte sich hin und konnte ihrer Müdigkeit nichts mehr entgegensetzen.

Laura ist zurück. Noch einmal: die Vermessung eines Körpers. Temperatur, Blutdruck, außerdem fragt sie nach der Gesamtlage – danke, die Gesamtlage ist relativ stabil. Neue Gläser gibt es, eine Flasche Wasser, die Daten werden noch eingetragen – »alles Gute für morgen, das wird schon!« –, und dann ist Schichtwechsel. Schwester Laura hat es für heute geschafft, sie wird langsamer gehen, wenn sie die Klinik verlässt, vielleicht schlendert sie sogar. Oder sie kommt gar nicht mehr von diesem Tempo runter.

Paula sitzt auf der Bettkante, streckt die Füße aus. Die Zehen hat sie sich vorgestern noch lackiert. Ihre Glücksfarbe, Crazy Lazy. Katja steht auf, streckt sich, schenkt sich und ihrer Tochter Wasser ein. Der chronische Fensterblick offenbart: Alles ist anders als bei ihrem Spaziergang vorhin. Das Blau ist verschwunden, die Wolken rasen. Es schneeregnet. Alle vier Jahreszeiten an einem Tag, denkt sie.

»Erzählst du jetzt weiter? Oder brauchst du noch einen Kaffee? Bestimmt brauchst du wieder Kaffee.«

»Nein, ich hatte schon genug.«

»Hast du mal an eine Entziehungskur gedacht? Du bist ein Kaffee-Junkie.«

»Ich erzähle dann mal weiter.« Sie ist froh, dass Paula noch mehr von der Geschichte hören möchte. Ist sie froh? Alles ist besser als das Schweigen und Warten, Warten und Schweigen. Sie bleibt noch kurz am Fenster stehen. Der

Schneeregen lässt allmählich nach, es war nur ein Schauer. Aber der Wind ist geblieben, die schwingenden Äste, der Schatten im Hof. Vom Winter zum Frühling zum Sommer zum Herbst zum Winter. *Der Übergang ist garstig.* Darin könnte viel Wahrheit stecken, denkt sie.

Fröstelnd wachte sie wieder auf. Das Bullaugenfenster war beschlagen, sie wischte den Schleier mit dem Ärmel ab und sah draußen alles verwandelt. Die Wiese war schneebedeckt, die Hecke hatte ein weißes Dach bekommen, die Bäume trugen nun Kristallblüten an den Ästen. Drei Amselmännchen tippelten über den Schnee. Wie konnte das sein? Warum folgte auf den Frühling direkt der Winter? Was war aus dem Sommer geworden, dem Herbst?

In ihrer Kammer war es kalt, auf dem kleinen Tisch neben dem Bett (dieser Tisch, war der gestern bereits hier gewesen?) leuchtete eine Petroleumlampe, doch sie spendete keine Wärme. Aus einem Becher dampfte der bittere schwarze Trank, und da sie das Gefühl hatte, zu verdursten, nahm sie davon, anscheinend gab es nichts anderes. Sie zog sich das schwarze Kleid an, es hing über einer Stuhllehne. Es war aus einer samtweichen Wolle gewebt, hatte einen hochgeschlossenen Kragen und fiel wie das andere Kleid genau bis zu den Knöcheln. Wie abgemessen. Sie hatte noch nie ein so elegantes Kleidungsstück getragen, am liebsten lief sie mit einfachen Baumwollkleidern oder mit weiten, hochgekrempelten Hosen herum. Sie blickte in den goldgerahmten Wandspiegel, erschrak aber und wandte sich sofort ab. Als sie es noch einmal versuchte, hielt sie es kaum länger aus. Alles in ihrem Gesicht war in Bewegung und wirkte verzerrt, eine sich ständig wandelnde Fratze glotzte zurück. Der Mund weit geöffnet zu einem Schrei, dann wieder geschlossen. Bald quollen die Augen hervor, bald verschwanden sie in schwarzen Höhlen. Sie berührte ihr Gesicht, es wirkte so wie immer. Sie fuhr sich durchs Haar, es war struppig, knotig. Sie betastete ihren Oberkörper, konnte keine Veränderungen feststellen. Nur als sie unter ihren Achseln roch, fiel ihr auf, dass sie sich dringend einmal wieder waschen musste.

Sie machte einen Schritt zum Bücherregal, zog wahllos ein Buch heraus, und auch die Buchstaben hielten ihrem Blick nicht stand, wanderten über das Papier, dehnten sich aus und schrumpften zusammen. Hastig stellte sie das Buch zurück und ermahnte sich, ruhig zu atmen. Es war alles nur ein Traum. Ein Traum allerdings, in dem sie fror, weißer Nebel strömte aus ihrem Mund, sie atmete Gespenster aus. War sie selbst ein Gespenst geworden?

Was gab es hier noch? Sie öffnete einige der Dosen und Schachteln, alle waren leer, das Gemälde an der Wand (dieses Gemälde, war es gestern …) zeigte graue und braune Flächen, wie der Ausschnitt einer Einöde. Ihr Großvater malte solche trübsinnigen Bilder. Sie fand keine Schuhe, barfuß ging sie nach draußen, rannte durch den knöchelhohen Schnee und sparte sich das Klopfen und Warten an der großen Tür, sie trat sofort ein. Die Wärme in der Stube war eine Wand, und sie prallte dagegen. Magda saß in einem Ohrensessel und wirkte nicht überrascht, als Pola vor ihr stand und sich die Hände rieb.

»Dann können wir ja loslegen«, sagte sie ohne Umschweife und erhob sich.

»Womit?«

»Na, mit dem Kochen!«

Die Frau ging zur Anrichte und griff nach einem Messer. Pola wich ein paar Schritte zurück, näher zur Tür hin.

»Nicht doch«, sagte Magda grinsend. »Was denkst du denn von mir.« Sie holte ein Stück Fleisch aus dem Kühlschrank, rot und blutig, und fing an, es zu entbeinen und zu parieren. Ihre Bewegungen waren schnell und sicher, als hätte sie das schon hundertmal gemacht. Das, was sie nicht brauchte, warf sie einfach zur Seite. Die Kater lauerten hinter ihr.

»Bevor du fragst: In meinem anderen Leben habe ich gerne gekocht. Na los, schnapp dir eine Schürze, Liebes!«

»Was ist das?«, fragte Pola.

»Fuchsfleisch«, antwortete Magda. Funkelnder Blick, gerötete Wangen, sie wirkte jünger, viel jünger in diesem Licht.

»Das esse ich nicht!«

»Ich liebe deine Ehrlichkeit. War nur ein Scherz, es ist ganz gewöhnliches Rindfleisch.«

Sie langte in einen Topf und strich eine Paste mit den Fingern auf das Fleischstück, würzte kräftig mit Salz und Pfeffer. Vom Messer einmal abgesehen, benutzte sie für alles ihre Hände, ohne sie jemals zu waschen oder an ihrer Kochschürze abzustreifen.

Das Fleisch landete in einem großen rechteckigen Bräter. Pola hatte inzwischen Karotten und Sellerie geschnitten, das kam hinzu, und Magda goss einen dampfenden Sud auf das Gemüse und den Braten. Würzte, legte Lorbeerblätter nach, schob dann alles in den Ofen. Ging zum Plattenspieler, setzte ihn in Gang. Es knackte, ein Saxofon erklang, ein Schlagzeug; es war die Musik, die ihr Vater so gerne hörte, die manchmal etwas schrill klang und wild. Magda machte ein paar Tanzschritte und sang überlaut mit, sie sang von Nächten und Sternen und Lichtern, bis sie einen Satz ständig wiederholte, auch wenn das Lied schon längst zu Ende war.

»Finde ich dich,
in dieser Heiligen Nacht!«

Dann seufzte sie und sagte: »Ich hasse Weihnachten, ich mache das hier nur für dich!« Magda füllte ein kostbar aussehendes Glas mit der schwarzen Flüssigkeit, nahm einen großen Schluck, schenkte nach und zündete sich eine Zigarette an.

»Was trinken wir da eigentlich die ganze Zeit?«, fragte Pola.

»Der Fluss mit dem schwarzen Wasser, du erinnerst dich? Das ist es, ich trinke nichts anderes mehr. An den Geschmack gewöhnst du dich.«

Magda drückte die Zigarette in einem Aschenbecher aus, dann ging es weiter mit dem Kochen. Die Musik schepperte im Hintergrund, doch Magda sang nicht mehr mit. Manchmal lachte sie grell auf, dann fluchte sie. Ihr Blick wurde dunkler, sie gab Pola eine Anweisung, sie sprach zu sich selbst, dann rief sie den Katzen etwas zu, und irgendwann konnte Pola nicht mehr unterscheiden, wer gemeint war. »Du musst jetzt gut zuhören! Hörst du zu? Wenn dieses Lied zu Ende ist, dieses *großartige* Lied, dann müssen wir die Klöße rausholen. Den Braten wenden. Butter zu den Knöpfle geben. Das Dressing abschmecken. He, lass das sein und hör zu! Komm her, was sollst du zuerst tun? Hast du mir überhaupt zugehört? Du musst die Klöße warm stellen! Haben wir genug Platz im Ofen? Nein, halt, warte!

Warte, bis das Lied zu Ende ist. Du hast da übrigens ein Stück Rotkohl an der Stirn kleben. Ernesto, hör auf, vom Boden zu fressen! Haben wir eigentlich Brot?«

Als Pola etwas aufwischen wollte, wurde sie daran gehindert, das könne sie sich sparen. Dabei war die Anrichte übersät mit Spritzern, Flecken, Stücken, Resten. Die Luft war dick, dampfig, Pola wurde schwindlig, sie schwitzte, außerdem hatte sie längst keine Lust mehr. Doch sie wollte nicht aufgeben, wollte wenigstens eine Hilfe sein, wenn sie hier unterkommen durfte. Ein Miauen, gefolgt von einem: »Was soll das, Harold!« Eine der Katzen verkroch sich. Die andere versuchte, sich der Hausherrin zu nähern, machte aber auf halbem Weg kehrt. »Du bist entlassen, Moreaux, entlassen! Ich schicke dich in den Schnee!« Die nächste Katze sprang in Deckung. Ernesto, Harold und Moreaux. Alle drei waren Kater, das immerhin wusste sie nun.

So ging es noch eine ganze Weile, Pola und Magda eilten von links nach rechts, von vorne nach hinten, rausholen, warm stellen, anrichten. Die Soße! Wie das spritzte, als Magda den kochenden Sud durch ein Sieb laufen ließ, ihr stand der Schweiß auf der Stirn.

Dann saßen sie in ihren eleganten Kleidern an dem mit einem weißen Tuch gedeckten Tisch. Alles war fertig geworden, dampfte vor sich hin, und Magda war plötzlich die Ruhe selbst und legte Pola mit großer Geste ein Stück Fleisch auf den Teller.

»War ein bisschen viel Unruhe im Spiel, nicht wahr? Verzeih mir, war nicht meine Absicht. Ich habe mich fast so aufgeführt wie meine Mutter damals an Weihnachten. Schlimm, wie tief das in einem steckt. Du kannst dir nicht vorstellen, wie sehr sie da unter Strom stand. Alles musste perfekt sein! Du konntest kein vernünftiges Wort mit ihr reden. Mit meinem Kind wollte ich das immer besser machen, habe nie die Chance dazu gehabt.« Sie schluckte, ihre Augen füllten sich mit Tränen, sie wischte sie weg. »Aber jetzt lang zu, Liebes, bevor es kalt wird. Es ist gut, dass du hier bist. Wären es doch bessere Umstände, aber das können wir uns leider nicht aussuchen.«

Wer soll das alles essen, fragte sich Pola. Die Klöße türmten sich zu einem beachtlichen Berg; die Knöpfle und das Rotkraut füllten Schüsseln, die vermutlich einmal einer Familie von Halbriesen gehört hatten, allein der Bräter nahm einen guten Teil des Tisches ein.

»Wir können das alles aufessen, denn es wird uns nicht satt machen«, sagte Magda, als hätte sie sich einmal mehr in ihrem Kopf versteckt und zugehört. Der Plattenspieler spielte eine ruhige Melodie, die Kater lauerten vor dem Tisch.

»Nicht satt machen?«

»Wir können es genießen, bis kein Krümel mehr übrig ist. Es wird gut schmecken, so gut wie wir es uns nur vorstellen können, so gut vielleicht wie bei deiner Mutter oder bei deiner Großmutter oder noch besser. Aber es ist … nun …«

»Es ist nicht echt?«

»So echt es nur sein kann.«

»Dann stimmt es, dass ich das alles träume?«

»Das trifft es nicht genau. Wir sind wach, Liebes! Allerdings sind wir auf eine besondere Weise wach. Wir leben in Erinnerungen. Nur in schönen Erinnerungen, versteht sich. Warum sich unnötig quälen, sage ich immer. *Sweet memories, you know.*«

Sie hielt Pola eine Schüssel mit dem Gebäck hin. »Solange wir artig unseren Nachtisch aufessen, werden wir es schön haben. Und ist das nicht wundervoll? Jeder Tag ist anders, jeder Tag ist angenehm. Hier begegnet dir kein Schmerz, und du kannst alles vergessen, was dir mal Kummer bereitet hat.«

»Aber wie ist es möglich, dass ich deine Erinnerungen sehe und nicht meine?«

»Es ist *meine* Backmischung, also sind es auch meine Bilder. Ich fürchte, damit wirst du leben müssen. Aber haben wir nicht alle sehr ähnliche Erinnerungen an einen wundervollen Tag? Die Grundzutaten sind überschaubar. Die Sonne scheint, es ist nicht zu heiß. Es schneit, es blüht, nach dem Regen kommt die Sonne hinter den verdammten Wolken hervor. Es gibt etwas Besonderes zu essen. Irgendwas flattert um dich herum. Sanftes Licht und so weiter. Frage zehn Leute, und sie alle erzählen dir vermutlich so ziemlich dieselbe Geschichte.«

Pola nahm einen Keks zur Hand, betrachtete ihn, roch daran. »Was ist da drin?«

Magda warf ihr einen ihrer funkelnden Blicke zu. »Ich wähle aus drei Körnern aus, das ist die Grundzutat. Sommerkorn, Winterkorn, Maienkorn. Das gibt die Jahreszeit vor. Der Rest ist ein stetes Experimentieren mit verschiedenen Zutaten. Was diese Welt so hergibt, ich habe schon alles Mögliche ausprobiert. Das Ergebnis schmeckt nicht immer grandios, zugegeben, aber die Erfahrung ist immer großartig. Mit dem schwarzen Wasser verhält es sich ganz ähnlich: Trinke es, und der Schatten bleibt fern von dir.«

»Der Schatten? Das heißt, du wurdest auch schon mal …«

»Ich sagte dir bereits, ich spreche aus Erfahrung.«

»Aber wir sind nicht die ganze Zeit in dieser, in diesem …«

»Nennen wir es ruhig einen Traum, das kommt der Sache immer noch am nächsten. Und so lange die Wirkung unserer kleinen Leckereien anhält, so lange träumen wir. Nur während wir schlafen, *wirklich* schlafen, wird es uns kalt werden.«

»Wenn uns das Essen nicht satt macht, dann werden wir doch mit der Zeit verhungern?«

»Eben nicht, Herzchen, die Kekse sind äußerst nahrhaft, das kannst du mir glauben. Vom schwarzen Wasser zu trinken hat allerdings ein paar winzige Nebenwirkungen.«

»Wenn ich es getrunken habe, bekomme ich noch mehr Durst als vorher. Und irgendetwas brennt im Mund und …«

»Was tut es! Es ist ein Preis, den ich gerne dafür bezahle, in Ruhe gelassen zu werden.«

»Bist du denn immer allein?«

»Nein. Ich habe meine drei Fellfreunde, ich brauche niemanden mehr. So, und jetzt genug mit der Fragerei! Lass uns das Essen genießen!«

Das Essen, es schmeckte, wie Magda versprochen hatte, köstlich. Sie konnte nicht sagen, dass es besser schmeckte als alles, was sie vorher probiert hatte. Es war tatsächlich so, dass es sie an das Weihnachtsessen ihrer Mutter erinnerte. Hatte sie vielleicht doch eine eigene Erinnerung vor Augen und auf der Zunge? Weihnachten, wie sie diese Zeit liebte – im Gegensatz zu Magda. Sie dachte daran, wie sie beisammensaßen, an dem Wohnzimmertisch, der nur zu diesem Anlass ausgezogen wurde; wie sie schief, aber inbrünstig ihre Lieder sangen; wie sie sich über das Essen hermachten, bis jeder von ihnen Bauchschmerzen bekam.

Bauchschmerzen bekam sie von dieser Mahlzeit nicht, sie hatte dennoch nicht das Bedürfnis, alles aufzuessen. Magda allerdings forderte sie immer wieder dazu auf, sich nachzunehmen. Irgendwann fragte Pola nach dem Gemälde, nach dem Gesicht mit dem Hut. Das Bild hing direkt neben ihnen, und es musste sich, wenigstens der Kleidung nach zu urteilen, um einen bedeutenden Mann handeln.

»Du wirst es erfahren«, brummte Magda zurück, »aber bitte nicht mehr heute!« Ihr Blick, ja, ihr gesamtes Antlitz konnte sich schlagartig verändern, nachtgrau werden und bitter und alt. Sie schimpfte mit einem Kater, der sich gerade ein herabgefallenes Stück Fleisch einverleiben wollte, es war der orangefarbene, Ernesto, der mutigste von den dreien, wie es Pola schien, oder der anhänglichste. Schweigend setzten sie das Mahl fort, und irgendwann hatten sie jede Schüssel geleert und den gesamten Braten aufgegessen – wobei Magda bestimmt die doppelte Menge verschlungen hatte. Sie fing wieder an, Lieder mitzusingen, sie sang: »Heimat, deine Sterne!«, lachte auf und ließ ein lautes, verächtliches »Heimat!« folgen. Die Musik verstummte. »Du willst also nach Hause?«, sagte Magda nach einer Pause.

»Ich vermisse meine Eltern«, sagte Pola. »Ich würde gerne morgen aufbrechen, ich möchte zurück zu ihnen.«

»Morgen? Nein, morgen ist es noch zu früh.«

»Ich möchte aber gern!«

»Du möchtest aber gern? Natürlich möchtest du gern. Dein Wunsch ist stark, und dein Wille nicht weniger. Ich sehe es in deinen Augen.«

»Ich werde gehen«, beharrte das Mädchen.

»Bist du so leichtsinnig? Wir müssen klug sein, hörst du? Ich werde es dir noch erklären, und danach wirst du einsehen, dass ich recht habe. Lass uns schlafen gehen, wir haben genug geschuftet für heute. Der Tag morgen wird *noch* schöner werden, versprochen.«

Pola stand auf und blickte in ein sich verwandelndes Gesicht. Es war jung und es war alt, es lächelte und es war ernst. Es war fast so unscharf wie ihr eigenes Spiegelbild vorhin. Wen hatte sie vor sich? Und konnte sie der Frau vertrauen? Das Gesicht auf dem Gemälde war hingegen eindeutig in seinem bedeutungsschweren Ausdruck, es veränderte sich nicht. Sie taufte das Bild: *Mann mit Melone*. Wobei sie nicht sicher war, ob es sich bei dem Hut wirklich um eine Melone handelte.

Sie öffnete die Tür, die frische, kalte Luft draußen versetzte ihr einen Hieb, doch nachdem sie ein paar Atemzüge genommen hatte, war sie dankbar, der stickigen Luft entronnen zu sein. Einatmen, ausatmen. Zurück in ihrer Kammer wechselte sie die Kleider, legte sich aufs Bett. Tränen rannen ihre Wangen hinab. Sie machte sich nicht die Mühe, sie wegzuwischen. »Was ist das hier? Wo bin ich hier?«, murmelte sie immer wieder in das Zimmer, und niemand antwortete. Pola jedenfalls wusste es nicht, zumindest nicht genau.

Das Deckenlicht flackert, es wird hell im Zimmer. Blinzelnde Augen.

»*Fiat lumen*!«, sagt der Arzt. »Es werde Licht! Oder heißt es *lumen fiat*? Der Lateinunterricht liegt schon zu lange zurück.«

Katja fühlt sich ertappt. Sie haben im Dunkeln gesessen, im Halbdunkeln, wie auch immer. Was macht das wieder für einen Eindruck.

»Ich komme ungelegen«, sagt Doktor Leinweber, er hat eine warme Stimme, wenn er nicht so gehetzt ist, eine Radiostimme. »Das gehört zu meiner Berufsbeschreibung. Und wenn ich dann bei der Arbeit bin, bekommen es die Betroffenen gar nicht mit. Tragisch. Augen auf bei der Berufswahl, sage ich da nur.« Er schüttelt erst Katja und dann Paula die Hand. »Morgen also wirst du nicht mitbekommen, was ich tue, und ich werde mir Mühe geben, dass es so wenig Spuren wie möglich hinterlässt. Etwas aber wird zu spüren sein, zumindest in den ersten Tagen.«

»Das heißt, sie kann morgen operiert werden?«

»Die Werte sind vor-bild-lich, ich habe eben mit der Anästhesistin gesprochen. Man merkt, wir haben es hier mit einer Sportlerin zu tun. Unter Belastung sind die Werte eins a. Es war nur ein kleines Fragezeichen. Wir sind lieber zu vorsichtig als zu nachlässig, schauen lieber einmal öfter hin als nötig.«

»Wie lange wird sie auf der Intensivstation bleiben müssen?«

»Nur wenige Tage. Das alles klingt gravierend, ich weiß, und vielleicht sieht das *Ambiente* morgen auf den ersten Blick etwas erschreckend aus. Das heißt nicht, dass eine erhöhte Gefahr besteht. Es geht vor allem darum, dich schnell wieder ans Atmen zu gewöhnen, Paula. Wir werden überwachen, ob sich nach dem Eingriff alles ruhig verhält. Mit ein paar Schläuchen ist anfangs zu kämpfen, die bauen wir nach und nach ab. Und wenn alles gut geht, bist du in sieben bis neun Tagen wieder zu Hause und kannst dich erholen.«

Um dann gleich mit der Chemo weiterzumachen, denkt Katja und sagt es nicht. Doktor Leinweber ist nicht viel größer als sie, das fällt ihr erst jetzt auf. Vielleicht hat mich die Brille zu sehr abgelenkt. Dabei wäre es genauso wichtig, seine Hände zu betrachten. Mit denen er schneiden und tasten muss; abtasten, ob da nichts weiter wächst auf dem Lungenflügel. Der kann das, denkt sie, der wird das können.

Als er fragt, ob sie noch Fragen haben, schweigt Paula. Katja versucht, sich zu erinnern, was sie sich am Morgen notiert oder besser: wo sie das Blatt mit den Notizen gelassen hat, und verpasst darüber ihren Einsatz. Das Blatt, das Blatt, sie hat es vor Augen, nur die Wörter darauf ergeben keinen Sinn, als wären sie in einer Geheimsprache verfasst worden.

Doktor Leinweber lächelt gütig und rät ihnen, sich auszuruhen, der morgige Tag werde anstrengend. Ob er denn das Licht wieder löschen solle? Nein? Also gut, dann bleibt es eben an. Nur dafür habe er leider keinen lateinischen Spruch parat.

»*Lumos*«, sagt Paula.

»Ah, du hast Latein in der Schule?«

»Harry Potter«, sagt Paula.

»Verstehe. Eine meiner größten Bildungslücken, muss ich gestehen.«

»Aber das ist natürlich Unsinn, merke ich gerade.« Paula kommt plötzlich ins Reden. »*Lumos* bedeutet ja auch nur, dass man Licht macht. Nicht, dass man es anlässt.«

Doktor Leinweber zuckt mit den Schultern. »Uns fällt schon noch ein Zauberspruch ein.«

»Sie können nicht zufällig den *Protego*-Zauber?«

»Einen Schutzzauber? Nein, bedaure. Aber ich gebe mir große Mühe, dass wir ihn nicht brauchen werden.« Er zwinkert ihr zu, das kann er also auch, er winkt und ist dann weg.

Paula bohrt ihre Hand in den Fuchs. »Wenn ich an morgen denke, wird mir ganz schlecht. Warum hab ich denn so eine krasse Angst davor? Vielleicht, weil es die Lunge ist?« Sie deutet mehr auf ihr Herz als auf die Lunge.

»Es ist eine andere Situation. Ich denke, dass es daran liegt.«

»Du meinst, weil es viel weniger Hoffnung gibt.«

»Das sind nur Zahlen, Paula, das muss nichts ...«

»Ich habe heute mit Opa wieder über den Tod gesprochen.«

»Du hast ...«

»Eigentlich ging es um Oma, und dass sie uns fehlt. Dann hab ich ihm erzählt, dass ich gelesen habe, Osteo-Leute mit einem Rückfall haben eine Überlebenswahrscheinlichkeit von nur 25 Prozent auf fünf Jahre gerechnet. Jetzt denke ich halt, dass alles, was ich bisher gemacht habe, und was ich nach der Heilung wieder angefangen habe – dass das alles, einfach alles umsonst gewesen ist.« Der Fuchs wird zerquetscht.

»Paula, das sind wie gesagt nur Zahlen, und du bist ...«

»Ich weiß schon, ich weiß. Ich bin ein Mensch und keine Zahl und so weiter. Aber muss man nicht daran denken, dass man auch auf der anderen Seite der Zahlen stehen könnte, auf der dunklen Seite? Ist ja schon die größere Seite geworden. Und wenn es schlecht läuft, wird sie immer größer und breitet sich weiter aus. Wie in deiner Geschichte.«

Katja fühlt ein Brennen im Inneren der Augenlider, sie greift nach dem Wasserglas, es ist leer. Erzählt sie ihrer Tochter gerade davon? Das weiß sie nicht, nicht genau, sie hat ja gerade erst angefangen zu erzählen. Und beides geht vielleicht nicht, erzählen und gleichzeitig darüber nachdenken. Das muss sie ihrer Tochter überlassen.

»Es wird alles gut gehen, Paula. Hab keine Angst.«

»Hast du denn keine Angst, Kat?«

»Ich habe viel mehr Hoffnung als Angst.«

»Du musst das nicht vor mir verstecken, das weißt du.«

Sie möchte ihre Tochter berühren, irgendetwas hält sie zurück. Jetzt keinen Fehler machen. Paula schaut sie an, ein Haarbüschel steht nach oben weg, ein struppiger Bubikopf. Die Nase, die Paula immer zu groß findet, es ist die Nase von Alfred. Das Grüngrau ihrer Augen schimmert nur matt, sie ist so blass, sie ist so müde, sie ist wunderschön. Ich werde niemals ohne Paula leben können, denkt sie, oder wenn, dann nur als ein Haufen Splitter, als zerborstenes Glas, als armseliger Rest. Sie umarmt ihre Tochter nun doch, Paula lässt es zu, der Fuchs klemmt zwischen ihnen, sie umfasst ihren Kopf mit den Händen, gibt ihr einen Kuss auf die Stirn, und sie lösen sich, holen Luft, schieben es weg, schieben die Welle weg, sie schieben das Wasser mit den Händen weg, so kommt es ihr vor. Es ist so unsinnig. Und das habe ich ihr beigebracht, denkt sie. Und habe es selbst beigebracht bekommen. Immer wegschieben, immer dagegenarbeiten. Selbst wenn es eine große Welle aus Wasser ist. *Du musst das nicht vor mir verstecken, das weißt du.* Doch, das muss ich, ich kann nicht anders.

»Reden wir über Magda«, sagt Paula, nachdem sie eine Weile geschwiegen haben. »Was ist eigentlich mit der los?«

»Soll ich weitererzählen?«

So weit kommt es nicht. Die Tür öffnet sich, ein Tablett wird gebracht, immerhin sagt niemand etwas von einer Henkersmahlzeit, und ihre Tochter schafft nur ein, zwei Bissen von dem Graubrot, aber immerhin. Der Sinnspruch auf der Papierunterlage ist gewaltig:

Glück ist Liebe, nichts anderes.
Wer lieben kann, ist glücklich.
Hermann Hesse

»Du kannst jetzt gehen«, sagt Paula leise. »Am liebsten wäre es mir, wenn du die ganze Nacht durcherzählst. Damit ich nicht an die OP denken muss. Aber du musst dich auch mal ausruhen.«

Katja möchte nicht gehen, obwohl sie weiß, dass es besser wäre, um den nächsten Tag irgendwie durchzustehen. Erst als die Schwester sie ebenfalls dazu auffordert, höflich, bestimmt, während sie das Tablett abräumt, greift sie zur Jacke. Sie öffnet die Tür, ist auf der Schwelle, da ruft Paula sie zurück.

»Und er tastet wirklich meine Lunge ab? Mit den Händen?«

»Ja.«

»Das klingt nicht gerade nach einer modernen Methode.«

»Er kann so alles spüren, alles finden. Die Geräte können das nicht so genau.«

»Er soll nichts finden außer diese eine Sache.«

»Er wird nichts weiter finden. Natürlich nicht.«

»Bis morgen, Kat!«

»Bis morgen, mein Liebes!«

*

Sie steht vor der Klinik, der Tag dimmt sich herunter. Der Übergang, der Scheißübergang. Tag, Nacht, Frühling, Sommer, Herbst, Winter, Krankheit, Gesundheit, Tod. Und sie weiß nicht, ob es besser wäre, das Rad zu schieben oder in die Pedale zu treten, für beides fehlt ihr die Kraft. Sie lässt sich ein bisschen rollen, am Anfang noch geht es bergab. *Wegzehrung,* der Stehimbiss taucht auf wie ein rettender Grenzposten. Sie hält an, stellt das Fahrrad ab. Innen ein vertrauter, warmer Dunst, keine Kundschaft außer ihr, die zwei Tische sind verwaist. An der Wand hängen noch immer die Poster mit den verschiedenen Schmetterlingsarten, Meerestieren und Muscheln. Französische Beschriftungen, *étoile de mer, paon de jour*. Als hätte man es hier mit einem Pariser Bistro zu tun und würde seine Muscheln essen. Daneben stehen allerdings hölzerne Tierfiguren auf einem Regalbrett, grotesk überzeichnet, Schwein und Rind. Hinzu kommt noch das gruselige Hirschgeweih aus Kunstharz. »Da wirst du glatt zum Vegetarier«, sagte Ellen einmal dazu, sie hat hier noch nie etwas gegessen. Aber Katja mag den Besitzer und seine schräge Art von Humor. Großer Mann mit buschigen Augenbrauen, einsetzender Schmerbauch, alles durchdringende Lache. Wie auf Zuruf kommt er aus der Küche und stellt sich hinter den Tresen. Er scheint sich zu freuen, sie zu sehen, erkennt sie wieder nach einem Jahr Pause. Wie oft war sie hier gewesen, als Paula ihre Chemo-Blöcke hatte und die Operation. Nervennahrung, *Soul Food*. Was weiß er noch über mich? Vermutlich viel zu viel.

»Long time no see«, sagt er und fährt sich durch das zu früh oder zu spät ergrauende Haar. Sie bestellt Süßkartoffelpommes ohne alles, die dicht bedruckte Wandkarte hinter dem Mann mit den einhundert Variationsmöglichkeiten, Beilagen, Dips und Toppings überfordert sie. Sie blickt, während sie wartet, auf das Handy, fünf Nachrichten, sechs Anrufe, sie kommen von Ellen, von Simon und von Alfred. Sie beginnt mit Ellen:

Katja: Wann ist die OP genau? Stehen wir die Wartezeit zusammen durch?

KATJA?

HALLO? ALLES IN ORDNUNG?

Weiter mit Simon:

Katja, wie ist denn die Lage? Meldest du dich mal bitte?!

Schließlich Alfred:

Hallo Katja! Kommst du noch vorbei? Essen wir zusammen?!

Verflucht, sie ist mit ihrem Vater verabredet. Sie überlegt, die Pommes wieder abzubestellen, traut sich aber nicht, und ohne Energiezufuhr schafft sie vielleicht den Weg durch den Wald nicht mehr. Sie schreibt Alfred zurück, sie komme in einer halben Stunde. Sie schreibt Ellen, das werde nicht nötig sein, vielen Dank. Sie melde sich morgen nach der OP, wie es Paula geht. Bevor sie an Simon schreiben kann, spricht sie der Imbissbesitzer an (wie heißt er doch gleich?).

»Darf ich Ihnen ein Getränk anbieten? Ein Bier vielleicht? Sieht mir nach einem langen Tag aus.«

»Danke, nein.«

Er zieht den Korb mit den Pommes aus dem Fett, kippt sie in eine Schüssel. »Ich habe heute von einer unglaublichen Geschichte gehört, muss ich Ihnen unbedingt erzählen. Was machen Ameisen üblicherweise mit Raupen?«

Sie braucht zu lange für eine Antwort, er spricht weiter.

»Nun, sie fressen sie auf. Niemals würden sie eine Raupe in ihr Nest lassen, oh nein. Es gibt allerdings eine Raupenart, die von Ameisen sogar ins Nest getragen und den Winter über versorgt wird. Sie behandeln sie wie die eigene Königin. Wenn Mangel herrscht, verfüttern sie sogar die eigenen Larven an die Raupe. Da fragt man sich zwangsläufig, wie macht die Raupe das?« Der Mann legt den Kopf schief und sieht Katja durchdringend an.

»Allerdings.« Sie muss grinsen und legt das Handy zurück in die Tasche.

»Es ist der Geruch, der die Ameisen betört. Und, jetzt halten Sie sich fest: Die Raupen singen. Sie können Geräusche machen wie die Ameisenkönigin und damit die Ameisen manipulieren. Sirenenhaft, das Ganze. Und mal ganz ehrlich: Wer hätte nicht gerne eine solche Fähigkeit.«

»Aber woher wissen die Raupen, wie sie die Ameisen rumkriegen? Wer hat ihnen das beigebracht?«

Er nickt anerkennend. »Das ist hier die Frage.«

Sie schlingt die Pommes draußen an einem der Stehtische hinunter, obwohl sie zu heiß sind. Fühlt sich danach noch müder, noch kraftloser, sie würde sich am liebsten in ein Gebüsch werfen und dort bleiben, Moos werden, Wurzelwerk. Doch es geht weiter, Alfreds Wohnung liegt auf dem Weg, wenig später steht sie vor dem *Haus miteinander*. »Ich möchte nur noch einmal umziehen«, hatte er gesagt und ihr die Broschüre für das Wohnprojekt gezeigt. *Wo Senioren sich wohlfühlen, mitten in der Stadt.* Sie fand es beeindruckend, wie sicher er sich war, wie konsequent er das durchgezogen hat, das Haus aufzugeben, vierzig Jahre aufzulösen und sich noch einmal zu verändern.

Er öffnet, es riecht nach Bratkartoffeln, die macht er gerne. Dazu gibt es verkochten Brokkoli und Minutensteaks, stets eine zähe Angelegenheit. Auf den Rotwein verzichtet sie heute, auch wenn es ihr schwerfällt. Sie soll sich setzen, Luft holen, entspannen, er kümmere sich um alles. Ein müder Rundumblick: Ihr fällt nichts auf, das anders oder neu sein könnte. Es ist das Kondensat der alten Einrichtung, manche Möbelstücke sind vierzig, vielleicht fünfzig Jahre alt, rustikal, unverwüstlich, müssen nur gelegentlich mit Politur eingerieben werden. Neu sind das Sofa und das expressive Gemälde darüber, seine Abschlussarbeit im Volkshochschulkurs für Ölmalerei.

Nachdem sie ein paar Anstandsgabeln gegessen hat,

nimmt Alfred jenen Stoffbeutel zur Hand, den er am Vormittag in der Klinik dabeihatte. Eine Schachtel kommt zum Vorschein und ein Buch. Was das sei, fragt Katja. Etwas, das die Therapie vielleicht unterstützen und ein weiteres Ausbreiten der Metastasen zumindest bremsen könne. Er habe das heute Doktor Leinweber gezeigt, dieser habe ihn aber an Doktor Nowak verwiesen, schließlich trage Doktor Nowak die Gesamtverantwortung. Was das sei, wiederholt Katja. Ein Algenextrakt mit hochwirksamen antioxidativen Eigenschaften. Die heilende Wirkung von Algen sei noch gar nicht richtig erforscht. Das Buch von Doktor Fisher habe ihm da die Augen geöffnet. Er beziehe sich dabei übrigens direkt auf die Knochenkrebszelllinie. Und das sei nicht nur Blabla, sondern beruhe auf Laboruntersuchungen, echte medizinische Forschung. Wer dieser Doktor Fisher sei, möchte Katja wissen. Professor für Biochemie an einer Universität in Australien. Es sei eben wichtig, über den europäischen Tellerrand zu schauen, die neuesten Entwicklungen in den Blick zu nehmen. Nichts zu verpassen, was helfen könne. Katja schließt die Augen und spürt ihre Müdigkeit als eine allumfassende Schwere, innen und außen, auf der Haut und in den Gliedern, und doch ist da eine Lücke, ein kleiner Freiraum im Brustkorb, in den sich ihre Restenergie zurückgezogen hat.

»Du hast das Zeug Doktor Leinweber gezeigt, ohne mit mir darüber zu reden?«

»Ich wollte dich damit nicht ... überfordern.«

»Überfordern?«

»Katja, ich merke, dass dir das alles gerade ...«

»Zu viel ist? Wie sollte es mir nicht zu viel sein? Verstehst du es denn nicht. Es war vorbei! Vorbei! Wir haben uns gerade erst wieder gefangen, gerade erst wieder so ein bisschen Alltag gehabt.«

»Das verstehe ich. Und ich weiß ja, dass du skeptisch bist, was solche Sachen angeht, aber diesmal, ich meine, er scheint ein renommierter Wissenschaftler zu sein.«

»Sagt wer?«

»Er hat seine Meriten.«

»Sagt wer? Wer sagt das denn?«

»Steht alles in den biografischen Angaben. Hier!« Er reicht ihr das Buch. Sie überblickt flüchtig den Buchrücken, ein Gesicht mit Brille lächelt sie an.

»Ich will das nicht. Papa, wir hatten das doch schon so oft. Und jetzt bringst du damit wieder total die Unruhe rein. Einen Tag vor der OP!«

»Wenn es doch hilft! Ich bin gespannt, was Doktor Nowak dazu sagt.«

»Wir werden es ihm nicht zeigen. Ganz bestimmt nicht.«

»Katja!«

»Papa! Ich will das alles nicht. Verstehst du das denn nicht?«

»Du willst ihr nicht helfen?«

Sie schiebt den Teller weg. »Das hast du gerade nicht gesagt, oder? Nicht ernsthaft?!«

»Ich meine, willst du nicht alles tun, alles ausschöpfen, was möglich ist? Warum denn nicht?«

»Denkst du denn, Nowak wüsste nichts davon, wenn es ein Wundermittel gäbe? Er leitet verdammt noch mal Studien, internationale Studien zu dieser Krankheit. Wenn jemand etwas darüber weiß, dann er. Kannst du ihm nicht einfach mal vertrauen? Jedes Mal, wenn du irgendwas anschleppst, kostet mich das so viel Kraft. Ich muss mich damit beschäftigen, ich muss dich widerlegen, wir stehen vor den Ärzten da wie undankbare Idioten. Warum kannst du nicht einfach mal Vertrauen haben?!«

»Weil Menschen sich irren. Weil es in der Medizin wie in jeder Wissenschaft nicht immer um die richtigen Erkenntnisse geht. Sondern um Einfluss und Macht. Kluge Köpfe werden kleingehalten, weil sie aus der falschen Ecke kommen, das war schon immer so. Und Forscher außerhalb Europas oder den USA werden sowieso nicht ernst genommen. Es ist unglaublich schwer, etwas Neues durchzusetzen, das weißt du doch!«

»Das mag ja alles sein. Aber ich kann mich nicht auch noch um die Karriere von Doktor Harold Fisher kümmern.«

»Aber du kannst dich um deine Tochter kümmern.«

Sie steht auf, wirft dabei beinahe den Stuhl um. »Denkst du denn, das mache ich nicht! Denkst du denn, das mache ich nicht jeden Tag! Ich sorge mich, ich kümmere mich, ich vergehe vor Angst. Jeden Tag, jeden verdammten Scheißtag.«

Alfred hebt beschwichtigend die Hände. »Katja, bitte, das habe ich doch gar nicht ...«

»Was denn sonst? Was denn sonst?«

»Wir sind alle müde. Und immer noch geschockt. Wo ist das Problem, wenn der eine, der etwas mehr Energie hat, sich um so etwas kümmert.«

»Willst du schon wieder sagen, ich kümmere mich nicht?« Sie greift zur Jacke.

»Das behauptet doch niemand!«

»Doch, das behauptest du. Zweimal schon heute. Du könntest deine großartigen Energien ja mal woanders hinlenken. Und was machst du? Kaufst für Hunderte Euro irgendwelche Pillen. Von denen kein Mensch weiß, was drinsteckt. Du lässt dich verarschen, ein ums andere Mal. Hör endlich mal auf mit deinen Geheimwissenschaften. Papa, morgen ist die OP! Die Metastase geht nicht mit Seegras oder irgendeiner Scheißalge weg! Aber was macht der Herr? Er konfrontiert das Mädchen auch noch mit ihrem Tod. Paula hat mir erzählt, worüber ihr geredet habt. Und den ganzen Tag über hat sie eine Höllenangst vor morgen.«

»Es ging nicht um *ihren* Tod. Es ging um das Sterben. Wir haben schon öfter mal darüber gesprochen. Weil du ...«

»Weil? Weil? Weil *ich* es nicht tue? Weil *ich* mich nicht kümmere?« Nun liegt sämtliche Restenergie frei, und sie schreit sie heraus: »Scheiße, ich bin das so leid! Einfach nur leid! Immer genügt es nicht, was ich tue. Nie ist es genug! Immer setzt du mich noch mehr unter Druck. Wie Mama, wie Mama!« Sie wendet sich ab, sie geht, er folgt ihr.

»Katja, bitte, ich möchte doch nur ... ich meine es doch nur gut.«

Sie ist schon aus der Tür, dreht sich nicht mehr um, spricht vor sich hin. »Ich kann einfach nicht mehr. Kann das einfach nicht mehr.« Sie beginnt zu weinen, während sie die Treppe hinunterläuft. Draußen ist es dunkel und sonderbar still. Sie weint, sie schwitzt, der Magen verkrampft. Sie beugt sich über den nächstbesten Busch und spuckt das heraus, was vom Tag noch geblieben ist.

Mittwoch

Am nächsten Morgen streifte Pola durch den Garten. Es war Sommer, und es war so heiß, dass sie die Hitze sehen konnte als ein Flimmern in der Luft. Sie konnte sie hören als ein Singen der Zikaden. Sie konnte sie schmecken als einen Salzfilm auf den Lippen. Magda lag unter einem scheußlich gemusterten Sonnenschirm und schien zu schlafen. Pola ging hinter das Haus und fand dort einen Tümpel. Helles, klares Wasser!

Sie kniete sich hin und schöpfte mit beiden Händen davon, ließ es von dort in ihren Mund rinnen. Spuckte es sofort wieder aus. Es schmeckte wie der schwarze Saft von Magda, bitter, abgestanden. Sie pflückte eilends einen Apfel, um diesen Geschmack loszuwerden, und dieser Apfel zauberte eine herbe Süße herbei, als wäre er mit Honig getränkt worden. Und die rote Haut und das gelbe Fruchtfleisch schmeckten kühl, saftig und frisch. Als hätte ein besonders glücklicher Sonnenstrahl genau diesen Apfel getroffen, doch das war ein Irrtum. Der nächste Apfel schmeckte genauso, und der nächste wieder, sie alle waren perfekt. Es war nicht echt. Und mit einem Mal wusste sie, wo sie einen solchen Apfel gegessen hatte, im Garten der Großmutter, vor zwei Sommern, als sie beim Pflücken von der Leiter gefallen war. Der beste Apfel ihres Lebens. Oder war es Magdas Leben? Es waren ihre Zutaten, das durfte sie nicht vergessen, und diese Früchte, so vollkommen sie waren, waren nur Erinnerungen an etwas, das es längst nicht mehr gab.

Pola untersuchte die Hecke, die in Wirklichkeit ein Zaun war, ein Zaun am Rande einer Stadt. Wenn sie einmal hindurchgekommen war, musste es ihr auch ein zweites Mal gelingen, und vielleicht würde das nötig sein, sollte die Frau etwas anderes vorhaben, als ihr zu helfen. »Du musst mit allem rechnen!« Wer hatte das zu ihr gesagt? Ihr Großvater. Doch es war keine Lücke zu finden, kein Loch, kein gebrochener Ast, der einen Spalt freigab. Alles dicht verwachsen, sie hätte schon auf die Größe einer Maus schrumpfen müssen, um einen Weg zu finden. Sie lief die Hecke ab, malte einen Kreis mit ihren Schritten, und in der Mitte des Kreises war das Haus, war der Liegestuhl. Magda döste nicht mehr unter dem Schirm. Sie stand vor der Tür und erwartete sie dort mit einem Weidenkorb, bereit, mit Pola Äpfel zu pflücken. Sie plane heute eine besondere Delikatesse, eine Tarte Tatin, wobei, bei einer werde es nicht bleiben.

Der nächste Tag brachte Frühling in Magdas Jahreszeitenhaus, der übernächste Winter, es folgten Sommer auf Winter auf Frühling auf Sommer. Ganz, wie es der Frau beliebte. Nur den Herbst ließ sie aus: Nie verloren die Bäume ihre Blätter, nie gab es so etwas wie einen goldenen Oktobertag, tagsüber noch angenehm warm, der Abend schon kühl. Überhaupt war es so, dass Pola von jedem Tag nur wenige Stunden hatte. Sie schlief lang, sehr lang, und nach wenigen Stunden wurde sie schon wieder müde und fiel in einen tiefen, traumlosen Schlaf. Kam sie wirklich zu Kräften? Ihre Wunde am Arm heilte, aber sie fühlte sich matt, abgeschlagen. Waren das die *winzigen* Nebenwirkungen, von denen Magda gesprochen hatte? Auf Polas Fragen reagierte sie meistens ausweichend: »Heute nicht mehr, Liebes. Morgen werde ich es dir sagen.«

Sommer, Frühling, Winter.

»Warum wird es nie Herbst?«, fragte Pola die Frau, nachdem sie über eine Woche bei ihr gewesen war.

»Weil ich diese Jahreszeit nicht leiden kann.«

»Und warum nicht?«

»Ist eine lange Geschichte.«

»Ich mag lange Geschichten.«

Die Frau grinste. »Kann ich mir denken.«

In einer Sache hatte Magda jedenfalls nicht zu viel versprochen: Der Schatten konnte nicht zu ihnen vordringen. Manchmal war er allerdings nicht weit, wirbelte Magdas Luftbilder durcheinander, raubte ihnen die Farben. Pola hörte sein Ausatmen noch, bevor ein Luftzug im Garten zu bemerken war, noch bevor er die Sonne verdunkelte. Als wäre ein winziger Teil des Schattens bereits in ihr; es war ein undeutliches Gefühl, aber es war da. Und Magda? Ließ ihren Blick immer öfter auf dem Mädchen ruhen, bis es Pola unangenehm wurde.

Als sie wieder am überreichlich gedeckten Tisch saßen und etwas aßen, das köstlich schmeckte und nicht sättigte (ein Lammragout mit selbst gemachten Nudeln), sagte die Frau: »Du fragst dich noch immer, warum diese Ausgeburt eines Schattens ausgerechnet hinter dir her ist. Warum hat er ausgerechnet dich ausgewählt? Hör lieber auf, darüber nachzudenken. Solche Fragen können dich verrückt machen. Sie sind zu groß für so einen kleinen Menschenkopf. Und überhaupt: Warum sollte es nicht dich treffen? Warum denn nicht: *dich*! Es hat keinen Sinn, es ist aber auch kein

Unsinn. Es ist keine Fügung des Schicksals, und doch hat es sich so gefügt.«

Pola dachte eine Weile über diese Worte nach, ohne etwas vom Essen anzurühren. »Was ist mit dem Fuchs?«, sagte sie dann. »Wenn er sich nicht gezeigt hätte, wäre ich nie so weit in den Park hineingelaufen. War er vielleicht eine Art Lockvogel? Gehört er zum Schatten? Aber warum wollte er mich dann wieder nach Hause führen?«

Magda tupfte sich mit einer Serviette den Mund ab, nur um sich kurz darauf noch etwas vom Ragout auf den Teller zu schaufeln. »Der Fuchs macht, was ein Fuchs macht. Er streift umher, und du bist ihm gefolgt.«

»Ist der Schatten auch hinter ihm her?«

»Der Schatten ist hinter allem her. Das ist seine Wesensart.«

»Lebt er noch?«

»Der Fuchs? Unwahrscheinlich.«

»Trotzdem ist es nicht ausgeschlossen, dass er noch lebt?«

»Es ist *nahezu* ausgeschlossen.«

»Ich möchte nach Hause ...«

»Jetzt verrate ich dir etwas, das dir nicht gefallen wird, ganz und gar nicht gefallen wird. Du kannst nicht zurück!«

»Ich kann nicht zurück?« Pola versuchte, tief einzuatmen, es fiel ihr schwer, wie immer war es stickig im Haus.

»Nicht, ohne den Schatten loszuwerden. Du glaubst, du bist vor ihm weggelaufen, du bist ihm in letzter Sekunde entkommen, aber das ist nicht so. Du bist längst in seiner Welt!«

Pola stand auf, der Teller klirrte, Soße lief auf den Tisch. Ihr wurde heiß. Das konnte nicht, das durfte nicht stimmen! Doch etwas in ihr ahnte bereits – nein, etwas in ihr wusste bereits, dass die Frau recht hatte. Sie stand verloren im Raum, unschlüssig, ob sie gehen oder bleiben sollte.

»Du solltest nicht einer Sehnsucht hinterherlaufen. Vergiss den Fuchs!«

Pola lief nach draußen in einen schneereichen Wintertag. Die Hecke kam ihr wie eine Gefängnismauer vor.

Frühling, Winter, Frühling. Und am nächsten Sommertag war der Schmetterling wieder da. Beinahe hätte sie ihn in der summenden Schar der Insekten nicht bemerkt, wäre ihr das blaue Schimmern nicht aufgefallen. Es war ein anderes Blau als Magdas grelle, eintönige Farben. Es war ein Mischmasch, es waren die Farben des Ozeans zusammengelaufen auf einem winzigen Fleck. Der Schmetterling umkreiste sie, als wollte er sie begrüßen, und flog dann in Zickzacklinien von ihr weg. Pola blickte sich um: Die Frau war nirgends zu sehen, also folgte sie dem Falter. In einer Ecke der gewaltigen Hecke blieb er in der Luft stehen, wild mit den Flügeln schlagend, dann setzte er sich auf ein Blatt, klappte die Flügel ein und war nicht mehr zu erkennen. Pola näherte sich der Stelle und berührte die Blätter der Hecke, sie bog die Äste auseinander, und was sie sah, ließ sie erschaudern. Es war eine Lücke, es war ein Durchschlupf. Noch etwas zu klein für sie; sie musste sich etwas besorgen, um es zu vergrößern, aber dann würde es gehen.

»Das wolltest du mir zeigen?«, sagte sie leise. »Danke, damit hast du mir sehr geholfen!« Der Schmetterling allerdings blieb verborgen, tarnte sich hinter einem Blatt oder war längst weitergeflogen.

»Was machst du?« Magdas Stimme war merkwürdig dumpf, als würde sie aus einem Keller nach ihr rufen. Doch sie war nah.

»Ach«, sagte Pola, »nichts weiter.«

An diesem Tag beschloss sie, nichts mehr von dem Gebäck zu essen. Sie wollte kein Trugbild mehr sehen, sie wollte den Zaun sehen und dahinter die Stadt. Sie wollte die Stelle sehen, an der sie den Draht nur etwas weiter würde aufbiegen oder durchschneiden müssen, um sich zu befreien. Und ja, sie würde nur noch wenige Schlucke von diesem Gift trinken, gerade noch so viel, um nicht zu verdursten. Allein der Gedanke an den widerlichen Sud! Der Schatten war ihr erst einmal egal. Wenn er sie schon in sein Reich geholt hatte, was sollte ihr noch Schlimmeres passieren. »Lass dir nichts anmerken«, sagte sie leise vor sich hin, als sie zum Haus zurückkehrte. Magda erwartete sie bereits, im Türrahmen stehend, umschwänzelt von ihren drei Katern, den Kopf fragend zur Seite geneigt. »Lass dir bloß nichts anmerken«, sagte Pola leise vor sich hin.

Bereits am nächsten Tag bekam das Traumbild Risse. Es war, als würde jemand die Antenne eines Fernsehers verstellen, und das Programm würde zwischen zwei Sendern hin- und herspringen. Das, was Magda nicht mehr sehen und nicht mehr ertragen konnte, kam hervor, und je länger Pola ohne das Gebäck blieb, desto deutlicher. An manchen Stellen verschwand die Hecke und der Zaun kam zum Vorschein. Das Haus und der Anbau schrumpften zusammen, die Farben verblassten, morsches Holz anstelle der frisch gestrichenen Planken, die platten, rostigen Räder des Bauwagens würden nirgendwohin fahren, Asphalt verdrängte die Wiese. Auch Magdas Erscheinung veränderte sich: Sie zitterte, so kam es Pola vor, und statt der rosigen, lauten und deftigen Frau hatte sie eine abgemagerte Riesin vor Augen, sprödes, kurzes Haar, schmutzige Kleidung, das Gesicht hohlwangig und gelb, die Augen lauerten in den Höhlen. Auch die drei Kater zeigten ihr wahres räudiges Selbst. Sie waren zerzaust und mager; Ernesto fehlte an einer handgroßen Stelle das Fell und ein rosafarbener Hautlappen stach durch, er schleckte daran. Hungrige Blicke, ihr Miauen ein matter Ton. Und noch etwas hatte sich verändert: Sie konnte wieder lesen! In ihrer Kammer, in Wahrheit nicht mehr als ein Loch mit einer fleckigen Matratze, fand sie ein titelloses Buch, und als sie es aufschlug, blieben die Buchstaben in einer Reihe und schwammen nicht vor ihr weg oder zu ihr hin. »Auch das wird mir helfen«, sagte sie zu sich.

Wieder ein Sommertag, die Frau döste im Garten (für Pola war es zugleich ein Parkplatz mit aufgeplatztem Asphalt). Sie ging in den Bauwagen und durchsuchte die Regale und Schubladen nach einer Drahtschere oder Zange. Es gab nur wenige Sachen, die nicht erinnert und erträumt waren und nach einem Tag wieder verschwanden. Das Porträt dieses Mannes gehörte dazu, es hing immer an derselben Stelle. Die Kater lagen schläfrig auf ihren Decken und Kissen und beachteten sie nicht. Jetzt schnell! Sie zog die Schublade einer Kommode auf und entdeckte einen kleinen, quadratischen Holzrahmen. Es war kein Gemälde, ein Schmetterling war hinter einer Glasscheibe ausgestellt, er war mit einer Nadel auf ewig in seine Pose gezwungen. SEELENBLÄULING. Pola erschrak. Es war ihr Schmetterling, der Schmetterling mit dem Meerwasserblau auf den Flügeln. Hatte Magda ihn gefangen? Gefangen und getötet? Oder war es ein anderes Exemplar dieser Gattung? Sie suchte weiter, in einer Kiste fand sie unter den Kleidungsstücken eine Mappe. Darin hatte Magda nur ein einziges

Dokument eingeheftet, eine Art Urkunde, und darauf stand in geschwungenen Buchstaben: Magdalena Kuhlmann. War das ihr richtiger Name? Pola wusste nicht, was dieses Papier bedeuten sollte, ein schwarzes Siegel, Fremdwörter, Zahlen, die sie nicht verstand. Vielleicht war Magda eine Wissenschaftlerin? Das würde zumindest erklären, warum sie in der Lage war, solche Gifte zu brauen und solche Scheinwelten hervorzurufen. Unter der Urkunde lag noch ein verblasstes Foto, es zeigte das rosige Gesicht eines Babys. Das alles war rätselhaft, und sie mochte solche Stöbereien, doch sie ermahnte sich stumm, sich nicht länger ablenken zu lassen; sie suchte eine Zange, ein Werkzeug, sie brauchte schon viel zu lange dafür. Als sie vom Foto aufsah, stand Magda neben ihr und warf ihr einen ihrer unergründlichen Blicke zu.

»Und ich dachte, meine Geheimnisse hüten sich selbst«, sagte die Frau und baute sich vor ihr auf, die Arme in die Hüften gestemmt. Sie trug eine blaue Arbeiterhose wie bei ihrer ersten Begegnung, ein kariertes Hemd. Das kurze Haar leuchtete silbern. »Denk nicht, ich wüsste nicht, was du vorhast.« Die Frau kam noch einen Schritt näher.

Pola versuchte, ihre Furcht zu verbergen und streckte ihr die Mappe mit der Urkunde entgegen. »Wer bist du?«

Magda lachte auf, es klang wie ein Klagelaut. »Du stellst diese Fragen so beiläufig, als würdest du dich nach dem Wetter erkundigen.« Die Frau wandte sich von ihr ab und ging für eine Weile von links nach rechts durch den Raum, von der Kommode zum Esstisch, vom zerschlissenen Sofa wieder zurück zur Kommode, sie stieß beinahe an die Decke. Vor dem Gemälde machte sie halt, betrachtete es, schüttelte den Kopf.

»Und wer ist dieser Mann auf dem Bild?«

Sie klopfte sich mit den Fingern auf die Stirn. »Also schön, ich verrate es dir, aber auf eigene Gefahr. Er ist es höchstselbst, und du musst wissen: Ich hasse ihn. Er hängt dort, damit ich nicht vergesse, warum ich hier in diesem Loch stecke. Und was mich da draußen erwartet.«

»Kannst du bitte endlich aufhören, in Rätseln zu sprechen!« Pola legte die Mappe ab.

»Der Schatten hat tausend Gestalten, und das ist eine davon. Seine menschliche Gestalt. Er weiß sich anzupassen, lernt dazu. Leider auch von mir, Liebes, leider auch von mir.«

Pola trat zu Magda vor das Bild, musterte noch einmal das Gesicht mit dem schwarzen Hut. Schwer zu sagen, wie alt dieser Mann war. Er wirkte ernst, dabei nicht unfreundlich. Konzentriert, den Blick auf etwas Bestimmtes gerichtet, das nicht mehr im Bild war. Dieser altmodische Hut. Das sollte der Schatten in Menschengestalt sein?

»Was hat er dir denn angetan?«

»Was er mir angetan hat?« Magda winkte ab. Sie hatte ihre Traumerscheinung nun gänzlich verloren und war zu jener Frau geworden, die wegen ihrer Größe noch immer etwas Eindrucksvolles, zugleich aber etwas unendlich Müdes an sich hatte. »Was hat er mir angetan, lass mich überlegen. Er hat mich getäuscht. Er hat mich ausgenutzt. Er hat mir das Liebste genommen.« Magda starrte auf die Karaffe mit dem schwarzen Saft, wirkte wie eingefroren, schüttelte irgendwann den Kopf. »Du hast mich gefragt, warum ich den Herbst nicht mag. Ich erzähle es dir. Könnte eine etwas längere Geschichte werden, aber die magst du ja, hast du gesagt.«

Die Frau dirigierte Pola auf das Sofa. Sie selbst blieb stehen, mit der Hand griff sie nach etwas in der Luft und ließ es wieder los. »Ich muss gestehen, ich war nicht sonderlich zufrieden mit meinem sogenannten Dasein. Man hatte mir eine gewisse Befähigung nachgesagt, mir eine besondere Rolle prophezeit, daraus wurde nichts. Ist alles noch zu früh für deine zarten Ohren, es hat was damit zu tun, eine Frau zu sein, eine Frau zu sein mit Ansprüchen und mit Zielen und … ach, gottverdammt. Ich wurde schwanger, das war der Sache nun auch nicht gerade förderlich. Der Vater türmte über alle Berge, besser so, er war ein lächerlicher Kerl. Ich lebte zurückgezogen, ging eines Tages im Park spazieren, hing meinen Gedanken nach, und als ich mich auf den Heimweg machte, war der Schatten da. Kommt dir irgendwie bekannt vor? Nur einen Fuchs kann ich dir nicht bieten, ich war allein, nun ja, allein mit meinem Kind im Bauch.«

»Und deine drei Kater?«

»Kamen erst viel später. Sie sind eine angenehme, aber eigenwillige Gesellschaft. Der Schatten kann die Tiere nicht kontrollieren, und wir Menschen sollten uns auch nicht einbilden, es zu können. Wo war ich stehen geblieben? Wie du gelangte ich in diese Stadt, und wie du wollte ich sofort zurück, es war grob, hässlich und kalt. Ein ewiger Herbst. Ich versuchte abzuhauen, landete wieder hier. Versuchte es noch einmal, versuchte es immer wieder, und irgendwann brachte man mich zu ihm.

Er wendete einen uralten Trick an, das hatte er immerhin schon drauf. Er heuchelte Interesse, zeigte sich begeistert von meinen Talenten und Fähigkeiten. Er bezog mich ein und fragte mich, wie man das Leben in dieser Stadt besser machen könne. Er selbst hatte da absurde Ideen. Du musst wissen: Er braucht uns Menschen, um zu existieren, aber er versteht überhaupt nichts von uns. Er dachte, es würde schon reichen, dass die Stadt möglichst so aussieht wie eine echte Stadt. Doch niemand wollte hierbleiben, alle wollten immer nur weg und ihn loswerden. Eine ganze Horde von Jägern war damit beschäftigt, all jene einzufangen, die sich ihm widersetzten, Menschen und Tiere, die Wege zwischen den Welten waren noch durchlässiger. In diesem Chaos konnte der Schatten nicht wachsen, nicht stärker werden. Er war im Vergleich zu heute fast schwächlich, im Umgang nahezu unterwürfig. Schmierte einem Honig ums Maul, kroch so fast unbemerkt in dich hinein. In mir sah er den Schlüssel, nach dem er lange gesucht hatte, sprach von einer neuen Ära. Ja, mit meiner Ankunft würde eine neue Zeitrechnung beginnen.

Und ich? Fühlte mich vielleicht geschmeichelt. Und irgendwie angestachelt, es endlich allen zu beweisen, zu was ich in der Lage bin. Außerdem machte mir der Schatten einen Vorschlag, den ich kaum ausschlagen konnte: Sollte es mir gelingen, die Leute zufriedener zu machen, sie zu beruhigen, würde er mich und das Kind wieder gehen lassen. Ich habe zugestimmt.«

Pola wollte etwas erwidern, ließ es aber bleiben, weil sie sich nicht sicher war, ob das, was ihr auf der Zunge lag, auch stimmte. Magda fuhr fort:

»Es war keine große Sache, etwas Entsprechendes zu entwickeln. Wenn ich etwas kann, dann ist es das. Es ist im Grunde ganz leicht, es sind unsere Elemente, Liebes, und davon gibt es nicht sehr viele. Es ist das, was uns ausmacht. Ein bisschen Duft, Farbe und Form dazu, und schon wurden die Menschen gefügig. Sie wurden ganz ruhig, und wenn sich doch eine Art Sehnsucht bemerkbar macht, dann können sie in ihren schönsten Erinnerungen schwelgen.«

»Wie bei einer Droge?«

»Ich habe die Menschen in gewisser Weise kaltgestellt, und gleichzeitig kann der Schatten in Ruhe von ihnen zehren. Die Jäger wurden nicht mehr gebraucht, heute gibt es nur noch einen von ihnen, einen letzten. Das war also mein Beitrag: Die Stadt bekam eine Ordnung, geregelte Abläufe, und die Menschen merkten nicht mal, wie sie schwächer wurden – der Schatten wurde von Tag zu Tag stärker.«

»Aber er ließ dich nicht gehen.«

»Anfangs zeigte er seine Dankbarkeit, indem er mich wie Seinesgleichen behandelte. Er stellte mir Urkunden aus wie die hier in der Schublade, er verlieh mir alberne Titel, solche Sachen. Mein Sohn kam zur Welt, du hast das Foto gesehen. Uns ging es gut, wir lebten mit dem Schatten im Zentrum der Stadt. Schließlich forderte ich von ihm aber das ein, was er mir versprochen hatte. Er lachte mich aus, fackelte nicht lange und nahm mir mein Kind weg. Er wolle es studieren, wie er sagte, wolle aus ihm etwas ganz Besonderes machen. Der erste Mensch, der in seinem Reich geboren wurde, der beide Welten in sich vereint. Mich ließ er am Leben, verbannte mich in eines der Hochhäuser und drohte mir, mich bei jeder Auffälligkeit zu beseitigen. Aber das konnte er vergessen. Wie im Rausch habe ich daran gearbeitet, ein Mittel gegen ihn zu entwickeln. Etwas, das ihn pulverisiert, das mir mein Kind zurückbringt. Etwas, das die Menschen hier befreit. Es tut mir leid, was ich ihnen angetan habe, das musst du mir glauben! Du kannst dir nicht vorstellen, wie sich das anfühlt.«

Magda ließ die Schultern hängen und setzte sich zu Pola. Ernesto kletterte auf ihren Schoß, sie streichelte ihn gedankenverloren. Die Frau machte nicht den Eindruck, noch mehr erzählen zu wollen, dabei hatte Pola so viele Fragen. Doch mit einem Mal wurden die Kater unruhig, sprangen zu ihnen auf das Sofa, sprangen zurück auf den Boden. Es wurde schlagartig dunkel im Raum. Pola ging ans Fenster und sah nach draußen. Der Himmel war ein grauer Tumult. Das Windspiel neben dem Eingang schlug gegen die Wand des Bauwagens wie ein Alarmsignal, Blätter und Papierfetzen flogen durch die Luft. Von dem Sommertag war nichts übrig geblieben, der Herbst war da, der ewige Herbst.

Magda war ebenfalls vom Sofa aufgestanden. »Keine Sorge, er kommt nicht durch den Zaun, solange wir unseren Saft trinken. Du hast ihn doch getrunken, nicht wahr?«

Pola wollte lieber nicht auf diese Frage antworten. Sie sagte stattdessen: »Kannst du ihn damit … konntest du ihn damit nicht besiegen?«

Magda stand im Raum, drückte die Fäuste gegen ihre Hüften. »Deine Fragen sind wie Dolche! Nein, das konnte ich nicht. Dabei war ich mir so sicher! Ich dachte, so etwas Elementares und Ewiges als Grundlage zu nehmen, das müsste doch was werden.«

»Das Wasser des schwarzen Flusses?«

»Ich experimentierte mit weiteren Zutaten und vermischte sie mit dem Wasser. Als ich den Trank entwickelt hatte, bin ich zum Schatten gegangen und konnte ihn überreden, ihn zu trinken. Habe auf große Versöhnung gemacht, habe behauptet, für immer hierbleiben zu wollen und dass ich ihm etwas noch Besseres gebraut habe, etwas noch Wirksameres, um die Menschen gefügig zu machen. Vielleicht hat er mir wirklich geglaubt und dachte, ich wäre zur Vernunft gekommen. Es gibt da schon so eine Art *Bindung* zwischen uns. Oder er war sich einfach sicher, dass es nicht reichen würde. Jedenfalls hat er davon getrunken, es hat ihn aber nicht … nein, es hat ihn nicht besiegt. Seine Antwort sah so aus, dass er mich sofort töten wollte, aber solange ich selbst genug von diesem Zeug intus habe, kann er mir nichts anhaben. Mir ist leider kein Wundermittel gelungen. Bestenfalls ein Impfstoff, den du einnimmst, wenn es eigentlich schon zu spät ist. Ich habe mich dann an den Rand der Stadt zurückgezogen, habe mich hier eingezäunt. Ohne mein Kind.«

»Warum hast du nicht selbst noch einmal versucht, einen Weg nach Hause zu finden, wenn dir der Schatten nichts anhaben kann?«

Magda löste die Hände, machte eine wegwerfende Handbewegung. »Hab ich versucht, hundertmal, und bin immer wieder hier in der Stadt gelandet. Es ist wie ein verdammter Irrgarten, du kommst immer wieder an derselben Stelle raus. Und irgendwann … irgendwann habe ich mich gefügt und angefangen, es mir hier so schön wie möglich zu machen. Ein paar helle Tage. Aber auch das wurde mir irgendwann zu viel. Oder zu wenig, ganz, wie man es betrachtet. Bevor du hier ankamst, lag ich eigentlich nur noch auf dem Sofa.« Magda schloss die Augen und schüttelte erneut den Kopf. Atmete geräuschvoll ein, atmete aus.

Der Wind wurde immer stärker. Die Möbel im Bauwagen knackten, das Gemälde bewegte sich wie von Geisterhand, der gesamte Bauwagen schien in Bewegung zu geraten. Ernesto, Harold und Moreaux versteckten sich unter dem Sofa. Der Schatten war da. Er schien aus unterschiedlichen Richtungen zu kommen und vereinte sich vor dem Zaun zu einer Wolke, zu einem schwarzen Loch, zu einem Tier, zu einem Menschen, zu einer Form, zu einer Zahl. Der Zaun zitterte, bog sich – und dann gab er nach.

»Ich habe den Saft weggelassen«, sagte Pola. »Es tut mir leid.«

»Du hast …? Dann solltest du dich jetzt beeilen«, sagte Magda und atmete schwer.

Das Mädchen trat vor die Tür, es gab nur diesen einen Weg. Draußen war keine Wiese mehr, waren keine Blumen und Bäume, draußen gab es nur noch den Asphalt. Nichts anderes mehr, keine Traumreste, das Bild war gestochen scharf. Der Schatten kam immer näher, die Dunkelheit atmete aus, sie strömte langsam durch die Lücken im Zaun, nahm weiterhin Gestalten und Formen an, verlor sie wieder. Das Mädchen war wie gebannt.

Magda war bei ihr, stand neben ihr, sie sagte leise, beinahe flüsternd: »Lauf!«

Paula hat ihren Oberkörper aufgerichtet. Sie umfasst ihre Knie, als wollte sie sich selbst festhalten. Weil sie eigentlich gerne weglaufen würde. Das Ockergelb der Klinikwand rahmt sie ein. Junge Frau, kauernd, weißes OP-Hemd vor gelber Wand. Sie ist blass, nur die Wangen sind leicht gerötet.

»Okay«, sagt Katja. »Es ist zu krass. Tut mir leid, ich weiß nicht, was in mich gefahren ist. Es sollte ja eigentlich nur ein Lückenfüller vor der OP sein ...«

»Die Geschichte? Nein, die ist nicht zu krass für mich. Wirklich nicht! Aber können wir bitte genau an dieser Stelle eine Pause einlegen, damit ...« Sie zögert.

»Damit?«

»Damit ich mich auf was freuen kann, wenn ich wieder aufwache.«

Katja steht auf und setzt sich zu Paula aufs Bett. Berührt sie am Arm, was keine Reaktion hervorruft. Da gibt es ganz viel, worauf du dich freuen kannst, wenn du wieder aufwachst, denkt sie. Sagt es nicht. Warum sagst du es nicht?

Sie warten seit einer Stunde. Seit ihnen angekündigt wurde, dass es noch etwas dauern würde. Und ihre Tochter wollte, dass sie weitererzählt, wollte abgelenkt sein, nicht dran denken, bloß nicht dran denken, was gleich auf sie zukommt. Paula lässt ihren Oberkörper plötzlich nach hinten sinken, schließt die Augen, atmet, atmet tief, das hat sie vom Psychologen gelernt. Warum sagst du denn nichts zu ihr? Jetzt wäre doch der Zeitpunkt, denkt Katja, ihr noch etwas mit auf den Weg in den Operationssaal zu geben. *Du schaffst das, du bist eine Kämpferin.* Und das war sie auch, und das ist sie noch immer, aber sie haben sich darauf verständigt, nicht mehr von einem Kampf zu sprechen und nicht mehr von einem Krieg, den sie gewinnen müssen. Nein, den ihre Tochter gewinnen muss.

»Ich bin da, wenn du aufwachst«, sagt sie und drückt Paulas Hand.

»Weiß ich doch.«

Sie warten, sie schweigen, es ist eine kleine große Stille um sie.

Eine Schwester kommt ins Zimmer und entschuldigt sich für die Verzögerung. Die Frau hat rotes Haar, und es dürfte nicht einmal gefärbt sein. Paula bekommt ein Beruhigungsmittel, die Vorstufe vor dem tiefen Schlaf. Das hatte bei der Tumoroperation am Arm nicht viel gebracht, heute wird sie sofort schläfrig. Zwei Pfleger gesellen sich dazu und machen sich gut gelaunt am Bett zu schaffen. Ob der denn mitsolle, fragt der eine und meint den Fuchs. Katja nickt. Sie fahren los, die Pfleger navigieren das Bett aus dem Zimmer, sie versucht, Schritt zu halten, Blickkontakt zu halten, aber Paula hat die Augen geschlossen, umklammert das Stofftier. Sie fahren mit dem Aufzug. Es wird kälter, es wird wärmer, es riecht nach Krankheit und nach Gesundheit. Paula öffnet im Aufzug noch einmal die Augen und sagt verschwörerisch zu ihr: »Sie muss fliehen! Sie darf nicht bei Magda bleiben!«

Sie gehen Gänge entlang, das Licht ist grell, sie gehen zu schnell. Katja hat das Gefühl, nicht voranzukommen, wie in diesen Albträumen. Wartet, wartet auf mich! Türöffner werden gedrückt, das Licht ist zu grell, Türen öffnen sich, Stimmen, Menschen, Gesichter, der eine Pfleger sagt etwas, der andere lächelt. Sie erreichen die OP-Schleuse, Paula wird umgebettet. Sie ist so leicht, vermutlich spüren die Pfleger ihr Gewicht kaum. Der nächste Raum, die sogenannte Einleitung. Wie bei einer Geschichte: Einleitung, Hauptteil, Schluss. Und keine Garantie auf ein gutes Ende. Sie sind vor der letzten Tür, durch die Katja ihr nicht mehr folgen darf, und der Fuchs auch nicht. Die Anästhesistin tritt auf, sie hat schwarzes Haar, sie hat ihren Namen seit dem Vorgespräch vergessen. Alles wird noch einmal sicher- und festgestellt und abgehakt. Katja nickt und nickt und nickt. Ja, das ist ihre Tochter. Ja, sie hat eine Lungenmetastase. Paula nickt nicht mit, ist zu müde. Kein Abschied mehr, kein Wort mehr möglich.

»Es wird alles gut werden, machen Sie sich keine Sorgen«, sagt jemand, sie weiß gar nicht, wer das sagt. »Wir rufen Sie dann an.« Sie rufen mich dann an. Ein Türöffner wird gedrückt, Katja geht zurück in die Schleuse, wird in ein Licht geschoben, es ist zu grell. Die Tür schließt sich, sie bleibt allein zurück, und was hinter der Tür passieren wird, wird sie nicht sehen. Will sie nicht sehen. Der Schnitt, der offene Brustkorb, das Blut. Es ist besser, es nicht zu sehen. Es sich nicht einmal vorzustellen. Sonst würde sie rufen, sie würde schreien: »Nein! Sofort aufhören! Das ist die falsche Geschichte für mein Kind.«

*

Ellen wartet im Innenhof auf sie. Grauer Fleecepulli, gelber Schal, sie läuft ihr entgegen. Eine Umarmung von ihr, und das passiert nur dann, wenn es nach Ellens Maßstäben gravierend ist. Aber es ist gravierend, denn sie ist hier, sie hat trotz Katjas Nachricht darauf bestanden, und nach dem Streit mit Alfred ist ihr das sehr recht. Ihre Freundin sagt nicht viel, nein, das stimmt nicht, sie sagt gar nichts, sie hat nicht einmal »Hallo« gesagt, die Umarmung hat das Hallo ersetzt, nein, nicht ersetzt, die Umarmung hat das Hallo beinhaltet, das wäre vielleicht das richtige Wort, weil die Umarmung für Ellen viel mehr ist als nur ein Hallo, und warum denkst du so was, warum produziert dein Gehirn in dieser Situation einen solchen Unsinn, vielleicht Stressabbau, denkt sie, Druckabbau, oder es ist vorübergehend *out of order*.

Sie gehen ein paar Schritte. Katja hakt sich unter, Ellen lässt es zu, sie sind ein altes Ehepaar; sie sind das Paar, das sie nie waren, auch wenn es an der Uni Gerüchte und schielende Seitenblicke gab. Das Handy hält sie in der anderen Hand, schaut einmal, zweimal, dreimal, dass es wirklich nicht auf lautlos gestellt ist, dabei weiß sie, dass es zwei, drei, vier Stunden dauern wird, bis sie angerufen wird. Doch ihr Gehirn, in seinem zerfaserten Zustand, imaginiert jetzt ein Wunder, den sofortigen Anruf, ja, nein, liebe Frau Altenberg, die Operation ist nicht nötig, in letzter Sekunde haben wir bemerkt, dass die Stelle an der Lunge nur eine Vernarbung, Verschattung, nur ein Staubkorn auf der Linse, ein Fussel im Tomografen, ein digitales Rauschen, ein kleiner Punkt auf der Sonne war, eine Täuschung, genau. Das Telefon bleibt stumm, sie gehen ein paar Schritte weiter. Der Rehabilitationsgarten, der an den Irrgarten angrenzt. Fitnessgeräte mit großen roten Scheiben, die man mit Füßen und Händen drehen kann. Sie hat noch nie jemanden gesehen, der sich damit rehabilitiert, nein, das stimmt auch nicht, ein Kind war es neulich, hochgehoben von seinem Vater, guck mal, wie sich das dreht, hui wie schnell.

»Wir müssen nicht reden«, sagt Ellen, und beinahe hätte ihre Stimme sie erschreckt, so aus dem Schweigen kommend, aus dem schweigenden Laufen ohne Ziel.

»Okay.«

Sie gehen ein paar Schritte weiter. Der Waldrand. Wildparker, die sich die Gebühren der Klinikparkplätze sparen wollen. Bärtige Waldläufer in unvorteilhaft engen Tights, die ihre Stoppuhr anmachen, bevor sie losrennen. Katja schwitzt, löst sich von Ellen, öffnet den Reißverschluss der Jacke. Starrt aufs Handy, es ist nicht auf lautlos gestellt, es ruft niemand an, noch nicht, das ist alles ganz normal, das ist kein Zeichen für gar nichts.

»Es wird ... ich sag es einfach ... es wird gut werden«, sagt Ellen.

Sie setzen sich auf eine Bank, sie halten sich bei den Händen. Ellen zieht eine Mütze auf, sie nimmt sie wieder herunter, Katja legt das Handy auf die Bank, nimmt es wieder an sich, der Akku ist noch immer fast voll, sie hat Empfang, es ist nicht auf lautlos gestellt. Aber das Wunder, denkt sie, das Wunder bleibt aus.

»Können wir bitte wieder zurückgehen?«, sagt Katja. »Mir ist irgendwie kalt.«

»Wollen wir uns in die Cafeteria setzen?«

»Okay.«

*

Sie sitzen in der Cafeteria, Tassen vor sich, die sie nicht anrühren. Katja starrt an die Decke. Die Decke hat Löcher, viele Löcher. Das soll wohl so sein. Resopalplatten, oder ist es echtes Holz? Und irgendjemand oder irgendeine Maschine musste aus Designgründen unzählige Löcher hineinbohren. »Mir ist schlecht«, sagt Katja. Ellen nimmt ihre Hand und drückt sie fest.

Zwei Ärztinnen in weißer Montur nehmen am Tisch nebenan Platz und essen Salat. Ärztin zu werden, Medizin zu studieren, das war ihr nie in den Sinn gekommen. Dann schon eher ein Schutzengel werden, der nur fest die Fäuste ballen muss, um jemanden vor großem Leid zu bewahren. Der Wilden Jagd zum Beispiel, die sich in der Wäsche verfängt und Unglück bringt. Die Magie ist ihr näher als die Schulmedizin, und in diesem Augenblick tut es ihr leid, das, was sie ihrem Vater gesagt oder vielmehr: an den Kopf geworfen hat. Hat sie den Wunderglauben denn nicht von ihm? Und ist es nicht das, was sie immer verbunden hat? Gemeinsam gegen die Welt der Zeiteinteiler und Vernunftjongleure. Gegen die grauen Herren und auch Damen. Vielleicht hat Mutter deswegen so vehement dagegen agitiert, nicht weil sie darin einen großen Humbug sah, sondern weil sie sich ausgeschlossen gefühlt hat. Und mittlerweile geht es dir wie ihr, denkt sie, weil ich Alfred und Paula sehe und ihre Verbundenheit, und ich fühle mich genauso ausgeschlossen. Und bin vielleicht eifersüchtig auf ihn, weil ich merke, dass ich nur noch wenig Kraft habe, an Wunder zu glauben.

»Das konnten wir schon immer gut«, sagt Ellen und unterbricht ihre Gedanken. »In einem Café sitzen und die Leute beobachten.«

»Ich sehe nur durch sie hindurch.«

»Hm.«

»Ich verliere irgendwie die Verbindung zu allem. Ich dachte, es wird wieder besser, aber jetzt ...«

»Ist doch verständlich, du musst dich nicht rechtfertigen.«

»Und bei dir so? Irgendeine *Verbindung* gehabt?«

Ellen hadert und fängt an, die Papierserviette zu zerrupfen. »Es ist nicht der richtige Zeitpunkt, darüber zu sprechen.«

»Wir haben Zeit. Zeit, bis das Telefon klingelt. Und alles, was mich ablenkt ...«

»Also schön. Beim Vortrag vorgestern ...«

»Oh, war da wohl jemand im Publikum?«

»Nicht im Publikum. Der Vortragende höchstpersönlich.«

»Der indische Wissenschaftler?«

»Doktor Ravi Mishra.«

»Oh, und jetzt weißt du nicht ...«

»Du meinst, wie es passieren konnte? Ich glaube, mir passiert so etwas immer dann, wenn ich am wenigsten damit rechne. Denn wenn ich ... sagen wir, wenn ich rechne, dann fallen solche Variablen schnell aus der Gleichung raus.«

»Und nun hast du Angst, dass du dich *verrechnet* hast.«

Ellen grinst. »Nein, so weit bin ich noch nicht. Ich kann noch keinen Rechenfehler finden.«

Ihr Vater ruft an, sie überlegt kurz, ihn wegzudrücken, sie drückt ihn weg. Steht dann doch auf, geht aus der Cafeteria und ruft ihn zurück. Sie sagt ihm, dass sie noch warten müssen. Er bietet an, zu kommen, obwohl sie sich gestern gestritten haben. Sie sagt, das müsse er nicht, Ellen sei bei ihr. Und dass sie sich melde, sobald sie etwas wisse. Er entschuldigt sich nicht, sie entschuldigt sich nicht. Vertagen, denkt sie. Verschieben. Vielleicht vergessen? Nein, vergessen sollten wir das nicht.

*

Sie drehen eine zweite Runde, diesmal schaffen sie es bis zur *Wegzehrung*. Katja möchte weder essen noch trinken; Ellen geht hinein, um sich ein Wasser zu kaufen. Katja hält sich am Stehtisch fest, der Himmel über ihr ein undurchsichtiges Gemisch aus grauer Farbe. Keine Botschaft, kein Zeichen kommt von dort oben. Ihr ist warm und kalt zugleich. Simon, sie müsste ihm etwas schreiben, sie schafft es nicht. Warm und kalt zugleich. Auf dem Tisch liegt ein Brösel, sie wischt ihn mit der Hand von der Tischplatte. Wie soll ich das nur länger aushalten, denkt sie. Wie?

Ellen ist zurück. Der Besitzer kommt heraus und zündet sich eine Zigarette an. Seit ihrem Eintreffen kam keine weitere Kundschaft hinzu. Vielleicht gibt es diesen Laden gar nicht, denkt sie, vielleicht gibt es ihn nur für mich. Er tut so, als würde er sie nicht beobachten. Er dreht sich zur Seite und pafft Kringel in die Luft. Er verschwindet wieder, er kommt wieder heraus. Hat eine kleine Papiertüte in der Hand. Kommt auf sie zu, reicht Katja die Tüte.

»Hier«, sagt er, »die können Sie jederzeit essen, wenn der Hunger zurückkehrt. Geht aufs Haus.«

Sie wirft einen Blick in die Tüte, vier große runde Kekse liegen darin. *Cookies*.

»Danke«, sagt sie, mehr schafft sie nicht.

Der Mann nickt ihnen zu und geht zurück.

»Du hast ihm von der OP erzählt, als du im Laden warst«, sagt Katja zu Ellen. Es ist keine Frage, sie ist sich sicher, dass es so ist.

Ihre Freundin schüttelt den Kopf. »Ach was. Du bist bestimmt nicht die Erste, die in einer solchen Verfassung hier herumsteht.«

*

Sie sind zurück in der Eingangshalle der Klinik, unter dem Glaskuppeldach. Ziehen einen Automatenkaffee. Die Glaskuppel ist ihr lieber als die durchlöcherte Decke. Sie muss mal, geht auf die Besuchertoilette, auch wenn sie nicht gerne auf Kliniktoiletten geht. Schaut in der Toilette, ob sie Empfang hat. Desinfiziert sich dreimal die Hände; ein viertes Mal, als sie zurück in der Halle ist.

»Drehen wir noch eine Runde?«, fragt Ellen.

Doch Katja möchte nicht mehr weg, keinen Meter, es kam ihr jedes Mal wie ein Verrat vor. »Du kannst ruhig wieder fahren, Ellen, es dauert schon viel zu lange. So viel Zeit möchte ich dir nicht stehlen.«

»Ich bleibe, bis dieses verdammte Telefon klingelt.«

»Meinst du, ich sollte mal nachfragen?«

»Ich glaube nicht, dass das etwas bringt.«

»Vielleicht haben sie es vergessen.«

»Vergessen, dich zu kontaktieren?«

»Ich rufe an.«

Sie ruft im Lungenzentrum an und erfährt nach zwei Weiterleitungen, dass die Operation noch andauere. Sie werde angerufen, wenn es so weit ist.

»Scheiße«, sagt Katja. »Scheiße, Scheiße, Scheiße.«

»Wollen wir nicht noch eine Runde drehen?«

*

Sie sitzen wieder in der Cafeteria. Zum zweiten Mal, zum dritten Mal? Sie hat Simon geschrieben, sie werde sich nach der OP melden. Die OP dauere noch an. Sie hat Alfred geschrieben, sie werde sich nach der OP melden, die OP dauere noch an. Sie hat festgestellt: Wenn man die Resopalplatten an der Decke lange genug anschaut, verbinden sich die Löcher zu Mustern. Geometrische Muster, und ihr fällt das Neun-Punkte-Dilemma ein, bei dem man neun Punkte, die in drei Reihen untereinander angeordnet sind, mit vier geraden Linien verbinden muss, ohne den Stift abzusetzen. Was nur geht, wenn man über die Grenzen des Neun-Punkte-Feldes hinausdenkt. Was Kinder viel besser können als Erwachsene, denn Erwachsene haben sich daran gewöhnt, nicht mehr über eine Grenze hinauszudenken.

»Du kannst vorbeikommen«, sagt Ellen, »wenn sie dich irgendwann nach Hause schicken. Jederzeit. Nein, du *musst* sogar kommen. Ich möchte dich heute Nacht nicht allein lassen.«

»Okay.«

»Wirklich okay?«

»Ja, ich verspreche es.«

»Das ist gut so.« Ellen hat den Schal abgenommen, den Fleecepulli ausgezogen. Sie geht nicht nach Hause. Es hat keinen Sinn, es ihr noch einmal anzubieten, das vierte, fünfte, sechste Mal.

»Kennst du eigentlich das Neun-Punkte-Dilemma?«, fragt Katja.

»Willst du mich veräppeln? Manche behaupten, ich hätte es erfunden.«

»Was du nicht sagst.«

Das Telefon klingelt. Das Telefon hat Empfang, die Batterie hat sich kaum entladen, es ist nicht auf lautlos gestellt. Das Telefon klingelt. Es ist eine Kliniknummer, und ihre Hand zittert, als sie auf *Annehmen* drückt.

*

Katja versucht, sich zu orientieren, fährt Aufzug, läuft Gänge entlang. Die Beine haben sie schon sicherer getragen. Dann sitzt sie vor Doktor Leinweber und spürt ihr Herz als Teil eines seltsamen Apparats, der viel zu schnell läuft, der, wenn es so weitergeht, bald in seine Einzelteile zerfällt. Der Arzt sieht müde aus, müde Augen hinter den Brillengläsern, er lächelt aber. Sagt, es sei bestmöglich verlaufen. Er habe nur den einen Rundherd gefunden und reseziert. Mehr sei jedenfalls nicht sichtbar oder tastbar, keine weiteren Absiedlungen. Das entnommene Gewebe müsse jetzt untersucht werden. Falls vital, dann stehe sehr wahrscheinlich eine Rezidivtherapie an. Das entscheide dann Doktor Nowak mit den Kolleginnen und Kollegen. Er fasst sich an die Brille. »Na ja, am Ende entscheiden Sie natürlich selbst.«

Er spricht so förmlich, denkt sie. Bestimmt liegt das an seiner Erschöpfung. Und als hätte er ihre Gedanken gehört, streckt er sich, macht sich größer, coacht seine Gesichtsmuskeln zu einem mitfühlenden Lächeln.

»Die nächsten zwei, drei Tage werden erfahrungsgemäß etwas ruppig. Die Schmerzen bekommen wir gut in den Griff. Die Drainageschläuche werden Ihre Tochter aber ganz schön nerven.« Der Finger tippt den Nasenbügel der Brille an.

»Danke. Danke, dass Sie ihr geholfen haben.«

»Paula hat schon einiges durchgemacht, sie wird auch

das überstehen. Kollege Nowak ist ein großer Fan von ihr, habe ich den Eindruck.«

»Kann ich zu ihr?«

*

Da liegt jemand. Sie sagen, es sei ihre Tochter. Katja nähert sich Zentimeter um Zentimeter dem Bett. Wünscht sich, dass alles nur ein Irrtum ist, eine Verwechslung. Paula wurde gar nicht operiert, es war nicht nötig. Wo ist dieses verdammte Scheißwunder? Doch sie ist es, ein Irrtum ist ausgeschlossen. Umringt von einem Maschinenpark. Die Beatmung fällt Katja zuerst auf, ein Schlauch kommt aus ihrem Mund, verzweigt sich und führt zu einer Maschine mit kryptischen Zeichen. Ein Monitor über ihrem Bett zeigt Kurven und Zahlen, die Herzströme, auf einem anderen Bildschirm ist zu lesen: BEREIT. So viele Kabel, Verbindungen, eine meterlange Steckdosenreihe im Hintergrund, die Anzeigen auf dem Infusionsturm leuchten rot. Ihre rechte Hand liegt offen, an ihrem Finger klemmt eine Klammer, ein Kabel geht davon ab. Der Fuchs liegt auf einem Stuhl neben dem Bett.

Der Anblick ist vertraut und auf eine schreckliche Weise neu. Neu sind die anderen Schläuche, sie führen in ihren Brustkorb hinein oder aus ihm heraus. Das muss die Drainage sein. Allein der Anblick tut weh. Der Verband dort, wo der Schnitt angesetzt wurde, der lange Schnitt. Mein Kind, denkt sie, mein Kind. Paulas Körper ist so wenig, und die Maschinen sind so viel, überragen sie, übertrumpfen sie, und sie denkt, das kann sie nicht aushalten, das kann niemand aushalten. Die meisten Geräusche erinnert sie noch, ein schauriges Orchester, das niemals aufhört zu spielen, das Beatmungsgerät schnauft, irgendetwas klopft, etwas anderes piept. Paula schläft noch. Oder schläft schon wieder. Sich zu ihr setzen, stehen bleiben, Katja weiß nicht, wohin, vor oder zurück, doch die Entscheidung wird ihr abgenommen. Der Boden unter ihren Füßen ist ein schwankender Boden geworden, vor ihren Augen beginnt es zu flackern, schwarz, schwarze Sterne flackern und sie knickt ein, muss sich am Bettgestell festhalten, kann hier nicht gut atmen, wird von einer Schwester gestützt, beinahe aufgefangen und hinausgeführt. Einatmen und Ausatmen, das ist der Trick. Das hat sie vergessen. Sie ist durchgeschwitzt. Die Schwester gibt ihr etwas für den Kreislauf, sie soll sich kurz auf einer Liege ausstrecken.

»Keine Bange, Sie sind wirklich nicht die Erste, der es so geht.«

*

Später, ist es noch am Nachmittag oder schon am Abend oder schon in der Nacht, später jedenfalls sitzt sie neben Paula, ihre Tochter schläft noch immer. Die Herztöne bleiben im Takt, es schnaubt und klopft und piept dazu. Flüssigkeit wird aus ihr herausgepumpt, Sekret, damit sich die Umgebung der Lungen wieder stabilisiert. Doktor Leinweber hatte sich im Vorgespräch die Mühe gemacht, ihnen das Prinzip zu erklären, und sie glaubte, es in groben Zügen verstanden zu haben. Der Druck muss wiederhergestellt werden, Schwerkraft, Spannung, Sog, aber ein Wort hatte sie irritiert und fasziniert und von den weiteren Erklärungen abgelenkt: Wasserschloss. Vielleicht, denkt sie, weil es so märchenhaft ist, weil es nicht zum medizinischen Vokabular passt. Als hätte es sich verirrt, als wäre es aus Versehen aus dem Märchenbuch in das Fachbuch für Lungenchirurgie gesprungen. Und sie stellt sich Paulas Brustkorb jetzt als ein solches Wasserschloss vor, das bald wieder in einem prächtigen Zustand sein wird, mit Türmen und Giebeln und einer Brücke, die man hochziehen kann. Dabei streichelt sie Paulas Kopf und beginnt zu summen, irgendeine Melodie, und sie kommt sich nur sehr kurz albern dabei vor.

Noch etwas später wacht Paula auf und die Herztöne verlieren den Rhythmus. Sie versucht, sich zu bewegen, verzieht das Gesicht. Berührt den Beatmungsschlauch. Sieht an ihrem Brustkorb hinab. Sieht Katja zuerst mit hilflosen, dann mit panischen Augen an. Das Orchester beginnt sich zu überschlagen. Eine Ärztin kommt herbei, eine Schwester. Keine Zeit, sich Namen und Gesichter zu merken, nicht einmal eine Haarfarbe. Sie reden beruhigend auf Paula ein. Die Ärztin verändert eine Zahl am Infusionsturm. Sie sagt, sie habe das Schmerzmittel etwas erhöht. Sie sagt, sie versuchen später, wenn sie etwas ruhiger ist, die Beatmung wegzulassen. Dann werde alles - nun ja - besser werden.

*

Als sie den Beatmungsschlauch los ist, trinkt Paula einen Schluck. Fährt mit der Zunge über die spröden Lippen. Räuspert sich. Ihre Stimme klingt heiser und eine Oktave tiefer.

»Wie geht es dir?«, sagt Katja.

»Real Talk?«, krächzt Paula.

»Real Talk.«

»Es tut weh.« Paula will sich bewegen, sie bricht ab. Ihre

Augen füllen sich mit Tränen. »Scheiße«, sagt sie. »Was ist das für eine Scheiße.«

Katja spürt, dass ihre Tochter wieder panisch wird, dafür braucht sie die ganzen Anzeigen und Töne nicht, sie streichelt ihr über den Kopf, streift die Tränen weg, und sie lässt es zu. Katja erinnert sie daran, dass sie das geübt haben vergangene Woche, das Atmen nach der Operation. Doch Paula versucht die ganze Zeit, tief zu atmen, wie sie es von dem Psychologen gelernt hat, vier Sekunden einatmen, sechs Sekunden ausatmen, wenn die Angst kommt, die Panik. Aber sie kann nach der Lungenoperation nicht mehr tief atmen, dieser Trick funktioniert nicht mehr.

*

»Warst du die ganze Zeit über hier?«, fragt Paula später, als sie sich etwas beruhigt hat.

»Ja, natürlich.«

*

Die Schwester kommt, und sie kennt diesen Blick. Er bedeutet, dass sie gehen und sich bitte nicht allzu sehr dagegen sträuben soll. Und tatsächlich sagt sie etwas von lückenloser Überwachung und Ausruhen. »Sie müssen sich wirklich keine Sorgen machen!« *Und bitte fangen Sie bloß nicht an, mit mir darüber zu diskutieren*, sagt ihr Blick. Katja muss das Schild an ihrer Brust bemühen, um sich an ihren Namen zu erinnern. Ilka. Tut mir leid, Ilka, ich kann mir heute keine Namen merken. Und erst recht keine Zahl.

Sie fügt sich, sie hat ohnehin keine Kraft zu streiten. Sie streichelt noch einmal Paulas Haar, ihre Wangen. Die Berührungen sind zurück. Der Schmerz ist zurück. Die Blicke sind zurück. Die Schläuche und die Geräusche. Die Abschiede. Ein letzter Blick, dann geht sie, obwohl sie eigentlich keinen Schritt mehr gehen kann.

*

Sie liegt ausgestreckt, der Kopf ruht auf Ellens Schoß. Fingerspitzen berühren ihre Schläfen, ein sanfter Druck. Nichts hat funktioniert, den unruhigen Geist mit dem ermatteten Körper zu versöhnen. Katja hat probiert, etwas zu essen (kalte Pizza, Brot, einen magischen Cookie aus der *Wegzehrung*). Sie hat einen Schluck Merlot getrunken und zwei oder drei Quitten-Schnäpse. Sie hat versucht, sich mit Ellen zu unterhalten (vor allem über den indischen Wissenschaftler), mit ihr Fernsehen zu schauen (irgendeine Talkshow über ein skandalöses Gesetz). Sie hat versucht, die Tageszeitung durchzublättern; eine Zigarette zu rauchen; sie haben Musik gehört (Riopy), haben sie sofort wieder ausgestellt, weil es nur wenige Takte brauchte, bis Katja das Gefühl hatte, mit ihren Molekülen in einen Teilchenbeschleuniger zu geraten. Dann sind sie noch einmal um den Block gelaufen, weil Katja nicht mehr länger sitzen konnte, sie konnte nicht mehr stehen, sie konnte nicht mehr liegen, sie konnte nicht länger auf dem Boden hocken und weinen.

Es ist kurz vor oder weit nach Mitternacht, und jetzt allmählich, ganz allmählich hören die Synapsen auf zu feuern. Eben noch hat sie an Alfred gedacht und an das Telefonat und an seinen Vorwurf, dass sie sich nicht gemeldet habe, dass er gar nicht gewusst habe, wie es um Paula steht, dass er habe in der Klinik anrufen müssen, dass er sich so große Sorgen gemacht habe. Wie sie versucht hat, ihm zu erklären, dass dafür keine Zeit war oder besser: keine Gelegenheit, und er darauf erwidert hat: »Wie dem auch sei.«

Nein, das Telefonat hat die *Gesamtlage* zwischen ihnen nicht verbessert und nicht vereinfacht. Aber sie haben noch eine Arbeitsebene, immerhin, denn Alfred geht morgen (oder heute) in die Klinik, solange sie den Termin bei der Hausärztin hat. Den sie beinahe vergessen, den sie doch nicht vergessen hat, weil sie in ihrem Synapsenfeuer ihre Tasche durchwühlt und in den Kalender geschaut hat. Alfred nimmt mir das ab, er unterstützt mich, er ist nicht nachtragend, und ich, ich bin es vielleicht auch nicht. Oder zumindest weniger als früher.

Das mit den Wunderalgen, denkt sie. Das mit dem Wunder. Irgendwann hat jemand die Chemotherapie erfunden. Irgendwer muss das ja gewesen sein. Hat sie darüber schon etwas gelesen? Bestimmt. Und derjenige oder diejenige, vielleicht war es eine Frau (war es eine Frau?), ist also damit auf einen großen Ärztekongress gereist und hat ihr Konzept vorgestellt, und wie haben die anderen Ärzte reagiert? Sie haben sie ausgelacht (bestimmt war es eine Frau!). Haben sie für eine Spinnerin gehalten. Vergiften? Sie wollen ihre schwerkranken Patienten zusätzlich vergiften, um sie zu heilen? Das ist doch völlig absurd! Das ist doch gegen jede medizinische Logik! Das verstößt gegen den hippokratischen Eid. Das ist schwarze Magie, das ist Ketzerei, das ist - mittlerweile der Standard. Vielleicht gibt es eine bessere Methode. Vielleicht wurde sie noch nicht entdeckt. Vielleicht wurde sie längst entdeckt. Von einem Doktor Fisher aus Australien. Aber Doktor Fisher aus Australien wird nicht geglaubt. Niemand glaubt Doktor Fisher aus Australien. Nur Alfred Altenberg glaubt ihm. Vielleicht ist er der Einzige auf der Welt, der ihm glaubt. Und in zehn Jahren werden alle in einer Molekularküche zubereitetes Seegras zu sich nehmen und werden geheilt sein. Man muss dazu nicht mal mehr in eine Klinik gehen. Das wird der zweite Gang in einem Sternerestaurant sein, und dieses Menü geht sogar auf die Krankenkasse. Et voilà, vakuumgegartes Seegras mit einem Schäumchen Blaualge. *À votre santé.* Alfred wird das nicht mehr miterleben, er ist längst tot, und sie hat ihm nicht geglaubt, sie hat sich nicht mit ihm versöhnt, nein, sie hat ihn sogar verraten, weil sie beide einmal an solche Wunder geglaubt haben. Scheiße, denkt sie. So eine Scheiße! Das Schlimmste ist doch, dass ich mich daran abarbeiten muss. Auch noch *daran* abarbeiten muss.

Runterkommen, sagt sie sich. Warum ist das so schwer. Die Berührungen genießen, nichts anderes, du darfst dir das erlauben, du brauchst kein schlechtes Gewissen zu haben, es bringt niemandem etwas, wenn du am Ende bist.

Sie öffnet die Augen und sieht von unten in Ellens Gesicht. Sie wirkt in diesem moderaten Kunstlicht irgendwie *versonnen,* und Katja denkt zum ersten Mal über dieses Wort nach, in dem die Sonne sich so auffällig versteckt hält, wie Paula sich als Kleinkind immer hinter den weißen, beinahe transparenten Vorhang gekauert hat und nicht verstehen konnte, dass sie jemand entdeckte. Und dennoch ist ihr die Sonne in dem Wort bisher nicht aufgefallen. Ellen ist also voller Sonne, und was bin ich? Unbesonnen? Unbesonnt? Voller Nacht? Nein, denkt sie, das nicht. Voller Dämmerlicht vielleicht, voller Übergang.

Ellen öffnet die Augen und bemerkt, dass sie angestarrt wird.

»Was ist denn?«

»Ach, nichts. Danke übrigens für deinen Ratschlag neulich.«

»Was für ein Ratschlag denn?«

»Es bei Paula mit einer Geschichte zu versuchen. Ich erzähle ihr ein Märchen. Es hat sich zu einer Art Folgegeschichte entwickelt, dabei war das nicht so gedacht. Es sollte nur die Zeit vor der OP überbrücken, aber ich stecke noch mittendrin. Es scheint Paula abzulenken, und für mich ist es - keine Ahnung -, ich kann vielleicht etwas ausdrücken, für das mir sonst die Worte fehlen.«

»Und das wäre?«

»Weiß nicht. Meine Angst vielleicht. Meine Sorge. Meine Liebe. Wie erzählst du einer Vierzehnjährigen davon, die dich schrecklich uncool findet?«

»Du konntest schon immer gut erzählen.«

Darauf kann sie nur mit einem Stoßseufzer reagieren. »Ja, klar.«

»Ich sage nur: Juri.«

Juri, denkt Katja und schließt wieder die Augen. Juri. Der *Master of Ceremony*. Juri, der sie ermutigt hatte, eine ihrer Geschichten vorzulesen bei einer von ihm veranstalteten Lesung in irgendeiner Groß-WG. Dabei war ihr Zeug - ja, was? - brav, mainstreamig? Sie bekam Applaus nach ihrem Auftritt, sie fühlte sich trotzdem nicht ernst genommen. Sie wurde gelobt, okay. Und vielleicht stimmt es gar nicht, dass sie mich nicht für voll nahmen, vielleicht war das nur meine eigene Erwartungshaltung, die sich erfüllen musste. Das Minderwertigkeits-Mindset. Gibt es dafür oder dagegen auch einen Ratgeber? Und Ellen betont noch heute, wie gut das war, was ich da selbst verfasst hatte. Dass ich eine gute Erzählerin sei. Ich aber hatte nie dieses Gefühl, nur den Wunsch, nur die Sehnsucht, dass es vielleicht stimmte.

Sie las damals ein Buch von Ingeborg Bachmann, Briefe, Traumnotate, auf Anraten von Juri. Rom, Paris, Berlin. Sah er das in ihr? Die Möglichkeit eines taumelnden Lebens, das Sturzflug für Sturzflug neue Wörter hervorbringt? Die richtigen Wörter? Juri also, lockig, schwarze Hemden, die Brille geklebt, er rauchte aus irgendwelchen Gründen Stuyvesant, und er hörte nur Bands, die kaum jemand kannte, und er las nur die Vergessenen und Verfemten. Johann Christian Günther: »Oft ist ein guter Tod der beste Lebenslauf.« (Nur ein junges, ahnungsloses Arschloch kann so etwas schreiben!) Juri also, das wandelnde Klischee, der von sich behauptete, in seinen Träumen alles machen, alles beeinflussen zu können. Er kann fliegen. Er kann etwas erfinden. Er kann sich an alle Orte und in alle Zeiten bringen. Und dafür braucht er nicht mal Kekse wie Magda. Eine Zeit lang fanden sie sich, nun, sie fanden sich *gut*, aber mehr als ein Kuss zweier Betrunkener um drei Uhr morgens, nachdem auch die letzte Kneipe in der Stadt keinen *Toten Hund* und keine *Kalte Ente* mehr ausschenkte, war nicht. Und dass sie ihn irgendwie gut fand, hörte dann schlagartig auf, als er ihr einmal in einer anderen Nacht nach vielen Gläsern Weißweingesöff gestand, dass sie in einem seiner Klarträume schon mal miteinander geschlafen hatten. Am liebsten hätte sie ihn gefragt: »Und, wie war ich?«, stattdessen erwiderte sie: nichts. Machte einen Bogen um ihn, mied seine Künstler-WG. Er fragte nach, warum sie denn nicht mehr komme, das schon, sie ordnete das als halbherzig ein, und bald riss der Kontakt ab. Simon kam auf den Plan. Der das Toben so liebt. Eine andere Geschichte. Und ja, sie hatte manchmal an Juri gedacht, insbesondere dann, wenn es mit Simon dornig war, wenn er ihre gelegentlich aufkeimende Sehnsucht nach einem Bachmann-Leben nicht wahrnahm. Siehst du denn nicht: Das steckt auch in mir. Das auch! Aber stimmt das überhaupt? Wer wäre nicht gerne etwas Besonderes? Eine Ausnahme, eine Erscheinung. Was ist der Preis? *Sei vorsichtig, was du dir wünschst, denn es könnte in Erfüllung gehen.*

Sie öffnet die Augen wieder, Ellens Finger ruhen noch immer auf ihrer Schläfe, bewegen sich kaum merklich. Nicht denken, nur fühlen. Die Berührung spüren, die Wärme. Was Ellen mir heute alles gegeben hat. Sie folgt einem Impuls, richtet sich auf, sitzt nun neben der Freundin auf dem Sofa und umarmt sie, drückt sie fest an sich. Körper an Körper, Wange an Wange. Ellen fährt ihr durchs Haar, streichelt sie, wie man ein Kind streichelt. Das ärgert sie. Sie möchte etwas anderes, eine alternative Geschichte, eine alternative Version ihres Lebens. Ihr Mund sucht Ellens Mund, doch sofort spürt sie, wie sich der andere Körper versteift, Hände werden weggezogen, sie wird abgestoßen. Als sie die Augen öffnet, hat sich Ellen von ihr gelöst und ist aufgestanden.

»Besser nicht«, sagt sie und geht aus dem Zimmer.

Katja fällt auf das Sofa zurück, sie kann noch nicht damit aufhören. Sie fasst sich hart an, hart und zielstrebig. Das ist vielleicht Strafe und Erlösung in einem. Es ist unmöglich an einem solchen Tag, der Tag war aber auch unmöglich. Nur einen Moment Ruhe im Kopf, Lust und Schmerz, und danach kommen die Tränen wieder. Die Gedanken an Paula. Das schlechte Gewissen ist im Anflug. *Besser nicht.* Sie überlegt, Ellen nachzugehen, sie schafft es nicht mehr. Morgen, denkt sie. Nein, heute. Heute mache ich es wieder gut.

Donnerstag

Die Schwimmhalle ist menschenleer, nur leise dringt Gemurmel, dringen Rufe an ihre Ohren. Das Wasser wechselt in einem langsamen Rhythmus die Farbe von Grün zu Blau zu Rot. Die Frau und das Kind stehen am Rand des Beckens, im Bikini, und fühlen sich fremd in ihrer Haut. Vielleicht aus unterschiedlichen Gründen, vielleicht aus denselben Gründen. Die Frau weiß, dass es auch dem Kind so geht, sie kann es an seinem Gesicht ablesen, kann es an den hochgezogenen Schultern ablesen, den Armen, die wie ein Schild vor seiner Brust liegen. Sie würden sich aus denselben oder aus unterschiedlichen Gründen am liebsten umdrehen und weglaufen, einfach weg. Trotzdem gehen sie ins Wasser, steigen nacheinander die Leiter hinab, das Wasser ist warm und es sprudelt leicht und es dampft.

Sie stehen sich gegenüber, bis zur Brust eingetaucht, wechselnd angestrahlt, eingefärbt, schweigend, ratlos, da lässt sich das Kind nach hinten sinken und wird vom Wasser aufgefangen. Das Kind macht den Toten Mann, es liegt nun ausgestreckt vor ihr in den Farben Grün und Blau und Rot, ein totes Mädchen, ein lebendes Mädchen, denn es hat die Lider geöffnet, scheint zu schweben. Die Frau versucht, es ihm nachzumachen. Sie kippt nach hinten, das Wasser fängt sie auf, trägt sie, und so liegen sie beide, dicht nebeneinander auf dem Wasser, im Dunst.

Da verstummt die Musik, das bunte Licht ist nun grell,

als wäre ein Scheinwerfer auf sie gerichtet. Als die Frau zur Seite blickt, sieht sie einen Mann am Beckenrand stehen, er trägt einen dunklen Anzug, ein weißes Hemd, dichtes Brusthaar quillt unter dem Kragen hervor. Sein Gesicht wie geschnitzt. Er sagt etwas, sie kann ihn nicht verstehen, sie taucht den Kopf noch weiter unter. Sie will nichts von ihm hören. Sie lässt sich treiben, etwas schlägt neben ihr im Wasser auf, noch einmal, noch einmal. Von der Decke fallen Gegenstände auf sie herab, die Frau richtet sich auf. Es sind Puppen. Feiste Mädchen in bunten Kleidern, gerötete Wangen, große braune Augen, sie lächeln nicht, ihre Mienen sind eine Anklage, hinter den Kunstaugen lauert der Hass. Ihre Münder bewegen sich, doch sie bleiben stumm. Immer mehr fallen herab, treffen die Frau, tun ihr weh, schützend hebt sie die Arme. Bald ist das gesamte Wasser mit den Puppen bedeckt, sie schwimmen auf der Oberfläche, bewegt vom sprudelnden Wasser, es dampft. Das Kind ist verschwunden, oder es ist untergetaucht, die Frau fängt an, nach ihm zu suchen, schiebt die Puppen auseinander. »Wo bist du?«, ruft sie, ihre Stimme echot durch die Schwimmhalle. Das bunte Licht geht wieder an, diesmal blendet es sie, sie kann unter Wasser nichts erkennen. »Wo bist du«, ruft sie zunehmend verzweifelt, »wo bist du?« Die Musik setzt erneut ein, viel lauter als vorher, verzerrt, schneller, langsamer, wie von einem Leierkasten gespielt. Der Mann am Beckenrand hat sich verwandelt, das Gesicht ist grün geschminkt, glänzt, er winkt und ruft ihr zu, übertönt alles: »Wir müssen schauen, was das ist; vielleicht ist es ein Mensch.«

*

Als sie die Augen öffnet, liegt sie auf Ellens Sofa und ist aller Wahrscheinlichkeit nach wach. Draußen hört sie das Ziepen von Spatzen, das Piepen eines rückwärtsfahrenden Lkw, dann Kirchenglocken und den ersten Rasenmäher der Saison. Sie riecht den Duft von Kaffee und einen Hauch von Ellens Parfum. Die Bilder sind noch da, erstaunlich klar, der Pool, die fallenden Puppen, und sie schiebt sie weg, möchte sie loswerden, möchte sofort los, losfahren zu ihrer Tochter. Es ist doch nichts passiert – ist etwas passiert? Und du liegst hier rum. Blick auf das Handy: keine Nachrichten, keine Anrufe. Sie geht ins Bad und scheitert beim Versuch, nicht zu lange in den Spiegel zu schauen, sie duscht kurz und trocknet sich ab, sie leiht sich etwas von Ellens Make-up, nur ein wenig Tönung, nur ein leichter Schutz vor den Angriffen des Tages. Lidschatten und Lidstrich, das ist sowieso sinnlos, die Augen lässt sie aus.

Ellen ist nicht da. Wahrscheinlich arbeitet sie. Was ist heute für ein Tag? Donnerstag. In der Küche stehen eine Tasse und eine Thermoskanne mit Kaffee für sie bereit. Die Papiertüte mit den Keksen, keine Nachricht. Sie isst einen Cookie, trinkt einen Schluck. Ihr Magen verkrampft sich. *Noch einmal über die vergangene Nacht sprechen* ist ein neuer Vorsatz auf der langen Liste ihrer Vorsätze.

Dann steht sie im Flur neben dem Kunstdruck, er zeigt Audrey Hepburn. Audrey zieht an einer um einen halben Meter verlängerten Zigarette. Man sieht nur den Stiel, die Zigarette ist außerhalb des Bildes. Könnte also auch ein Joint sein. Daneben ein Foto von Ellens Tochter Emmy, derzeit im Erasmussemester in London. Sie war mal Paulas große Schwester, aber der Altersunterschied ist und war zu groß, und jetzt studiert und lebt und feiert sie *gesund und munter* in London und wird nicht kommen wegen ihrer kleinen Schwester, die nicht mehr ihre kleine Schwester ist, und Paula darf ihr deswegen nicht böse sein, nicht enttäuscht sein. Ist sie vielleicht trotzdem, sie würde es niemals zugeben.

Aus dem Bad kommt feuchte Luft. Sie hat vergessen, das Fenster zu öffnen. Was hatte sie mit? Ihre Tasche. Was noch? Mehr nicht. Welche Jacke hatte sie gestern überhaupt an? Sie findet sie, sie hängt am Haken direkt vor ihr. Sie ist so langsam, das Herz aber ist schnell, stolpert. Die Luft wird knapp, das Make-up bröckelt schon. Sie wendet sich ab, ist im Treppenhaus. Ein paar Stufen, und sie ist draußen.

Im Hof empfängt sie ein heller Tag. Kinder fahren mit Rollern an ihr vorbei. »Du hast ja ein lustiges Fahrrad«, sagt ein Mädchen zu ihr, als sie das Schloss aufsperrt. »Ist so schön bunt.«

Sie fährt durch den Stadtpark zu ihrer Wohnung. Es ist noch nicht viel los. Eine Turngruppe mit einer ganz in Weiß gekleideten Trainerin. Qigong? Ein Mann sucht in einem Abfalleimer nach Pfandflaschen. Der Wind ist überraschend warm, kräftig, kleine Äste liegen auf dem Weg, die Obstbäume haben beinahe ihre gesamten Blüten verloren.

In der Wohnung besteht die Übung darin, sich nur umzuziehen und alles andere zu lassen. Rein und raus. Doch an einer Sache bleibt sie hängen: Der AB blinkt. Sie drückt auf die leuchtende Taste, sieht die Nummer, drückt sofort auf Stopp. Rein und raus, das ist das Beste. Etwas anderes funktioniert nicht.

Sie fährt durch die Straßen, durch das Waldstück, und je näher sie der Klinik kommt, desto schemenhafter wird ihre Umgebung. Häuser werden zu Häuserreihen, aus den

Bäumen wird ein Wald. Dann sind es nur noch Farbstreifen, kaum noch Konturen. Als sie das Fahrrad abgesperrt hat, hat sie das Gefühl, als wäre sie nicht gefahren, sie kann sich nicht an die vergangenen Minuten erinnern, an den Weg. Ich war nicht da, denkt sie, und vielleicht stimmt es also: Wenn die Gedanken woanders sind, dann schwindet auch die Präsenz des Körpers. Dann hinterlässt du kaum noch Spuren.

*

Sie sagen ihr, Paula habe die Nacht gut überstanden. *Den Umständen entsprechend.* Nur geschlafen habe sie kaum. Eine ganze Nacht diesen Geräuschen ausgesetzt zu sein, dem künstlichen Licht. Wie soll es da besser werden? Katja setzt sich zu ihr aufs Bett. Paula lächelt nicht, nicht einmal gequält. »Gut, dass du wieder da bist«, sagt sie. Eine Träne läuft an ihrer Wange herab.

»Ja, jetzt bin ich wieder bei dir.«

»Kannst du bitte sofort mit der Geschichte weitermachen? Ich brauche Ablenkung, ich halte das sonst nicht aus.«

Als Katja versucht, sich auf die Geschichte einzustellen, merkt sie, wie müde sie ist. Wo sind sie stehen geblieben? So vieles hat sich in dieser kurzen Zeit dazwischengeschoben.

»Der Schatten«, sagt ihre Tochter ungeduldig. »Der Schatten hat den Zaun überwunden.«

Das war es. Magda hat sie zuerst wieder vor Augen. Eine große Frau in einer blauen Arbeiterhose. Eine braune und eine goldfarbene Iris. Kurze Haare, das karierte Hemd ist ihr viel zu weit. Neben ihr steht ein Mädchen in einem schmutzigen Kleid, barfuß. Etwas Dunkles wölbt sich vor ihnen, greift nach ihnen. Was ist es? Weißt du das überhaupt? Ein Wort kommt ihr in den Sinn, es ist plötzlich da. Rückseite. Es ist die Rückseite. So viel lässt sich vielleicht schon sagen.

Magda tat etwas Unerwartetes, sie umarmte das Mädchen. Es war Pola, als würde sich etwas Morsches um sie schlingen. Von der großen, lauten Frau war nicht mehr viel übrig. »Hinten rechts«, zischte sie. »Du kannst das Zaunstück einfach abnehmen.« Die Frau löste sich, breitete die Arme aus, ging ein paar Schritte nach vorn, auf das Dunkle zu, das unaufhaltsam durch die Maschen des Zauns drang. Mit jedem Schritt schien sie zu wachsen, sich zu verjüngen. Die Magda der Traumtage war zurück, aber nicht ganz, beide Erscheinungen stritten miteinander. Sie war alt und sie war jung, sie war stark und sie war schwach, sie wirkte hoffnungsvoll und sie war verbittert. Pola stand wie festgeklebt. »Na los«, zischte die Frau, den Kopf leicht nach hinten geneigt, »worauf wartest du noch!« Magda ging weiter, lachte auf, mit dieser lauten, bodenlosen Stimme, sie konnte damit das Aushauchen des Schattens leicht übertönen, sie klang triumphierend. »Nein«, rief sie, »nein! Vor dir habe ich keine Angst mehr. Komm, komm nur! Hier wirst du nicht satt.«

Immer noch hielt Magda die Arme ausgestreckt, als würde sie einen guten Freund empfangen. Die dunkle Wolke hatte sie beinahe eingehüllt. Jetzt erst gelang es Pola, sich zu rühren, sie drehte sich um und rannte hinter den Bauwagen, hinten rechts, hinten rechts, sie erkannte die Stelle sofort, ein Rechteck, das eine etwas andere Farbe hatte als die restlichen Maschen. Sie ruckelte, sie zerrte daran, das Teil ließ sich tatsächlich lösen, es war nur lose mit dem großen Zaun verbunden, und sie rannte los. Einmal nur, als das Stechen in ihrer Lunge sie anhalten ließ, drehte sie sich um. Nicht weit zwischen den Häusern sah sie Rauch aufsteigen. Was war mit Magda geschehen? Hatte der Schatten sie verschlungen? War er einfach an ihr vorbeigeströmt, weil sie nicht das Ziel seiner Suche war?

Sie war in die Stadt gelaufen, in die falsche Richtung, wobei sie nicht wusste, welche die richtige Richtung war. Wo sollte sie nach einem Weg suchen? Und was würde sie gegen den Schatten ausrichten können? Der Asphalt stach mit seinem Schotter und seinen Splittern in ihre nackten Füße, sie biss die Zähne zusammen. Die Stadt war leer und kalt. Wo waren die Menschen? Waren sie alle in den Wohnungen? Es gab keine Klingeln, keine Namen, die Türen hatten nicht einmal Griffe. Blaues Licht flackerte hinter den Fenstern.

Pola erreichte einen weitläufigen Platz, die Häuser standen groß und dumm im Kreis, Schienen kreuzten sich hier zu einem Stern, auf Tafeln waren Abfahrtspläne mit Kolonnen von Zahlen und Buchstaben verzeichnet, doch keine Bahn fuhr. Sie entdeckte einen Brunnen, auf dem Wasser formten sich Luftblasen und zerplatzten wieder, als würde das Wasser kochen. Sie trank davon, es war eiskalt. Pola blickte auf: Der Wind ließ das Herbstlaub kreisen, der Himmel war ein Gemisch aus Blau und Grau, ein seltsam undeutliches Licht.

Da rührte sich etwas an einer der Haltestellen. Es waren vier Gestalten. Sie warteten unter dem Wellblechdach, trugen lange Mäntel, hielten breite Ledertaschen in der Hand.

Die Hüte und Mützen tief in die Gesichter gezogen. Sie lief zu ihnen, sprach sie an. »Können Sie mir bitte helfen? Können Sie mir sagen, wo ich bin?« Niemand machte sich die Mühe, sie überhaupt anzuschauen, sie blickten an ihr vorbei in die Ferne. Ein Mann hob langsam den Arm und las anscheinend die Uhrzeit an seinem Handgelenk ab, die Frau neben ihm tat es ihm gleich. Sie bewegten sich zeitlupenhaft, die anderen starrten vor sich hin, kein Wort. »Hallo? Hören Sie mich? Können Sie mir helfen?« Pola stellte sich zu der Frau, winkte ihr zu, als stünde sie nicht direkt vor ihr. Sie reagierte nicht, war eingefroren. Aber der Mann neben ihr sprach plötzlich kalt an ihr vorbei: »Mach nicht so viel Wind.«

»Aber ich ...«

Er blickte erneut auf das Handgelenk. Er trug eine Uhr ohne Ziffern, man konnte von ihr nichts ablesen. Eine Bahn fuhr ein und bremste mit einem lauten Quietschen, Funken sprühten. Die Leute stiegen mühsam ein, ohne sie weiter zu beachten. Nur der Mann, der mit ihr gesprochen hatte, sagte beim Einsteigen noch zu ihr: »Hör auf damit, es hat keinen Sinn.«

Pola suchte auf einem der Abfahrtspläne den Namen ihrer Heimatstadt. Es waren nur endlose Zahlen und Buchstaben verzeichnet, ohne ersichtlichen Zusammenhang, das half ihr nicht weiter. Sie verließ den Platz, das verschwitzte Kleid klebte ihr am Rücken, der Hunger biss ihr ein Loch in den Bauch. Ein paar Straßen weiter kam sie an einen Spielplatz, es war nicht mehr als eine Schaukel mit einem gerissenen Seil, ein Kletterhäuschen, in dem sich Vögel eingenistet hatten. Zwei Kinder spielten mit einem knöchelhohen Apparat, einer Art Blasebalg, man konnte ihn mit dem Fuß bedienen und er produzierte rosafarbene Kugeln, die sich, wenn sie eine bestimmte Größe erreicht hatten, von der Apparatur lösten und davonschwebten, ähnlich wie Seifenblasen, nur dass sie undurchsichtig waren, sie wirkten wie angemalt.

Pola ging zu den beiden Kindern, ein Mädchen und ein Junge. Für einen Spielplatzbesuch waren sie viel zu sauber, nicht ein Fleck war auf den hellen Kleidern auszumachen. Die beiden begnügten sich damit, mit ihren glänzenden braunen Schuhen abwechselnd diese Kugeln in die Welt zu schicken, ohne dass sie damit etwas anstellten; sie sahen ihnen andächtig hinterher, wirkten in sich gekehrt. Pola erinnerte sich an einen jener Tage im Park. Es war nicht so, dass die beiden Kinder und ihr merkwürdiges Spielzeug sie darauf brachten – die Bilder überfielen sie, als würde sie ihr jemand aufzwingen wollen. Sie erinnerte sich daran, wie es war, das Haus zu verlassen, nach draußen zu gehen und in den Park zu rennen, sich zu verstecken und zu spähen, auf Bäume zu klettern, im Sand zu graben, etwas zu bauen, etwas mit einem Seil einzuwickeln, etwas auseinanderzunehmen und neu zusammenzusetzen. Ein unbeschwerter Tag, sie war sich allerdings nicht sicher, ob es wirklich ihre eigenen Erinnerungen waren, es passte nicht genau, irgendetwas stimmte nicht. Je näher sie den Kindern mit ihrem Apparat kam, desto leuchtender wurden die Farben der Bilder, desto unwirklicher aber auch. Und so erschöpft und hungrig sie war, sie verspürte den Drang, nein, es war ein Zwang, sich zwischen die rosafarbenen Kugeln zu stellen und sie zu berühren. Sie verhielten sich wie Luftballons, man konnte sie schießen oder mit den Händen wegschlagen, ohne dass sie platzten. Sie *musste* mit ihnen spielen, und das Mädchen und der Junge ließen sich davon weder beeindrucken noch ablenken, der Junge sagte nur: »Lass das! Es sind unsere Kugeln.«

Pola ließ es nicht bleiben und sah zu, dass sie die Kugeln auf die beiden Kinder lenkte, sie knallte die Ballone in ihre Richtung, bis sie an ihnen abprallten und in eine andere Richtung davonflogen.

»Lass das!«, wiederholte der Junge.

Pola fragte, ob sie die Maschine auch einmal bedienen dürfe.

»Wir wollen nicht mit dir spielen«, sagte das Mädchen. »Hast du mal in den Spiegel geschaut?«

Pola sah an sich hinab. Das Kleid war grau und voller Flecken, sicher war es nur in der Traumwelt Magdas sauber und weich gewesen. Der Riss an ihrem Arm war schlecht verheilt, rotgrauer, juckender Schorf. Die Füße starrten vor Dreck, vermischt mit Blut.

Hast du mal in den Spiegel geschaut? Sie hatte die Worte des Mädchens als ein viel zu lautes Echo im Ohr, es machte sie wütend. Es gab keinen Grund, sich mit diesen Dummköpfen abzugeben. Weg, dachte sie, weg von hier. Aber die Kugeln zogen sie noch immer in ihren Bann.

»Warum bist du nicht so wie wir«, sagte da der Junge und bediente weiter ungerührt den Blasebalg. »Wir spielen nicht mit Kindern, die nicht so sind wie wir.«

»Ich möchte gar nicht so sein wie ihr!«, erwiderte Pola, und etwas fing an, in ihrer Brust zu hämmern.

»Oh doch, das willst du«, sagte das Mädchen und setzte ein kaltes Lächeln auf.

Da reichte es ihr. Pola schlug so kräftig auf eine der Kugeln ein, bis sie lautlos platzte. Und noch eine, und noch eine. Die rosafarbenen Fetzen fielen zu Boden. Sie schlug um sich, noch eine, noch eine. Der Junge hörte auf, den Blasebalg zu treten, nahm kopfschüttelnd den Apparat, beide Kinder gingen wortlos davon. Ihre hellen Kleider hatten nichts abbekommen. Pola machte weiter, bis sie alle Blasen zum Platzen gebracht hatte. Dann setzte sie sich auf die Bank neben dem Kletterhaus. Sie schloss die Augen. Begann plötzlich zu frieren, doch sie konnte nicht weiter, ihr Atem ging zu schnell, gleichzeitig fühlte sie sich unendlich müde. Sie lauschte und hörte der Stadt zu. Sie war so leer, aber sie war, so schien es, niemals leise. Das Bremsen einer Bahn, Metall auf Metall, da war ein Knistern, ein Knacken, ein elektrisches Sirren. Tränen sickerten aus ihren verschlossenen Lidern, und als sie die Augen wieder öffnete, waren die Kinder außer Sichtweite und vor ihr stand der Fuchs. Sie wusste sofort, dass es Silberfuchs war. Sein Fell schien noch dunkler geworden zu sein, vielleicht lag das am fehlenden Licht. Die helle Fellsträhne auf dem Rücken leuchtete wie frisch gefallener Schnee.

»Du bist hier«, sagte Pola.

Das Tier duckte sich und legte die Ohren an. Hielt die Nase an ihre ausgestreckten Hände. Schnupperte. Als würde Silberfuchs noch einen Beweis benötigen, dass sie das Mädchen war, das er kannte. Sie streichelte ihm mit der Hand über das Fell, kraulte es am Nacken, am liebsten hätte sie das Tier umarmt, sich an ihm festgeklammert und nach Hause tragen lassen.

»Weißt du, wie wir wieder zurückfinden? In den Park? Kennst du den Weg?« Silberfuchs heulte leise auf. Sie wusste nicht, was er ihr damit sagen wollte. Hatte er Mitleid mit ihr? Der Fuchs richtete sich auf und blickte sie an.

Pola fuhr ihm erneut durchs Fell, dann sagte sie: »Mir ist kalt, und ich sterbe vor Hunger.«

Sie blieben an den Rändern, sie schlüpften von Nische zu Nische. Davon gab es in dieser Stadt viele, und auch so kamen sie voran. Der Schatten schien sie verloren zu haben, doch Pola wusste, wie schnell er auftauchen konnte. Die wenigen Menschen, die sie zu Gesicht bekam, liefen im Stechschritt zu ihrem Ziel. Hin und her, auf und ab. Es gab diese Bahnen, die sich von A nach B bewegten und von B nach A. Jeder war für sich, dass zwei Menschen beisammenstanden und sich unterhielten, sah sie nicht. Sie verstand einfach nicht, was hier vor sich ging, es war eine rätselhafte Aufführung. Und sie, sie war aus Versehen auf die Bühne geraten und wusste nicht, wie sie wieder abgehen sollte. Wie kamen sie aus dieser Stadt hinaus? Noch eine Abzweigung, noch eine Kreuzung, endlose Häuserreihen.

Es fing an zu regnen, Pola suchte nach einem Unterschlupf und fand eine offene Garage in einer Straße wie jede andere. Niemand war zu sehen. Sie stellten sich unter, Silberfuchs schüttelte den Regen ab wie ein Hund. Es rauschte, und das war ein angenehmerer Klang als das metallische Tönen der Stadt. Pola kam es so vor, als würde der Regenschleier sie abschirmen, ihr eine Verschnaufpause gönnen, doch das währte nicht lang. Ein Lieferwagen hielt direkt vor ihnen. Eine unter einer Kapuze verborgene Gestalt stieg aus und öffnete den Laderaum. Nahm Pakete heraus und stellte sie an den Straßenrand, obwohl sie nass wurden. Plötzlich waren da andere vermummte Menschen. Woher waren sie gekommen? Regengespenster, dachte Pola. Sie stritten sich um die Kisten, es gab ein Handgemenge, jeder wollte eine haben. »Zurück! Zurück!«, rief der Fahrer und drohte ihnen. Es dauerte vielleicht nur eine Minute, da waren die Menschen mitsamt den Paketen wieder verschwunden. Der Fahrer schloss die Klappe und machte Anstalten, wieder in den Wagen zu steigen, da wurde er ihrer gewahr. Ging einen Schritt zurück, öffnete die Klappe erneut, holte ein weiteres Paket heraus und überreichte es ihr mit den Worten: »Da hätte ich dich fast übersehen! Aber jeder bekommt eines, keine Sorge. Völliger Unsinn, sich darum zu streiten.« Er machte kehrt und fuhr davon, bevor Pola ihm danken konnte. Aber wofür überhaupt? Der Fuchs, er hatte sich im hinteren Teil der Garage versteckt, kam näher und schnupperte an der Kiste. Pola riss die Lasche auf. Wie sehr sie hoffte, es wäre etwas zu essen darin. Doch weit gefehlt, es war eine Puppe. Ein Puppenmädchen mit zwei roten geflochtenen Zöpfen und einem rosafarbenen Kleid, es war das Rosa der Blasebalgkugeln, von denen im Kleinformat auch ein paar in der Kiste lagen. Das Puppengesicht glänzte, die Wangen waren gerötet, tote Augen und ein harter Mund. Kein Lächeln. Pola hielt die Puppe unschlüssig vor sich in der Luft. Am Rücken entdeckte sie einen Knopf unter dem Kleid. Sie drückte ihn, die Augen bewegten sich plötzlich, der Mund bewegte sich, und das Mädchen sagte etwas in einer fremden Sprache und lachte dann so, wie sie noch nie jemanden lachen gehört hatte, es war ein hochnäsiges Lachen. Trotzdem ging von der Puppe etwas aus wie vorhin von den Kugeln. Erneut sah sie diese Bilder: Sie spielte mit einem anderen Mädchen im Park, Frühling, sanftes Licht, Blüten überall. Das andere Mädchen kam ihr vertraut vor und wiederum nicht, sie konnte nicht sicher sagen, ob es diesen Tag wirklich gegeben hatte. Die Puppe in ihrer Hand hörte nicht auf zu plappern und zu gackern, da schnappte der Fuchs nach ihr, biss hinein und ließ sie verstummen.

»So wird das nichts«, sagte Pola und setzte sich auf einen Reifenstapel, sah nach draußen in den Regen. »Wie sollen wir das nur schaffen.« Sie kämpfte dagegen an, einzuschlafen, verlor den Kampf, erwachte, ohne einen Anhaltspunkt zu haben, wie lange sie weggedämmert war. Der Regen hatte aufgehört, sie stellte sich auf die Schwelle zwischen Garage und Stadt, sah zum Himmel auf. Der Himmel war grau, mal tiefer, mal heller, die Wolken zogen stetig an ihr vorbei und würden vielleicht nach einer Weile zurückkehren, weil sie einmal um die Welt gereist waren. Sie lauschte. Das Geräusch des Schattens war nicht zu hören, aber sie sollten nicht zu lange an einem Ort bleiben. Der Fuchs lag vor dem Reifenstapel und schlief, neben ihm die zerfetzte Puppe und die rosafarbenen Bälle. Schade, dass er die Puppe zerbissen hatte. Vielleicht hätte sie sie eintauschen können gegen etwas Geld, gegen etwas zu essen. Sie beugte sich über den Fuchs, fuhr durch sein dunkles Fell, über die kahle Stelle an seinem Kopf. Sofort öffnete er die Augen, war auf den Beinen und schmiegte sich an sie. War sie nicht wegen ihm hier? War das nicht alles seine Schuld? Musste sie ihm böse sein – oder war er ihre Rettung? Jedenfalls war es gut, dass er da war. Und vielleicht würde er den Rückweg finden, vielleicht fehlte ihm nur eine Spur, ein bekanntes Geräusch, ein bestimmter Geruch. Sie hoffte, der Regen hatte nicht alles weggewaschen, und die Wolken hatten nicht alles mitgenommen auf ihrer Reise um die Welt.

Wieder hielt ein Lieferwagen vor ihnen, und Pola dachte schon, die Sache mit den Paketen würde sich wiederholen.

Ein Hüne stieg aus, er trug einen glänzenden grünen Mantel, in der einen Hand hielt er ein Gewehr, mit der anderen öffnete er die hintere Tür des Autos. Heraus sprangen drei Hunde, sie hechelten, bellten und nahmen sofort Witterung auf. Doch sie mussten sich gar nicht von der Stelle bewegen, mussten sich nur umdrehen, sich vor dem Mädchen postieren, Zähne fletschend, bereit zum Sprung.

»Sehr gut«, sagte der Mann, »wir haben sie.« Er trug einen Regenhut in der Farbe seines Mantels. Mit einer breiten Krempe und vor dem Hals mit einer Schleife verschnürt. Ein breiter Mund, die Augen konnte sie nicht sehen. Die Hunde zitterten vor Bewegungsdrang, schienen aber auf ein Kommando des Mannes zu warten. Dieser neigte den Kopf, dann sagte er zu Pola: »Immer schön ruhig bleiben, Mädchen.«

Jetzt erst begriff sie, worauf er aus war. Pola drehte sich um, Silberfuchs war in den Schatten der Garage zurückgewichen, duckte sich, winselte, die Nackenhaare stellten sich auf.

»Du sollst stillhalten, hab ich gesagt!« Der Mann hatte jetzt eine schrille Stimme.

»Das ist mein Fuchs«, sagte Pola fest. »Er gehört zu mir.«

Der Mann ging nicht auf sie ein. »Umzingelt ihn!«, befahl er den Hunden. Sie heulten auf und stürmten an ihr vorbei, bauten sich vor Silberfuchs auf. Dieser schnappte nach den Angreifern, schlug nach ihnen, doch wenn er einen erwischt hatte, bekam er von einem der beiden anderen einen Biss ab.

»Nein!«, schrie Pola, der Jäger drückte sie beiseite, legte das Gewehr an. Sie schlug auf ihn ein, trommelte mit den Fäusten auf den Leib, die Schläge perlten an der Regenhaut ab wie Tropfen. »Na los, fass das Mädchen«, rief der Mann und zielte weiter mit zitternder Hand auf den Fuchs. Einer der Hunde schnappte nun nach ihr, verbiss sich in ihrem Kleid, stocherte mit dem Maul blindlings umher, Speichel spritzte. Da tat es einen Knall, es pfiff in Polas Ohren, der Hund ließ nicht von ihr ab, sprang an ihr hoch, warf sie um, sie fiel zu Boden, sah, wie der Mann Silberfuchs über den Beton schleifte. Das Tier war wehrlos, aber nicht leblos, es knurrte verzweifelt, ein stechender Blick aus gelben Augen traf sie.

Pola rappelte sich auf, kam auf die Beine. »Nein!«, wollte sie noch einmal schreien, doch der Jäger war zurück und drückte ihr ein Tuch auf Mund und Nase. Der Duft erinnerte sie an etwas: an ein Erlebnis, eine Erfahrung, irgendetwas. Bevor sie darauf kam, wurde es zu dunkel für einen weiteren Gedanken.

Paula sagt: »Warte, nicht weiter.«

Diesmal bin ich also zu weit gegangen, denkt Katja. Was ist das eigentlich für eine Geschichte? Müsste sie nicht langsam so etwas wie *tröstlich* werden? Es sei ihr nicht zu krass, knurrt Paula, da sei sie anderes gewohnt. Nein, es liege nicht daran. Sie hält es nicht mehr aus in ihrer Position, muss sich bewegen, sich drehen, nur ein Stück. Sie wagt den Versuch, aber nur der Ansatz einer Bewegung treibt ihr Tränen in die Augen, die Drainageschläuche quittieren jede Kühnheit mit einem Schmerzreiz. Wie kann etwas so wehtun, das einem helfen soll, geht es denn nicht anders, wer hat sich das ausgedacht? Und Paulas Fluch besteht also darin, stillhalten zu müssen. Sie musste monatelang stundenlang Gifte in sich hineinlaufen lassen und dabei stillhalten. Nach der Arm-OP musste sie stillhalten, und jetzt wieder. Die Schläuche, die Wunde, das Schmerzmittel am Anschlag. »Mehr geht in dem Alter nicht«, hat die Ärztin vorhin gesagt. »Es sei denn, es geht gar nicht mehr.« Okay, okay, okay. Paula wimmert, ballt die Fäuste, zerquetscht den Fuchs.

Schwester Ilka bringt ein Hautöl. Katja beginnt, Paulas Füße zu massieren. Einen anderen Reiz setzen, das Körperempfinden auf eine andere Stelle lenken. Das klappt für ein paar Minuten, sie beruhigt sich etwas. Dann sagt sie wieder »Fuck!«, und Schwester Ilka holt ein Kissen. Zentimeter für

Zentimeter bewegen sie sie in eine etwas aufrechtere Position. Paula schließt die Augen, aber sie kann nicht schlafen. »Mein Herz rast«, sagt sie, und Katja hält sich am kühlen Metallrahmen des Betts fest. Das Orchester der Apparate klopft und pfeift. Das Herzecho gibt den Rhythmus vor. Kurven auf dem Monitor, das Licht ist grell, und draußen, irgendwo da draußen gibt es Bäume und Pflanzen und Wind. Hier gibt es nur Schläuche und Kabel und Anzeigen, es riecht nach Chemikalien.

Katja schwitzt, sie kann nicht mehr, doch etwas treibt sie an, nur nicht einknicken, sonst fällt Paula auch in sich zusammen. Sie nimmt wieder das Öl, massiert ihre Beine. Dann der Versuch, etwas zu essen, Paula kann nichts essen, nur trinken. Schluck für Schluck. Dann Blutentnahme. Beim Verbandswechsel muss Katja hinausgehen, das hält sie nicht aus. Den Schnitt zu sehen. Heute noch nicht.

Im Schwesternzimmer bekommt sie Wasser, sie trinkt eine ganze Flasche aus. Sie soll etwas essen, das sei wichtig (einen »Happen«, wie Schwester Ilka sagt). Sie versucht es, und beim Kauen merkt sie, wie hungrig sie ist.

Zurück an Paulas Bett. An diesen Anblick werde ich mich nicht gewöhnen, denkt sie. Diese elenden Schläuche. Was soll das für ein Wasserschloss sein. Es ist ein Albtraumschloss.

»Gerade geht's einigermaßen«, sagt Paula leise. Und Katja möchte heulen, weil sie so tapfer ist. Weil sie versucht, auch das zu überstehen. Wer könnte es ihr verdenken, wenn sie einfach aufgeben würde. Es sein lassen. *Speaking words of wisdom, let it be.* Und ich? Ich darf erst recht nicht aufgeben, denkt sie. Heute krache ich nicht zusammen, heute wird nicht geweint.

Jemand tritt zu ihnen, und Katja denkt erst, es wäre Doktor Leinweber, aber es ist Alfred. Sein Bart wirkt in diesem Licht beinahe weiß. Der Kopf mit dem vollen, lockigen Haar, auf das er so stolz ist. Er zittert, als er »Mein Mädchen!« sagt und die Hand auf Paulas Stirn legt, als wolle er sie segnen.

»Hi, Opa.«

Er nickt Katja zu. Dann inspiziert er die Schläuche, die Apparate. Paula versucht zu lächeln, es misslingt ihr, und ihre Augen füllen sich mit Tränen. Sie fängt an zu schluchzen, und jedes Aufbäumen ihres Oberkörpers wird bestraft. Das Herzorchester spielt verzerrt, und Alfred sagt: »Ganz ruhig, ruhig bleiben!« Was schon immer und überall gewirkt hat und so auch hier. Ilka kommt und sieht nach ihr, bei jeder Veränderung der Tonlage ist sie da. Sie sagt, es wäre gut, wenn Paula schlafen würde, doch es gibt hier keine Nacht und keinen Tag. Sie werde die Ärztin fragen, vielleicht könne sie etwas nachhelfen.

»Dein Termin«, sagt Alfred. »Denk an deinen Termin.«

Katja blickt auf das Handy. Scheiße, ihr Termin. »Ich bin bald wieder zurück, mein Liebes«, sagt sie zu Paula und gibt ihr einen Kuss auf die Stirn. Einen Zimtkuss, so haben sie das früher genannt. Warum haben sie das so genannt?

»Okay, Opa ist ja da.«

»Okay.«

»Okay.«

Sie steht auf und macht Platz für Alfred. Er nickt ihr zu. Sie nickt ihm zu, das reicht, immerhin, das ist ein Anfang.

*

Im Wartezimmer steht neuerdings ein Aquarium. Sie sitzt genau gegenüber, mit wippenden Füßen, und beobachtet das vollständig transparente Leben der Fische. Das Glas ist der Feind des Geheimnisses. Ich an eurer Stelle hätte Sehnsucht nach einem Vorhang. In irgendeinem Nordseeurlaub waren sie einmal in einer Aquariumswelt - kleine Aquarien, größere Aquarien und ein riesiges Aquarium mit Kinosesseln davor. Simon und Paula sind begeistert, stundenlang stehen sie vor den Scheiben, drücken sich die Nasen platt, vor allem die Quallen haben es ihnen angetan. Sie schwimmen immer im Kreis, von UV-Licht angestrahlt, sie mögen es anscheinend, im Schongang geschleudert zu werden. Und Katja steht und sitzt davor und spürt nichts, weder Begeisterung noch Abneigung noch Mitleid noch sonst was. Sie kann sich die Namen der Fische nicht merken, sie hat auch keine Lust, Fische im Unterricht dranzunehmen. Ein Referat über den Hering oder den Steinbutt, wohin soll das führen. Dann doch lieber die Haselmaus, oder, wenn es etwas mit dem Meer zu tun haben soll, der Wattwurm. In welchem Song schwimmen zwei verlorene Seelen in einem Goldfischglas Jahr für Jahr für Jahr?

Katja nimmt eine Zeitschrift, blättert darin, kann sich auf nichts konzentrieren, legt sie wieder weg. Wie lange dauert es denn noch, das Warten? Ein Mann zwei Stühle weiter bekommt einen Hustenanfall, und sie bekommt Angst, sich anzustecken und dann Paula anzustecken. Sie kramt in der Tasche, sie hat keine Maske dabei. Sie steht auf, geht zur Toilette, kehrt zurück und setzt sich dann auf einen anderen Stuhl. Billiger Trick, aber der Mann ist gar nicht mehr da, wurde vor ihr aufgerufen. Wann ist sie endlich an der Reihe. Ruhelose Füße, ruheloser Geist. Die alte

Sorge, vergessen worden zu sein, und wann ist der richtige Zeitpunkt, sich noch einmal in Erinnerung zu rufen, ohne der Sprechstundengehilfin den Nerv zu rauben.

»Frau Altenberg, bitte!«

Sie soll in Zimmer 1 gehen, soll sich setzen. Der Mahagonischreibtisch mit Löwenfüßen, er steht vermutlich seit dem Ersten Weltkrieg hier, in Kombination mit weißen Schränken, Waschbecken, Handdesinfektion, eine Liege, eine Waage, dicke Medizinschwarten in einer Vitrine.

Die Ärztin gibt ihr die Hand. Sie haben schon einiges durchgemacht zusammen. Sie werden wieder einiges durchmachen müssen. Sie hatte in Phase 1 sogar schon einmal angefangen, Frau Doktor Schröder zu duzen – sie war nicht darauf eingestiegen.

»Wie geht es Ihnen? Was kann ich für Sie tun, Frau Altenberg.« Sie hat so einen schönen, akkurat geschnittenen Pony. Hinten ein Zopf. Die Farbe geht ins Rötliche, ihre Haut ist blass, bleibt sogar im Sommer blass.

Es wird ein kurzatmiges Erzählen. Hier die Fakten, hier die Gesamtlage. Je schneller sie es erzählt, desto weniger läuft sie Gefahr, loszuheulen. Sie starrt dabei auf die polierte Tischplatte. Die Ärztin sagt, dass es ihr wirklich sehr leidtue. Aber niemand trage Schuld daran, denn, bei allem medizinischen Fortschritt, ein Osteosarkom sei unberechenbar. Hörbares Luftholen, dann geht es lösungsorientiert weiter. So macht sie das immer, es ist beneidenswert. Drei Schritte seien nun notwendig. Schritt 1: Katja müsse fürs Erste krankgeschrieben werden, das sei unstrittig. Schritt 2: Katja müsse wieder eine Beurlaubung beantragen, sollte eine Chemotherapie nötig sein. Wovon sie ausgehe. Das könnte bekanntermaßen *hakelig* werden, das mit dem Antrag. Schritt 3: Katja müsse sich möglichst viel Unterstützung holen. »Sie hatten zu Ihrem Therapeuten ein gutes Verhältnis?«

»Ja, aber noch eine Verpflichtung, das schaffe ich gerade nicht. Jeder Termin, der noch dazukommt, ist mir zu viel.«

»Sie könnten das umgekehrt sehen: Diese Termine sind dazu da, dass alles andere nicht mehr so anstrengend ist.«

»Darum kann ich mich gerade nicht kümmern.«

»Es wäre eine Chance, sich um sich selbst zu kümmern.«

Chance, denkt sie. Kommt mir schon wieder jemand mit diesem Wort. Das Wort *Chance* dreht sie jedes Mal aus der Fassung. Die Gespräche mit der Ärztin, mit dem Therapeuten, mit Alfred, mit Ellen, mit Simon. Kein Gespräch ist davor sicher. *Es ist eine Chance. Du musst jede Chance ergreifen. Sieh es doch als Chance. Diese Chance solltest du nicht ungenutzt lassen.* Gib mir ein C, gib mir ein H, gib mir ein A, gib mir ein N, gib mir ein C und gib mir verdammt noch mal ein E. All diese Gespräche liegen plötzlich übereinander, sie erkennt das Muster wieder: Die anderen sehen Chancen, und sie fühlt sich bei jeder möglichen Chance überfordert, weil sie nicht weiß, ob es wirklich eine Chance ist. Und sie hat nicht die Zeit und nicht die Kraft, um das herauszufinden. Dabei hilft dir ja auch keiner. Sie öffnen dir die Türen, und du darfst selbst nachsehen, was sich dahinter verbirgt. Eine Seegrasplantage; ein wildfremder Mensch, mit dem du über deinen Schmerz sprechen sollst; ein Bibelkreis; eine Meditationsgruppe – es kann alles sein, alles und nichts. Sie erinnert sich daran, wie sie vor eineinhalb Jahren vor Frau Doktor Schröder saß, dasselbe Zimmer, dieselbe glänzende Mahagonitischplatte, die Ärztin hatte das Haar noch etwas kürzer, hinten nicht zusammengebunden.

»Haben Sie denn jemanden, mit dem Sie sprechen können?«

»Ich?«

»Sind Sie gläubig?«

»Wie bitte?«

»Viele suchen in einer Situation wie der Ihren das Gespräch mit Gott.«

»Mit Gott habe ich schon lange nicht mehr gesprochen.«

»Sie können es sich ja überlegen. Ich kann Ihnen Kontakte vermitteln. Vielleicht wäre das eine Chance.«

»Sie haben Kontakte zu Gott?«

»Wie ich sehe, haben Sie Ihren Humor noch nicht verloren, das ist ein gutes Zeichen.«

Eine gläubige Ärztin, das hatte sie überrascht. Doch sie hat nicht bei Gott angerufen, sondern bei Herrn Karl, der zumindest etwas von einem Guru hat. Die Sitzungen bei ihm haben ihr geholfen, aber erst nach der OP, nach der zweiten Chemo. Während der sogenannten Wiedereingliederung. Davor haben sie die Termine beim Therapeuten eher angestrengt.

»Frau Altenberg, geht es Ihnen gut?«

Sie kehrt zurück, sie bittet darum, erst einmal nur mit Schritt 1 zu beginnen. Nächste Woche wisse sie mehr, nächste Woche werde entschieden, wie es mit Paula weitergeht. So lange würde sie gerne noch abwarten.

»Ganz wie Sie möchten«, sagt Frau Doktor Schröder und klingt eine Mikromaßeinheit verstimmter als zu Beginn ihres Gespräches. Noch jemand, der sich nicht helfen lassen will. Wenn Katja geglaubt hat, und sie hat es geglaubt, sie komme ohne weitere Untersuchungen mit der Krankmeldung davon, dann hat sie sich getäuscht. Abhören, Wiegen,

Vermessen, nächste Woche Blut und EKG. Die Ärztin verschreibt ihr ein Schlafmittel, sie hat es schon das letzte Mal nicht eingenommen. Die Ärztin möchte am Ende noch etwas Ermutigendes sagen. Sie spricht davon, dass sie auch diese Phase durchstehen werde. Sie sagt tatsächlich wieder *Phase*, und das hat etwas Beruhigendes. Phase 2 also. Meistens kann Katja mit einer begrifflichen Kühle besser umgehen als mit dem Vokabular aus den Fürsorgebüchern.

*

Als sie vor die Praxis tritt, empfängt sie ein euphorischer Himmel. Geschliffene Wolken. Zweihundert Meter weiter ist ein Supermarkt, und sie beschließt, noch ein paar Sachen für den Abend einzukaufen. Vor ihr ein Mann mit grünem Poloshirt. Er trägt eine Papiertüte ungewissen Inhalts, aus dem Handy in der Hosentasche scheppert ein Lied, er vollführt gelegentlich Tanzschritte dazu und singt: *telling you baby, yeah, in the summertime.* Der Mann könnte ihr egal sein, er könnte sie nerven, aber auf irgendeine Weise beneidet sie ihn. Er hört seine Lieblingsmusik, er geht im Frühlingslicht durch die Stadt, er fühlt sich so verdammt lebendig. Nein, denkt sie, er ist besoffen, er ist ein Psychopath, vergiss ihn einfach.

Sie geht durch die Gänge und weiß nicht, was sie kaufen soll. Eine Flasche Wein also. Wieder draußen packt sie den Merlot in die Fahrradtasche. Hält inne. Einatmen und Ausatmen. Geht schon wieder, geht schon wieder. Danke der Nachfrage. Sie steigt auf und tritt in die Pedale. Wind in den Haaren. Das Frühlingslicht. Diesmal lasse ich nicht alles an mir vorbeigleiten wie heute Morgen, diesmal nehme ich alles wahr. Bin ein Vorbild in Sachen Achtsamkeit, bin anwesend, bin im Moment. Sie hält an einer Ampel, sie unterdrückt ein Lachen oder ein Weinen, es ist nicht mehr zu unterscheiden. Sie konzentriert sich auf den Weg, nimmt etwas ins Visier, ein Nummernschild, die steinerne Kuh vor dem Landesverband der Agrarwirtschaft, einen anderen Radfahrer. Als sie an einer Kreuzung geradeaus fährt und ein abbiegendes Auto wegen ihr anhält, denkt sie: Nein, ich bin noch da. Ich bin noch kein Gespenst.

*

Alfred ist gegangen. Oder er vertritt sich kurz die Beine im Irrgarten. Paula liegt wach, hält sich das Handy vors Gesicht.

»Liebes, wie geht es dir?«

»Ich würde mir die Schläuche am liebsten rausreißen. Ich halte das echt nicht mehr lange aus.«

»Wo ist Opa?«

»Hab ihn heimgeschickt.«

»Du hast was?«

»Es ging ihm nicht gut. Er muss sich ja hier auch keinen abquälen.«

Keinen abquälen. Ach, Paula. Katja schaut auf das Handy. Nachricht von ihrem Vater, vor fünf Minuten:

Bin gefahren. Wusste ja, dass du bald kommst. Kreislauf spinnt. Paula ist so unglaublich tapfer. Kann es ein tapfereres Mädchen geben? Wir müssen reden. Lass uns morgen reden, ja? Alfred

Sie sieht so müde aus. Blaue Ringe unter den Augen, spröde Lippen. Die Wangenknochen so deutlich wie eine Felsformation. Sie hat schon wieder abgenommen, noch mehr abgenommen, wie soll sie bitte eine Chemo durchhalten.

»Okay«, sagt Katja. *Okay* ist das wichtigste Wort überhaupt.

»Massierst du mir noch mal die Füße?«

Zusammen mit Abendschwester Senait drehen sie Paula um 1,7 Grad, aber das reicht schon, um ihr zunächst unerträgliche Schmerzen zu bereiten und endlich doch so etwas wie Erleichterung zu verschaffen. Katja reibt Paulas Füße ein, ihre Beine.

»Erzähl weiter«, sagt Paula.

Erzähl weiter, denkt Katja. Aber was ist das eigentlich für eine Geschichte? Vielleicht ist sie einfach das, was ich gerade zu erzählen habe.

Pola saß im Wagen des Jägers, als sie wieder zu sich kam. Sie saß neben ihm, die Arme zusammengebunden, mit einem Gurt war sie an den Sitz gefesselt. Auf ihre Wunde am Arm hatte er ein Stofftaschentuch geknotet, es hatte sich rot verfärbt. Die zerfledderte Puppe aus der Garage lag auf ihrem Schoß. Ihr Kleid war am Saum zerrissen und noch schmutziger geworden. Es war ihr gleich. Eine seltsame Taubheit erfüllte sie, füllte die Risse auf, innen und außen. Wenigstens war da kein Schmerz.

»Nichts für ungut«, sagte der Jäger und war anscheinend bester Laune, er lächelte sie unter seinem Regenhut, den er nicht abgesetzt hatte, an. Pola drehte den Kopf weg, konnte ihm nicht ins Gesicht sehen. Hinten im Wagen knurrten und heulten die Hunde, Triumphgeschrei.

»Silberfuchs, Sie haben ihn …«

»Nur betäubt, Mädchen.«

Sie wusste, dass er die Wahrheit sagte. Silberfuchs lebte. Seit ihrer erneuten Begegnung spürte sie eine noch größere Nähe zu dem Fuchs, spürte ein Band zwischen ihnen. Er lebte, er war so nah, und gleichzeitig schien er unerreichbar zu sein.

Sie fuhren unerträglich langsam durch die leeren Straßen. Der Regen hatte sich längst verzogen, das Licht in der Stadt war unverändert. Ein lauerndes Grau. Ja, etwas lauerte in dieser Eintönigkeit, und es konnte jederzeit ausbrechen und sich ausbreiten, dunkel und unaufhaltsam. Die Silhouetten der Hochhäuser waren wie Zuschauer, sie riefen ihr zu: »Du schaffst es nicht. Du bist hier fremd. Du verstehst nicht, wie das hier läuft.«

Wo waren nur all die Bewohner? Arbeiteten sie für den Schatten? Waren sie in ihren Häusern und spielten tatsächlich mit diesen Puppen und Bällen? Und es stimmte ja, sie verstand weder den Rhythmus dieser Stadt noch hatte sie ein Gefühl dafür, nach welchen Regeln und mit welchen Absichten hier etwas getan oder unterlassen wurde.

»Wohin fahren eigentlich diese Bahnen?«, sagte sie in das Brummen des Motors hinein, als sie einen dieser Plätze mit Haltestellen passierten. Die Hunde waren verstummt, vielleicht waren sie eingeschlafen.

»Sie fahren alle in dieselbe Richtung, Mädchen.«

Straße folgte auf Straße, sie kreuzten sich, eine Brücke führte über den schwarzen Fluss. War es nicht doch möglich, ihm zu folgen und einen Ausweg aus der Stadt zu finden? Sie würde aller Voraussicht nach keine Gelegenheit mehr haben, es herauszufinden.

Es war dunkel geworden, ohne dass zuvor eine Dämmerung eingesetzt hätte. Die Häuser standen in langen Reihen, Kasten auf Kasten auf Kasten. Nur wie weit sie mit ihren Antennen in den Himmel ragten, das schien einen Unterschied zu machen.

»Wohin fahren wir?«

»Es ist nicht mehr weit. Zweimal rechts, einmal links und dann über die Brücke. Es gibt keinen anderen Weg.«

»Zweimal rechts, einmal links, dann über die Brücke«, wiederholte Pola. »Das ist alles?«

»Nein, das ist nicht alles. Das ist der Anfang.«

Hinter der Brücke führte eine enge Gasse zu einem Hochhaus, es stand frei, kein anderes Haus klebte an ihm. War das der Ausgang des Labyrinths? Das Gebäude hatte bestimmt zehn Stockwerke.

»Wir sind da«, sagte der Jäger. Er hielt den Wagen an, stieg aus und kam auf ihre Seite. Löste den Gurt, auch die Fesseln an den Handgelenken. Er hieß Pola, auszusteigen. Sie konnte sich nicht vorstellen, dafür die Kraft zu haben, es ging jedoch erstaunlich leicht. Die Puppe nahm sie mit. Der Gedanke, zu fliehen, er war da, aber nur für einen Augenblick. »Es hat keinen Sinn«, hörte sie sich leise sagen, ohne dass sie es hätte sagen wollen. Als sie vor der gläsernen Eingangstür stand, hörte sie ein Knacken, dann ein Summen, sie öffnete sich.

Sie war in einem großen, offenen Raum. Weiß auf Schwarz auf Weiß. Sie zählte acht Türen, alle waren geschlossen. Monitore hingen neben den Türen, sie zeigten durchlaufende Zahlenkolonnen, weiße Zahlen auf schwarzem Hintergrund. Gleich vier Aufzüge schienen in die höheren Stockwerke zu führen. Die Lampen an der tiefen Decke waren große Räder, sie leuchteten in einem matten Gelb und erinnerten Pola an Käselaibe. An den Decken hingen außerdem Hinweisschilder mit irgendwelchen Kürzeln. Pfeile zeigten mal in die eine, mal in die andere Richtung. In der Mitte des Raums stand ein junger Mann hinter einem Tresen. Er trug ein schwarzes Hemd und war sehr blass, aber das konnte auch am Licht liegen. Ungebändigtes schwarzes Haar; es schimmerte, als sei es nass. Sie fragte ihn, wo sie hier sei. Der Mann nickte stumm und drückte einen Knopf auf einem Schaltpult mit vielen Knöpfen.

»Haben Sie jemanden gerufen?«

Der Mann hinter dem Tresen lächelte dünn, blieb stumm. Er hatte ein rundes Gesicht, kleine dunkle Augen, das Hemd war ihm sichtlich zu eng.

»Sie wollen nicht mit mir reden?«

Er griff zu einem Stift und kritzelte etwas auf ein Stück Papier, hielt es ihr hin. Ein Kopf mit einem durchgestrichenen Mund.

»Sie können nicht? Sind Sie erkältet?«

Er schüttelte den Kopf.

»Oh, Sie meinen, Sie können gar nicht sprechen?«

Ein gequälter Gesichtsausdruck war die Antwort.

Über der linken Aufzugtür flackerte ein Licht auf, sie öffnete sich und heraus kam ein hochgewachsener, kahlköpfiger Mann. Er trug ebenfalls ein schwarzes Hemd, darüber ein Jackett, dazu eine schwarze Hose, selbst die Schuhe waren schwarz. Schon war er hinterm Tresen und klopfte dem anderen auf die Schulter. Pola starrte ihn an. Es war der Mann auf dem Gemälde, nur ohne den Hut. Es war …

»Da bist du endlich, wir mussten viel zu lange auf dich warten. Die Sache mit dem Jäger hat dich sicher erschreckt? Ich habe ihm eingeschärft, er solle sanft sein. So sanft wie irgend möglich.« Seine Stimme war freundlich, warm.

»Ich …«

»Keine Sorge. Es wird gut werden. Es gehört zu meinen Geschicken, dass ich dir helfen kann. Das hier ist der Mittelpunkt der Stadt. Jeder Ort muss doch eine Mitte haben, findest du nicht? Wo alles zum Stillstand kommt. Die Welt um dich herum dreht sich schneller, als du denkst. Du bist gelaufen und gerannt, so gut du konntest, schneller als viele andere. Bemerkenswert, wirklich bemerkenswert. Jetzt aber bist du erschöpft und wirst hier bei mir die nötige Ruhe finden. Diese Ruhe hast du dir verdient. – Anton, bitte …« Er klatschte einmal in die Hände.

Der Stumme bückte sich, zog dem Geräusch nach zu urteilen eine Schublade auf und holte ein Klemmbrett hervor. Dann fing er an, ein Formular auszufüllen. Pola spürte mit einem Mal wieder, wie müde sie war. Die Schnitte an ihren Beinen brannten, die Wunde am Arm pochte. Der Schmerz war zurück, und sie sah wieder klar – was allerdings zu spät kam, sie war dem Schatten buchstäblich in die Arme gelaufen. Sie musste sich am Tresen festklammern, um nicht umzusinken. Sie war so müde, so schwach. Nein, sie konnte sich nicht mehr länger festhalten.

Als Doktor Leinweber an Paulas Bett tritt, ist sie eingeschlafen. Endlich. Ihre Gesichtszüge haben sich entspannt. Er habe *nahezu* Feierabend, sagt der Doktor. Aber er wollte noch einmal nach ihnen sehen. Das bedeutet, er will auch nach mir sehen, denkt Katja. Er überprüft den Infusionsturm. Er überprüft die Drainage, den Wundverband. Er sagt, er versuche, sie dabei nicht zu wecken. »An solchen Tagen können Sie nichts Besseres tun als schlafen«, sagt er und klingt so, als müsste er das selbst dringend tun. Er nimmt die Nickelbrille ab, setzt sie wieder auf. Sollte alles weiter so gut verlaufen, könne man sie nach und nach von den Schläuchen befreien. Kollege Nowak werde sich melden wegen der Gewebeprobe. Hoffentlich schon morgen. Er sieht sie an, fragend, sie versteht die Frage nicht. Das Lächeln misslingt ihm dann, was sie schade findet, und sie ist zu müde, den Versuch zu honorieren.

»Tut mir leid«, sagt er. »Mehr können Sie momentan nicht machen. Festhalten und aushalten. Das hat mein Vater immer gesagt. Festhalten und aushalten. Als Lebensmaxime ist das vielleicht ein bisschen dürftig, aber in gewissen Situationen ...«

»Könnte genauso gut meine Mutter erfunden haben. Sie hat nie gejammert, wissen Sie. Und sie wollte nie, dass ich es tue.«

»Ich finde, Sie haben jedes Recht, auch mal zu jammern.«

Und jetzt wird er mich zu einem Glas Wein einladen, um mir die Gelegenheit zu schenken. An seinem Feierabend. Macht er nicht, warum sollte er, lächerliche Gedanken. Er verabschiedet sich, er empfiehlt ihr nichts, er rät ihr nichts, es ist dann wieder Schwester Ilka, die sie dazu ermahnt, nach Hause zu gehen. Kraft schöpfen. Den Kopf frei bekommen. *Was sonst?*

Festhalten und aushalten, denkt sie, als sie im Aufzug steht. Sie erinnert sich an ihre Mutter. Erika steht in der Küche, fuhrwerkt mit der Gemüsebürste herum. Scheuert die Kartoffeln so lange, bis die Schale abgeht. Keine schadhaften Stellen! Es ist die Zeit nach der Trennung, sie ist mit Paula öfter bei den Eltern, übernachtet bei ihnen, bis sich alles sortiert hat, alles zur Ruhe gekommen ist. Und wenn sie weint, sagt Erika solche Sätze wie: »Das musst du aushalten.« Wobei sich nach solchen Sätzen immer eine Klammer öffnet, in der das Unausgesprochene steht. Diese Klammer ist so laut und so deutlich, deutlicher als der eigentliche Satz. Bist selbst schuld, dass du diesen Mann gehen lässt. Ohne Grund, offenbar. Jedenfalls konntest du mir nie richtig erklären, warum du ihn hast gehen lassen. Und das Kind! Mein Gott, das Kind. Wie soll es das verarbeiten? Wie soll es damit klarkommen? Hast du darüber schon einmal nachgedacht? Nicht, dass sich da etwas Ungutes entwickelt. Man liest so oft davon. Die Schulnoten stürzen ab. Oder das Kind isst nicht mehr. Oder zu viel und kotzt alles wieder aus. Oder es spricht nicht mehr. Oder es haut ab, dem Vater hinterher. Woraufhin sich eine zweite Klammer öffnet, eine eckige Klammer in der runden Klammer. Das wäre verständlich, sollte sie dem Vater hinterherlaufen. Dieser Mann! Mit dem ich mich immer so gut verstanden habe. So ein solider, stabiler Mann. Und jetzt ist er weg, und das wirst du jetzt aushalten müssen, alles, was sich daran anschließt, was daran hängt. Das gesamte Unheil, das daran hängt, das du heraufbeschworen hast, wegen was? Ja, wegen was eigentlich. Wegen deiner Hirngespinste? Deiner Träume? Nie zufrieden mit dem, was ist. Nie zufrieden. Kann sich einfach nicht fügen, die Katja, konnte es noch nie. Und die Konsequenzen? Die wirst du aushalten müssen.

*

Wie bringt man solche Tage zu Ende, wie wird man fertig damit? Betäuben. Auf dem Sofa liegen und stundenlang durch Instagram scrollen. Vorher vielleicht etwas essen, denkt sie, das wäre zumindest vernünftig. Sie tritt in die Pedale und fährt in ein Zwielicht. Müsste es nicht noch heller sein? Es ist mild, das spürt sie, wärmer als an den Abenden zuvor. Man ist geneigt zu sagen: lau. Wieder so ein Wort, über das sie sich noch nicht genug Gedanken gemacht hat. Ein lauer Abend, ein laues Lüftchen. Laue Menschen gehen sich noch einmal auslüften. Zwei Kugeln Eis, eine Zigarette, der Hund muss noch mal raus. Wie gerne würde sie sich so fühlen, weder zu heiß noch zu kalt. Feeling lau today.

Sie macht halt an der *Wegzehrung*, bestellt Pommes und Sprite. Der Bistrobesitzer schwitzt, er tupft sich mit einem Geschirrtuch ab. Es ist tatsächlich sehr heiß im Raum. Keiner der Tische ist besetzt, nur draußen an einem Stehtisch hat sie einen Mann ein Bier trinken sehen.

»Für hier?«, fragt er.

»Für hier.« Sein Name, sein Name! Es ist zu spät, ihn noch einmal danach zu fragen, ohne dass es peinlich wird.

Draußen am Stehtisch, sie isst, versucht es wenigstens. *Wegzehrung*, Schnörkelschrift auf Holzplanke, etwas Maritimes im Urbanen, fehlt nur noch der Rettungsring, denkt sie und nimmt die Einladung an, ihre Gedanken schalten auf ein anderes Programm um: Sie ist allein am Strand, es ist ein grauer Tag, nicht viel Sicht, die Böen tosen in den Ohren. Es ist eine Spur zu kalt, und es tut trotzdem gut, so unendlich gut, sich durchwehen zu lassen, etwas zu spüren, die Augen tränen, die Nase läuft, die Wangen fangen an zu brennen, und sie geht an der Wasserkante entlang, sie läuft parallel zur Horizontlinie, sie läuft und läuft und läuft, niemand kennt sie, niemand weiß von ihr, sie ist lebendig und sie ist tot, sie ist ein Niemand, sie ist immer noch da. Sie möchte nicht an die Zeit nach Paula denken, sie denkt immer wieder daran, es ist jedes Mal ein Verrat. Weil Paula nicht sterben wird, weil sie nicht sterben darf, doch ihr Gehirn ist ein Diktator, zwingt sie zu denken, alles zu denken, alles zu überdenken, sich alles vorzustellen. Und wenn sie an die Zeit nach Paula denken muss, denkt sie sich allein, irgendwo anders, am Meer, nicht für immer vielleicht, für eine Weile, nur sie und die Lücke, das Fehlen, das Greifen ins Leere. Nur sie und der Schmerz. Sie kramt das Handy aus dem Rucksack, um sich auf andere Gedanken zu bringen, um diesen Verrat zu beenden.

Gibt es Anrufe und Nachrichten und falls ja, wie viele? Das Ergebnis ist niederschmetternd und erfreulich zugleich. Alfred. Simon. Lou. Marlon. Ellen. Nein, du bist nicht allein. Aber du musst wieder etwas tun, du musst antworten, schreiben und sprechen. Sie liest zunächst die Nachricht von Ellen:

Hallo, Königin der Nacht. Wie ist der Tag, wie geht es Paula? Hast du ihr einen Kuss von mir gegeben?

Sie muss schmunzeln, als sie *Königin der Nacht* liest. So hat Ellen sie seit dem Studium nicht mehr genannt. Wenngleich es natürlich eine Spitze ist. Mehr als gerechtfertigt, denkt sie. Und sie hat es vergessen, Paula einen Kuss von ihr zu geben. So schwer, jemanden zu finden, der in den richtigen Momenten schweigt und in den richtigen Momenten das sagt, was zu sagen ist. Ellen. Du musst ihr antworten, du musst ihr heute, nachher, zu Hause noch schreiben. Besser noch: sie anrufen.

Marlon fragt, ob er Paula besuchen darf. Simon schreibt, dass er am Samstag kommen wird. *Definitiv!* Alfred möchte wissen, wann sie sich einmal in Ruhe zusammensetzen können. Wir setzen uns wieder zusammen, das klingt gut. Lou hat eine Sprachnachricht hinterlassen, sie mag sie noch nicht abhören. Später, denkt sie, und legt den Kopf in den Nacken. Der Himmel, das Licht, wirklich ungewöhnlich, als läge ein Filter darauf. Sie versucht noch einmal zu essen, schließt die Augen, nichts denken, nur kauen, und als sie die Augen wieder öffnet, steht der Besitzer neben ihr und fragt, ob er sich zu ihr stellen darf (was er schon tut). Obwohl noch drei andere Tische frei sind. Obwohl mittlerweile alle anderen Tische frei sind. Er ist schlecht rasiert, die Augenbrauen wuchern, die Stirn glänzt, ein Fleck auf der Kochjacke. Er besitzt dennoch eine Art Grundeleganz, sie überdeckt solche Details.

»Okay«, sagt sie.

Er isst eine seiner eigenen Burgerkreationen, sie macht Avocado aus, vielleicht Tofu, eine gelbe Soße. Er bekommt das hin, ohne dass die Hälfte herausfällt; während er das Brötchen hält, spreizt er den kleinen Finger ab. Wie lange starrt sie darauf, und wie lange hält er ihr den Burger schon wie ein Schaustück hin?

»Haben Sie das schon einmal ausprobiert?«, sagt er und legt den Rest zurück auf den Teller.

»Was denn, diesen Burger?«

»Den kleinen Finger bewegen, ohne dass sich dabei der Ringfinger mitbewegt.« Er macht es ihr vor.

Sie stutzt, dann versucht sie es. Es gelingt ihr nicht.

»Ist das nicht rührend?«, sagt der Mann. »Der kleine Finger hat immer einen Verbündeten, einen *partner in crime.*«

»Oder er ist dazu verdammt, nie etwas allein machen zu können.«

Er betrachtet seine Hand. »So richtig allein ist ein Finger doch sowieso nicht.«

»Das stimmt nun auch wieder.« Sie nimmt das Glas und spreizt den kleinen Finger ab. »So geht es, wenn sich der Ringfinger an etwas anderem festklammert.«

»Also nur, wenn er abgelenkt ist. Aber wenn Sie ganz genau hinschauen, dann sehen Sie, dass der Ringfinger trotzdem zuckt.«

Sie trinkt das Glas aus. »Über vierzig Jahre auf der Welt, und jetzt kommt diese völlig neue Erkenntnis daher.« Sie muss grinsen. »Vielen Dank dafür!«

»Dafür nicht«, sagt er und greift wieder nach dem Burger. »Dafür nicht.«

Sie schweigen, in seiner Gesellschaft gelingt es ihr, die Pommes aufzuessen. Er stapelt die Teller übereinander, dann blickt er in den Himmel mit einer Miene, als würde ein Gewitter aufziehen.

»Der Saharastaub ist auch so eine Sache.«

Der Saharastaub. Deshalb ist das Licht so seltsam. Sie streicht mit dem Zeigefinger über die Tischplatte und hält ihn nach oben. Ein paar Körnchen darauf, könnten auch Blütenpollen sein. »Dann war das also ein Saharastaubdinner«, sagt sie und legt sich die Tasche über die Schulter. Er möchte sie noch nicht gehen lassen.

»Letztes Jahr waren Sie oft hier. Oder vorletztes Jahr? *The times they are a-changing*. Großer Song. Aber den Nobelpreis hätte ich ihm nicht gegeben. Und dass Sie nun wieder hier sind, hat wahrscheinlich mit dem Kasten in unserem Rücken zu tun.« Er meint die Klinik, und sie braucht jetzt eine Exit-Strategie.

»Die Zeiten ändern sich«, wiederholt sie leise und verstaut das Handy in der Tasche.

»Das mit dem Saharastaub«, sagt er und sieht sie zum ersten Mal direkt an, »das finde ich wirklich schön. Erinnert mich daran, dass alles nahe beieinanderliegt, auch wenn es noch so fern erscheint. Der Wind bringt es zu uns und dann wieder weg. Und das hat so gar nichts Esoterisches, es ist einfach nur Wissenschaft. Molekularbiologie, wenn Sie so wollen. Nichts geht verloren! Wir alle setzen Kohlenstoffatome frei, und die werden dann von anderen Pflanzen oder Tieren aufgenommen, die dadurch wachsen und leben. Ein ewiger Kreislauf. Die Frage ist nur, ob es so etwas wie Vegetarismus überhaupt geben kann, wenn sich mein Salat von den Molekülen eines Elefanten ernährt hat, den der Wind aus Afrika hierher transportiert hat.«

Scheiße, denkt sie und versucht, seinem Blick standzuhalten.

»Ich merke, dass ich Sie damit nicht trösten kann, oder?«

»Nicht wirklich. Aber danke, dass Sie es versucht haben!«

»Sehen Sie: Wir denken uns immer verschiedene Welten aus, das ist eigentlich schade. Diese Welt, jene Welt, und dann denken wir uns Grenzen dazwischen. Und bald kommen wir deswegen nicht mehr von der einen auf die andere Seite. Dabei gibt es nur ...«

»Dabei gibt es nur diese eine Welt? Tut mir leid, das sehe ich ein bisschen anders.« Sie will die Tasche über die Schulter ziehen, dort hängt sie schon.

»Ich werde dann mal abräumen.«

In diesem Moment tut es ihr leid, dass sie ihn so auflaufen lässt. »Danke, dass Sie mir Gesellschaft geleistet haben.«

»Jederzeit gern.«

Er lächelt schief, stapelt das Geschirr fachmännisch auf seinen Arm und geht zurück in den Laden - der morgen vielleicht woanders stehen wird, auf einer anderen Grenze. Und es kommt ihr so vor, als hätte sie eine Chance vertan.

*

Sie ist auf dem Rad, aber weit kommt sie nicht, an der Wiese vor dem Tunnel ist Schluss. Der Kreislauf spielt nicht mehr mit, ein Flackern vor den Augen und ihr ist kotzübel. Sie steigt ab. Atmen, was ist daran so schwer. Sie blinzelt mit den Augen, will das Flackern wegblinzeln, ist es das rechte Auge oder das linke Auge oder beide? Wegblinzeln, wegdrücken, es ist wieder alles klar und deutlich zu erkennen: der Löwenzahn und die Wiese, übersät mit gelben Punkten. Dieser Scheißlöwenzahn. Und das musst du nun aushalten, das alles geschieht dir recht, alles geschieht ganz zu Recht, und wie da dieser Staub in der Luft ist, er kommt von weit her, der Wind hat ihn um die halbe Welt getragen bis zu dir hin, alles hängt miteinander zusammen, und das musst du nun aushalten, das alles geschieht dir recht.

Sie geht weiter, schiebt das Fahrrad in die Unterführung unter der Bundesstraße, den Fluchtunnel. Im Sommer vor der Erkrankung sind sie fast jeden Tag zur Eisdiele geradelt und haben auf der Wiese vor dem Tunnel ihre Kugeln gegessen. Paula immer dieselben Sorten: Cookie und Himbeere. Und immer hat sie zuerst am Eis gerochen, weil sie immer zuerst an allem riecht, bevor sie es isst oder trinkt. Paula hat dann herausgefunden, dass die Stimme in der Unterführung so schön hallt, und sie hat angefangen zu rufen und irgendwann zu fluchen. Und sie haben Flüche erfunden, jeden Tag neue, und haben sie in der Unterführung ausprobiert. Uns doch egal, was die Leute sagen, und wie gut sich das angefühlt hat, und wie frei sie damals waren, und wie sie gedacht hat: Jetzt wird doch noch alles gut.

Sie bleibt im Fluchtunnel stehen, hier lässt es sich besser aushalten, es ist nicht so überbordend wie da draußen mit diesen Blüten und Farben und Gerüchen und dem Saharasand in der Luft oder ist es der Blütenstaub einer Wüstenrose oder ist es einfach nur Dreck. Sie denkt sich: Ich zähle bis elf. Elf ist eine gerade Zahl. Und wenn bis dahin niemand auftaucht, werde ich fluchen. Ich werde so laut fluchen wie noch nie in meinem Leben. Und ich werde an Paula denken und sie damit ehren und ich werde sie nie mehr verraten. Sie wird nicht sterben! Ich muss mir nicht überlegen, was danach sein wird.

Sie lauscht, ob jemand kommt, ob sich jemand nähert, aber sie hört nur Vogelrufe, das Dröhnen eines Autos über ihrem Kopf, es verschwindet wieder. Das Flackern vor ihren Augen hat nachgelassen, ihr Magen ist weniger eingeschnürt, und sie holt Luft, tief Luft, und sie hat das Gefühl, schon lange nicht mehr so tief eingeatmet zu haben. Du musst stärker werden, denkt sie, du musst noch viel stärker werden. Eins. Zwei. Drei. Viel stärker. Sie ist bei der Vier, sie ist bei der Fünf. Sechs. Sieben. Acht. Sie ist bei der Neun, bei der Zehn, und nach der Zehn kommt die –

Freitag

Eine Schule in der Ferienzeit hat sie sich immer als eine Art Dornröschenschloss vorgestellt. Sobald das letzte Kind den Schulhof verlassen hat, wuchern meterhohe Hecken um das Gelände, legen sich Spinnweben zwischen Tische und Stühle und Karten und Folianten. Alles ist still. Und noch als Referendarin malte sie sich manchmal aus, sie würde sich in den Ferien heimlich in die Schule schleichen und dort schalten und walten, wie sie wollte. Katja allein im Schulhaus. Sie würde sich im Dachboden einsperren wie Bastian Balthasar Bux, in der Aula stundenlang auf dem Klavier klimpern, im Klassenzimmer über den Beamer Filme schauen und dabei Wein trinken und alles vollkrümeln. Doch sie war nie allein. Immer wurde eine Wand geweißelt und eine Leitung repariert, sie traf auf Kolleginnen und manchmal sogar auf einen Kollegen, am Ferienende dann Konferenzen, Erste-Hilfe-Kurse, Stundenplan-Planung, Brandschutzmaßnahmen, wir verschönern etwas, wir pflanzen etwas an.

Die Direktorin hat sie gerade umarmt, schier erdrückt im Sinne von »Wir bekommen das alles hin!«, und diese Berührung ist noch spürbar, wie wenn man Schaumstoff mit dem Finger eindrückt und er sich nur langsam wieder ausdehnt. Sie hätte nicht gedacht, dass Claudia so bedingungslos empathisch reagiert. Kein zuckendes Auge, kein schiefer Mundwinkel, keine verräterischen Mikroemotionen. Sie haben Kaffee getrunken, miteinander gesprochen, dann die Umarmung. Fast wäre sie in diesem festen Griff versunken, fast hätte sie in den Armen der Direktorin losgeheult, aber nur fast. Sie hat sich in die Aula nebenan gerettet, und da sitzt sie nun und wartet, bis sie sich wieder im Griff hat.

Aus der hintersten Reihe blickt sie auf die Bühne, und nach einer Weile, als ihr Blick sich nach innen richtet, sieht sie ein Mädchen mit einer gelben Perücke und einem aufgeklebten Bart, roten Leggings und viel zu großen Schuhen. Ein Junge kommt hinzu mit einer roten Perücke und einer blau-weiß gestreiften Hose, er ist fast einen Kopf kleiner als das Mädchen, dafür umso leibvoller. Dann kommen die gallischen Dorfbewohner hinzu und die Römerinnen und Römer und ein weißer Terrier mit einem feixenden Jungengesicht. Paulas letztes Schuljahr an der Grundschule. Zwei Jahre nach der Trennung. Ihr Kind hat sich gefasst, weniger Wutanfälle, sie schläft wieder besser, sie spielt eine der Hauptrollen in einem Schulmusical. Sie gibt einen tollpatschigen Asterix, er stolpert andauernd über seine Clownsschuhe und fällt, er ist nicht gerade der Hellste. Ganz im Gegensatz zu Obelix, verkörpert von Marlon. Ein Philosoph in Leggings, ein Charmeur und Schwadroneur, polternder Lebemann, der keiner Fliege was zuleide tun kann. Eine viel zu große Rolle für einen so kleinen Jungen, doch er füllt sie aus, geht in ihr auf, *a star is born.* Paula macht das gut, sorgt für viele Lacher, Marlon aber stiehlt allen die Show, er findet sein Element, er singt und redet unaufhörlich, lacht laut auf, und das alles vor großem Publikum in der Schulaula. Er scheint das doppelt und dreifach zu genießen, jedenfalls ist er bei der Aufführung viel besser als bei den Proben.

Die regieführende Referendarin, Lou, was hat sie sich in ihrem jugendlichen Leichtsinn da aufgehalst. Basisdemokratische Abstimmungen, die nach zähen, tränenreichen Verhandlungen zu einem Asterix-Stück führen. Das die Nachwuchslehrerin selbst entwickeln muss; sie schreibt die Texte, sie stellt die Musik zusammen, sie entwirft die Kostüme, sie bastelt das Bühnenbild, und das alles gegen den Strich gebürstet. Katja erinnert sich an die Gesichter der Eltern, als Lou ihr Konzept am Elternabend vorstellt. »Es gibt bei uns keine Prügelei auf der Bühne, sondern es gewinnt, wer den anderen schneller zum Lachen bringen kann. Geschlechterrollen werden unterwandert, Klischees aufgelöst, der Dicke ist nicht der Dumme, der Barde darf das Schlusslied singen, die Römerinnen sind ihren soldatischen Ehemännern haushoch überlegen.« Man sei hier doch aber nicht an der Volksbühne, sagt ein Vater daraufhin. Milde belächelt wurde das Ganze von den meisten Kolleginnen (die sich geflissentlich raushielten).

Und ich? Durfte Lou helfen, am Drehbuch mitschreiben, die Proben begleiten. Paula ließ es zu. Was ein riesengroßer Schritt war. Ihre Tür war zugeflogen im Zorn und war lange geschlossen geblieben, bis sie sie damals, als die Proben anfingen, wieder einen Spalt öffnete. Alles wurde leichter, als das Pendeln zwischen Mutter- und Vaterwelt aufhörte, als Simon wegzog. Stimmt das? Oder möchte ich nur, dass es stimmt? Vielleicht lag es nur daran, dass Paula Lou so toll fand. Dass wir beide Lou so toll fanden.

Dann verschwinden die Bilder, Katja wird von einem Handwerker unterbrochen. Der anscheinend denkt, sie hätte auf ihn gewartet, weil sie hier so allein herumsitzt. Sie hört aus seinen Erklärungen heraus, dass es um die

Heizung geht. Die den gesamten Winter über in der Aula nicht ging oder nur in rätselhaften Intervallen.

»Schon gut. Ich wünsche Ihnen gutes Gelingen!«

Sie fährt direkt zur Klinik weiter. Der Himmel liegt heute tief und schwer. Wer kann mir diesen Himmel wegdrücken?

In der Klinik muss sie kaum noch aufblicken, ob sie den richtigen Korridor erwischt hat. 8 A, dann links abbiegen. Langsam gewöhne ich mich wieder daran, denkt sie. Das geht so schnell. Sie wird zu Paula durchgeschleust, desinfiziert sich die Hände, sie wird Alfred ablösen, Alfred ist erneut nicht da. Dafür Marlon, Paulas bester Freund, nein, denkt sie, er ist wie ein Bruder für sie, er gehört zur Familie.

»Das ist doch eindeutig Janet«, sagt sie gerade zu ihm.

»Oh, I am so beautiful. Oh, look at my hair.« Marlon äfft mit schriller Stimme jemanden nach. Wilder Haarschopf, dunkle Augen.

»Oh, I am a little princess«, fällt Paula mit ein.

Marlon: »Oh, my dress is so beautiful.«

Paula: »Oh, I am so stupid.«

»Oh!«

»Oh!«

»Oh!«

Paula muss lachen, verzieht sofort das Gesicht. »Fucking-Schläuche.«

»Marlon also«, sagt Katja zur Begrüßung. »Schön, dich zu sehen.« Es ist wirklich schön, ihn zu sehen, denkt sie. Bei ihm muss man sich keine Gedanken machen, wie es ihm an diesem Ort und in dieser Situation geht. Nein, um Marlon musst du dir keine Sorgen machen. »Wo ist Alfred?«

»Kaffee trinken. Er müsste gleich wiederkommen«, sagt Paula.

»Wie geht es dir?«

»Diese Dinger machen mich verrückt.« Sie zeigt auf die Schläuche. Diese Fucking-Schläuche.

»Du erinnerst mich übrigens voll an Vecna in Staffel 4«, sagt Marlon.

Paula zeigt ihm den Mittelfinger.

»Wer ist Vecna?«, fragt Katja.

Paula schaut Marlon an und schüttelt kaum merklich den Kopf. »Nicht so wichtig«, sagt sie.

Alfred kommt zurück und nickt Katja zu. Sein Gesichtsausdruck hat etwas Verkniffenes, angestauter Redebedarf, sie kennt das.

»Wird ja 'ne richtige Party hier«, sagt Marlon.

»Das erinnert mich an ...« Paula holt Luft, will etwas sagen, krächzt, ihre Stimme bricht. Sie muss sich räuspern, was wehtut. Oder husten, was noch mehr wehtun wird. Ihr Kopf glüht rot auf, von einem Moment zum nächsten. Sie räuspert sich, versucht es noch einmal, jede Bewegung ein Messer in ihrer Brust, so wie sie sich windet. Katja drückt die Ruftaste, setzt sich zu ihr aufs Bett, sagt: »Ganz ruhig!« Marlon und Alfred treten zurück, denn die Schwester eilt herbei, redet ebenfalls beruhigend auf Paula ein, sie hat sich völlig verkrampft, schnappt nach Luft, Panik in den Augen. Katja streichelt sie, lässt dann die Hand auf der Stirn ruhen.

»Aufrecht, wie wir es geübt haben«, sagt die Schwester. »Wie wir es geübt haben.«

Paula konzentriert sich, hustet endlich, der Brustkorb entspannt sich etwas, sie versucht es noch einmal, »so ist es gut«, sagt die Schwester, Paula hat Schweißperlen auf der Stirn und Tränen in den Augen, aber die Gesichtsfarbe verändert sich wieder, heller, blasser, der Druck lässt nach. Sie trinkt einen Schluck Wasser.

»Das tut so weh«, sagt sie.

»Nicht sprechen«, sagt die Schwester.

Katja blickt zur Seite: Alfred und Marlon stehen erstarrt, fahle Gesichter im Krankenhauslicht.

*

»Das wird ihr ein bisschen zu viel«, mahnt die Schwester, nachdem sich Paula wieder beruhigt hat. Sie heißt Asia. Sie kontrolliert die Schläuche, die Pumpe, die Anzeigen. Es ist so erbärmlich, denkt Katja. Sie retten uns, und ich kann mir kaum ihre Namen merken.

»Das war jetzt nur eine Überschneidung ...«, fängt Alfred an, sich zu rechtfertigen, lässt es dann gut sein, als Asia nicht weiter darauf eingeht, ihn nicht einmal ansieht.

Marlon tritt wieder an Paulas Bett und sagt: »Die Party holen wir nach.«

»Auf jeden«, sagt Paula leise.

Er nimmt ihre Hand und deutet einen Kuss an, dann geht er langsam ab, mühevoll, als würde er bergauf gehen. So hat sie den Jungen noch nie gesehen, heute muss er sich der Schwerkraft beugen. Und Alfred? Geht zwei Schritte vorwärts und einen zurück. Gibt dem Mädchen endlich den großväterlichen Abschiedskuss auf die Stirn und sagt zu Katja: »Kommst du heute Abend? Bitte.«

Sie nickt, und dann ist sie mit ihrer Tochter allein.

»Wir hätten das besser absprechen müssen.«

»Schon gut, es liegt ja nicht an euch. Außerdem hab ich mich so gefreut ...«

»Du darfst nicht so viel sprechen.«

»Nicht so viel? Ich rede doch gar nicht viel.«

»Wir müssen geduldig sein«, sagt Katja.

»Ich hasse es, geduldig zu sein«, sagt Paula.

»Soll ich vielleicht weitererzählen? Dann musst du nicht reden, nur zuhören.«

Paula versucht, sich etwas aufzurichten. *Mach es dir bequem!* Noch nie hat dieser Satz so wenig Sinn ergeben.

»Okay«, sagt sie matt und schließt die Augen. »Okay.«

Sie erwachte in einem schonungslosen Licht. Sie drehte den Kopf, ihre Augen gewöhnten sich langsam an die Helligkeit. Silbern glänzende oder weiß lackierte Flächen, nur der Monitor an der Wand gegenüber sendete Farben aus, bunte, flackernde Bilder. Sie versuchte, sich darauf zu konzentrieren, und als sie sah, was da im Fernsehen lief, vergaß sie zu atmen. Es waren *ihre* Bilder. Die Gesichter der Eltern, der Großmutter. Ein Weihnachtsbaum, ein reich gedeckter Tisch, dann plötzlich der Park im Sommer, ein Ball flog auf sie zu, geworfen von einer Freundin. Kein Ton, die Gesichter blieben stumm, nur ein gleichmäßiges Geräusch drang an ihr Ohr, wie ein Echolot, Ting, Ting, Ting. Vom kleinen Finger ihrer rechten Hand, mit einer Klammer befestigt, führte ein Kabel in einen Apparat, ein Metallkasten ohne jegliche Anzeige oder Schalter. Und von diesem Apparat ging wiederum ein Kabel zu dem Monitor. Sie konnten also ihre Gedanken lesen. Bestimmte Gedanken, es waren ihre Erinnerungen. Sie zogen sie aus ihrem Kopf heraus.

Augenblicklich streifte Pola die Klammer ab, das Geräusch erstarb. Der Monitor wurde schwarz. Sie stand auf. Der Boden unter ihren nackten Füßen fühlte sich kühl an. Auf dem Stuhl neben dem Bett lag die zerbissene und schmutzige Puppe, daneben war eine neue, unversehrte, ein Mädchen in einem pinken Kleid, stechende Augen. Auf einem Beistelltisch entdeckte sie einen Teller mit einer hellbraunen, breiartigen Masse. Sie aß gierig auf, der Geschmack erinnerte sie an Magdas Gebäck, sie trank ein Glas Wasser hinterher. Sie hoffte, dass es nur Wasser war.

Die Zimmertür öffnete sich, der junge Mann aus der Eingangshalle kam zusammen mit einer Frau herein, neben ihm wirkte sie zierlich, sie trug ein schwarzes Kleid. Der Stumme hatte das Klemmbrett in der Hand, eine braune Tasche hing um seine Schulter. Er sah übermüdet aus.

»Ich werde noch einmal deine Wunden versorgen«, sagte die Frau, ihre Stimme klang roboterhaft.

Pola betrachtete ihren Arm. Ein Verband lag über dem Schnitt, etwas Blut schimmerte hindurch. Während Pola versorgt wurde, zog der Stumme seine Bahnen von der einen Wand zur gegenüberliegenden Wand, hin und her, her und hin. Mit großen Schritten, wie Magda es zu tun pflegte. Wie war sein Name? Anton. Immer, wenn Pola etwas sagen wollte, machte er eine entsprechende Handbewegung und hieß sie schweigen. Sein Alter war schwer zu schätzen. Auf den ersten Blick war er nicht viel älter als sie selbst, dachte sie, doch je näher man ihm kam, desto erwachsener wirkte er, mit Bartflaum am Kinn und an der Oberlippe, die Haare wie glänzend schwarzes Gefieder. Er hatte ein paar Pfunde zu tragen, seine Bewegungen aber wirkten mühelos, beinahe so, als folgten sie einer inneren Melodie.

Pola lag auf dem Bett und schlug mit der Ferse auf die Matratze. Die Lichtleisten an der Decke blendeten sie. Die Frau reinigte gerade die Schnitte an ihrem Bein, geübte Handbewegungen, ihre Miene hatte nun beinahe etwas Andächtiges. Es dauerte viel zu lange. Wo war sie hier? Was hatte der Schatten mit ihr vor? Was war mit Silberfuchs?

Hing er bereits als Trophäe im Wohnzimmer des Jägers? Erneut schlich sich ein Gefühl der Vergeblichkeit an. Nein, sie durfte jetzt nicht einfach aufgeben. Hatten das nicht alle immer zu ihr gesagt: dass sie so stur sei. Ein Sturkopf. Immer mit dem Kopf durch die Wand. »Dann benutze ihn doch«, sagte Pola zu sich, oder hatte sie es laut gesagt? Die Ärztin – oder was immer sie war – sah sie fragend an. Die Frau wurde fertig, alle Wunden waren versorgt, sie ging wortlos aus dem Zimmer. Endlich.

Linke Wand, rechte Wand, Anton war versunken in sein Schreiten, die Hände hatte er hinter dem Rücken verschränkt.

»Ich werde gehen«, sagte sie.

Er hielt an, machte große Augen. Er mochte stumm sein, sein Gesicht war sprechend. Pola setzte sich auf. Anton ging zum Tisch, riss ein Blatt vom Klemmbrett, machte daraus kleinere Zettel und schrieb etwas auf:

Es tut mir leid.
Du warst so schwach.

»Ich bin nicht schwach …« Sie musste aufstehen, sie musste es ihm beweisen. Sofort hatte sie ein Flackern vor Augen, ihre Gliedmaßen führten ein Eigenleben. Sie blieb auf dem Bett sitzen.

Ich werde dir helfen.
Aber du musst ihn trinken.

Er öffnete die abgenutzte Tasche, er hatte sie auf einem Tisch abgelegt. Sie sah wie die Tasche ihres Deutschlehrers aus. Er zog eine kleine Flasche heraus und reichte sie ihr. Es war eine schwarze Flüssigkeit darin. Pola öffnete den Korken und roch daran. Sie verzog das Gesicht, es war der bekannt bittere Geruch.

»Ist das Magdas Trank, woher hast du ihn? Ich werde den nicht mehr nehmen!«

Anton machte ein verzweifeltes Gesicht, schrieb etwas auf:

Ich habe ihn von ihr.
Bitte trink!
Du willst doch den Fuchs befreien.

»Du weißt von Silberfuchs? Was ist mit ihm, lebt er noch?«

Anton schrieb, es dauerte eine Ewigkeit:

Er lebt noch.
Er möchte abwarten, bis er mit dir gesprochen hat.
Das könnte dein Glück sein.
Ohne Magdas Trank wird es aber aussichtslos sein.

»Ich werde ihn nicht nehmen.« Stur, ein Sturkopf. Das würde er jetzt von ihr denken. Es war ihr egal. War es ihr egal?

Schade.
Ich hätte dir gerne geholfen.
Und hatte gehofft, du würdest mir helfen.

Die Tür öffnete sich erneut. Zwei Männer in schwarzen Anzügen betraten den Raum. Ihre Gesichter waren ausdruckslos, blass, wie geschminkt.

»Wir gehen«, sagte der eine, es klang beinahe fragend, aber die beiden sahen nicht so aus, als würden sie um Erlaubnis bitten.

»Er erwartet euch«, ergänzte der andere.

Paula öffnet die Augen. Katja hört auf zu erzählen.

»Du hältst mich also für stur«, sagt ihre Tochter leise.

»Wegen Pola? Weil das gerade in der Geschichte kam? Das solltest du nicht auf dich beziehen.«

»Aber ich beziehe das alles auf mich! Das Mädchen und der Fuchs. Der Fuchs und das Mädchen. Weißt du nicht mehr, wie die Geschichte heißt?«

Katja zieht an ihrem Pullover. Dann sagt sie: »Ich wurde früher auch immer als Sturkopf bezeichnet. Vielleicht habe ich dabei eher an mich gedacht.« Sie versucht zu lächeln und weiß bereits, dass das Paula nicht überzeugen wird.

»Aha.« Sie macht Anstalten, sich zu bewegen, lässt es sofort wieder sein. »Und da ist noch etwas, was ich dir sagen wollte. Könntet ihr bitte damit aufhören, mich anzulügen?«

»Wie meinst du das?«

»Kannst du dir das nicht denken?«

»Ich lüge dich nicht an. Warum sollte ich das tun?«

»Um mich zu schonen. Um mich zu beruhigen. Keine Ahnung, vielleicht ist *lügen* zu krass. Aber es ist wie beim ersten Mal. Du gehst mit Opa raus, um über mich zu sprechen. Du bist nachher ohne mich bei Doktor Nowak. Und die Ärzte und Schwestern hier sagen mir sowieso nichts außer: ›Keine Sorge, wird schon werden!‹«

»Wann bin ich denn mit Alfred ...«

»Am Tag vor der OP.«

»Stimmt, du hast recht.«

»Die Wahrheit ist mir lieber. Ich kann das aushalten. Nach dem Gespräch mit Nowak bitte Klartext. Egal, wie übel es aussieht. Ich weiß doch, dass wahrscheinlich wieder eine Chemo ansteht. Ich weiß doch, dass meine Chancen beschissen sind.«

»Beschissen sind sie nicht.«

»Okay, schlecht.«

»Paula, ich ...«

»Sag mir bitte einfach die Wahrheit, okay?«

»Okay.«

»Opa und du, ihr müsst mir nichts mehr vormachen, klar?«

Katja nickt.

»Außerdem seid ihr hundsmiserable Schauspieler.«

»Findest du?«

Paula grinst, und Katja würde gerne die Zeit anhalten, damit das Grinsen nicht aufhört. »Erzählen kannst du ganz gut«, sagt sie. »Und damit kannst du jetzt weitermachen.«

Katja sieht ihre Tochter lange an. Dann fährt sie fort, eine Geschichte zu erzählen, die sich nicht wie eine Lüge anfühlt.

Die Männer führten Pola und Anton zu den Aufzugtüren. Sie warteten, bis sich eine von ihnen öffnete. Eine Gelegenheit, wegzurennen? Nein, sie fühlte sich zu schwach. Die rechte Tür ging auf, lautlos. Pola wusste nicht, ob sie nach oben oder nach unten fuhren, es gab keine Anzeige.

Als sie den Fahrstuhl verließen, betraten sie eine andere Welt. Es war ein hoher Raum, spärlich beleuchtet, die Decke wölbte sich in der Mitte zu einer hohen Glaskuppel. Mondlicht fiel herein. Es roch wie im sogenannten Herrenzimmer ihres Großvaters, nach Leder, nach Rauch, nach alter Haut. Linker Hand befand sich eine Vitrine, dunkel bemalte Tierfiguren standen in Reih und Glied. Vögel, Hunde und Katzen. Sie sahen hinter dem Glas hilflos aus. Oder lauernd. Oder beides. Vor der Rückwand stand ein prächtiger Schreibtisch mit geschnitzten Füßen, sie erinnerten Pola an Bärentatzen. Darauf eine Lampe, ein etwas kleineres Schaltpult als auf dem Tresen im Foyer, ein Aschenbecher. Zum Schreibtisch führte ein abgelaufener Teppich, die Muster und Farben waren nur noch zu erahnen. Die rechte Wand hingegen war übersät mit Holzrahmen, die ohne eine erkennbare Ordnung aufgehängt worden waren. Pola trat näher. Es waren Schmetterlinge von nur einer Art: blau schimmernde Flügel, die Körper mit Nadeln fixiert. Ein Messingschild gab Auskunft über ihren Namen: *Seelenbläuling*. Der Anblick war entsetzlich. Wie gemein, wie ekelhaft konnte man sein, all diese Tiere aufzuspießen! Sie wollte auf der Stelle kehrtmachen, doch der Schatten kam in diesem Moment in seiner Menschengestalt herein und setzte sich hinter den Schreibtisch. Er knöpfte das schwarze Jackett auf, holte eine Zigarette hervor, zündete sie an, legte sie auf dem Ascher ab, ohne daran gezogen zu haben. Die Glatze schimmerte im Mondlicht.

»Tritt näher!«, sagte er mit seiner gefälligen Stimme.

Pola folgte der Aufforderung nur zögerlich, alles an und in diesem Zimmer war ihr unheimlich, es wirkte feindselig, und dann war da dieses kalte Licht von weit her, das der Mond nur spiegelte, das seine Wärme längst verloren hatte. Sie konnte sich nicht vorstellen, dass sich in diesem Gebäude jemand heimisch fühlte. Im unteren reinweißen Stockwerk nicht und hier oben erst recht nicht. Außer vielleicht der Schatten.

»Armes Ding, geht es dir etwas besser?«

»Ich bin kein Ding.«

»Nein, natürlich nicht. Du bist ein Mädchen, das schon viel erlebt hat. Zu viel in kurzer Zeit, möchte ich meinen. Aber mit der Mühsal ist es jetzt vorbei. Du wirst sehen, wie gut es dir gehen wird, wenn du nur eine Weile bei uns bleibst.«

»Das habe ich so ähnlich schon mal gehört. Aber ich werde nicht hierbleiben. Ich werde nach Hause gehen …«

»Natürlich, das liegt in der Natur der Sache. Du möchtest zurück! Zurück in das Leben, wie du es kanntest. Ja, ich kann es mir gut vorstellen.« Er stand auf und streckte die Arme aus, als wollte er eine Predigt halten.

»Ich weiß, wer Sie sind, Sie müssen mir nichts vormachen. Haben Sie auch einen Namen in dieser … Gestalt?«

Nun zeigte der Mann ein spöttisches Gesicht, wenngleich Pola auffiel, dass er einen Ausdruck nie lange halten konnte, als suchte er beständig nach dem passenden. »Diese Sehnsucht nach Namen! Was soll das eigentlich? Dass etwas keinen Namen hat, das haltet ihr nicht aus. Aber wenn es dir hilft, Mädchen, dann gestatte ich dir, mich bei einem Namen zu nennen. Du darfst dir einen aussuchen. Was würde denn zu mir passen?«

Pola betrachtete den Mann. Das Scheinbild eines Mannes. Ihr fiel kein Name ein.

»Keine Idee? Dann werde ich dir einen Vorschlag machen: Wie wäre es mit Viktor? Ist das nicht wohlklingend, nein? Vielleicht etwas Exotischeres? Serapion vielleicht? Oder etwas Kurzes, Schlichtes? Max oder Karl oder Nick? Ja, was hältst du von Nick?«

»Wenn Sie keinen haben, dann sage ich keinen.«

Der Mann sah sie durchdringend an. »Womöglich ist es auch mein Aussehen, das dir nicht zusagt? Ich kann es verändern, hier, bitte …« Er verwandelte sich, schrumpfte und wuchs, die Haare wurden lang, dann wieder kürzer, die Hautfarbe wechselte, er trug einen Hut, eine Mütze, eine Kappe, er war eine Frau, er war ein Mann, er war keines von beidem, bis, ja, bis der Schatten die Gestalt ihrer Mutter annahm. Sie stand vor ihr und streckte die Hand aus. Sagte nichts.

»Hören Sie auf damit!« Polas Stimme zitterte.

Der Schatten verwandelte sich in seine ursprüngliche Gestalt zurück, nur trug er diesmal den seltsamen Hut – wie auf dem Gemälde. »Quäle ich dich? Das liegt mir fern. Ich möchte dich doch für mich und meine Sache gewinnen. Aber *du* machst es mir schwer, nicht wahr? Hast es eilig, willst einfach nur weg von hier. Ich brauche daher etwas Zeit – Zeit, um dich zu überzeugen. Schenkst du sie mir?«

»Habe ich denn eine Wahl?«

»Aber das ist es doch: Du hast eine Wahl! Und bestimmt ist dein Kopf voller Fragen. Möchtest du denn weiterhin ohne Antworten bleiben? Passt das zu dir, einem so klugen, aufgeweckten Mädchen?«

Wieder dieser Blick. Fragen, ja, sie hatte viele Fragen. Die Gegenwart des Schattens war schwer zu ertragen, gleichzeitig fühlte sie sich angezogen, der Klang seiner Stimme legte sich auf ihren Widerwillen, schmälerte ihn. Als würde er mit jedem seiner Worte noch ein Echo erzeugen, das ihr ins Ohr flüsterte: »Lass dich darauf ein!«

»Was ist mit der Stadt?«, fragte sie.

Der Schatten griff nach der Zigarette, wiederum ohne daran zu ziehen. Sie war beinahe abgebrannt. Er blickte dem Dunst nach, behielt den Stummel in der Hand. »Ich fürchte, diese Stadt hat ebenfalls keinen bestimmten Namen. Sie steht hier, weil ich es so will. Sie hat keine besondere Geschichte, sie ist nur eines: nützlich. Zuerst wollten die Menschen nicht hierbleiben. Die meisten wollten zurück, genau wie du. Zurück in das alte Leben. Mit der Zeit haben wir es allerdings geschafft, sie umzustimmen, sie von diesem Ort zu überzeugen. Hier finden sie Ruhe, eine gleichmäßige, unverrückbare Ruhe. Hier müssen sie nicht mehr kämpfen, nicht mehr scheitern – diese ganze Mühsal, der ganze Schmerz ihrer Existenz, das Haschen nach Träumen, die ja doch nie in Erfüllung gehen, das alles muss niemand mehr durchmachen. Es mag sein, die Stadt ist keine Schönheit, aber das liegt ohnehin im Auge des Betrachters, ist es nicht so? Und wer hier lebt, hat es schön, das kannst du mir glauben, so schön wie nie zuvor. Vielleicht findest du einen Namen für sie? Ich bin mir sicher, du trägst den richtigen Namen in dir.«

Der Schatten lehnte sich an den massiven Schreibtisch. Es wurde etwas dunkler im Zimmer, anscheinend hatte sich eine Wolke vor den Mond geschoben. Ein kurzer Blick durch die Glaskuppel, nichts war zu sehen außer Dunkelheit. Er legte die Zigarette in den Aschenbecher zurück.

»Was machen Sie mit den Menschen? Was sind Sie?«

Er hielt inne, schien nachzudenken. Pola drehte sich um, Anton stand hinter ihr. Seine Stirn war übersät von Schweißperlen, er atmete hörbar aus. Er schwitzte, obwohl es kalt war in diesem Kuppelsaal. Thronsaal. Was immer das hier war.

»Also gut!«, sagte der Schatten. »Warum nicht. Weil du es bist, werde ich eine Ausnahme machen.« Schon stand er vor den Schmetterlingen, prüfende Blicke, er nahm einen Rahmen von der Wand und legte ihn auf dem Schreibtisch ab. Schaltete die Lampe an, vielmehr den Strahler, und richtete ihn aus. Er löste die Rückwand und damit das Tier aus dem Rahmen.

»Komm her! Ich zeige es dir.«

Pola wagte einen weiteren Blick zu Anton, der etwas aufgerückt war. Er nickte ihr zu. Sie trat in den Lichtkegel der Lampe. Es kam ihr so vor, als würde sie mit jedem Schritt kleiner werden und der Mann mit dem schwarzen Anzug größer. Ein herber Geruch drang ihr in die Nase. Dann hatte sie den Falter vor sich, sein schimmerndes Blau.

»Was für eine Schönheit!«, sagte der Mann vor ihr, der kein Mensch war. »Du kannst dich verlieren in der Pracht seiner Flügel. Kannst zu einem Dichter werden. Voller Bedeutung, voller Tiefe. Voller Poesie. Und jetzt schau dir das an –« Mit Daumen und Zeigefinger fasste er den rechten Flügel des Schmetterlings und riss ihn heraus.

Das Mädchen wich zurück. »Was tun Sie denn da?«

»Hier, und das ist die Rückseite.« Er hielt den Flügel in das Licht des Strahlers. Von hinten war der Flügel schwarzgrau, wirkte wie Asche. Flugasche. »Das ist es, womit du es zu tun hast. Du kannst mich nennen, wie du willst. Der Schatten. Das Dunkle. Die Dunkelheit. Die Schwärze. Das Gewaltige. Die Kühle. Der ewige Herbst. Ich habe schon vieles gehört, und alles ist richtig und alles ist falsch. Was aber wahr ist, so wahrhaftig wie dieser Flügel in meiner Hand: Wenn du mir einmal zu nahe gekommen bist, dann hafte ich an dir, dann werde ich ein Teil von dir, ob du das willst oder nicht. Ich bin die Rückseite deiner Schönheit, deiner Kraft, deiner Blüte. Früher oder später werde ich dir alles nehmen, alles zunichtemachen. Alle Pläne, alle Wünsche, alle Hoffnungen.« Der Mann schnippte den Flügel achtlos weg und lächelte sie an, es verlor sich sofort wieder. »Niemand möchte das hören, ich weiß. Niemand möchte es akzeptieren! Und weißt du, was daher das Beste für euch ist?« Er hielt ihr den verstümmelten Schmetterling hin, Pola drehte den Kopf zur Seite. Sie fing an zu schwitzen, wie Anton, obwohl es so kalt war. »Ich lasse euch auf die schöne Seite des Flügels schauen und die andere Seite vergessen. Das reicht, dann haltet ihr es aus. Ich zeige euch die besten Momente eures Lebens, erinnere euch an die sanften Tage, an die Wiesen und Felder und an das Lächeln der Mutter. Zeige euch die Eisblumen am Fenster, die kleinen und großen Geschenke, diesen einen Sommertag, der niemals enden wollte.«

»Sie sprechen von den Bildschirmen, oder? Hat jeder hier so einen? Und was ist mit den Bällen und diesen Puppen?«

»Die Frau war es. Es war eine von euch, die mir dabei geholfen hat. Ihren Namen kennst du. Ich dachte immer, man müsse nur überzeugend sein und die richtigen Worte finden, aber das ist bei euch ein mühsamer Weg. Viel schneller geht es, euch die richtige Nahrung zu geben. Serviere den Menschen ein Mahl mit den richtigen Zutaten, und sie werden ganz zahm. Serviere ihnen als Nachtisch ihre köstlichsten Erinnerungen, und sie vergessen alles, vor allem ihre Angst. Das ist es, was diese Stadt zusammenhält. Sie ist ohne Namen und wird von Namenlosen bewohnt, die das Beste aus der Zeit machen, die ihnen geblieben ist. An dem einzigen Ort, der ihnen geblieben ist. Mehr könnt ihr nicht erwarten, alles andere ist sinnlos, wie sich herausgestellt hat. Es gibt keinen Heimweg, verstehst du? Es gibt keinen Ausweg! Auch wenn das keiner glauben mag.«

Er brach ab und trat wieder hinter dem Schreibtisch hervor. »Selbst dieser junge Mann hier, der hier geboren wurde, der nichts anderes kennt als diese Welt, möchte nicht hierbleiben.« Der Schatten stellte sich so dicht vor Anton, dass nur noch das Klemmbrett zwischen sie passte, Anton hielt es noch immer in der Hand. Der Schatten drückte ihm seine Hand auf die Brust, eine formlose Hand, vier Finger, sechs Finger, dann war es nur eine Klaue. »Nicht wahr, Anton? Hier drin, hier in diesem Kasten schlägt noch immer ein menschliches Herz. Vielleicht hilft es also, dir ein weiteres Menschenkind an die Seite zu stellen. Damit du endlich zu deiner wahren Stärke findest.« Er starrte Anton an, grinsend, er überragte ihn nun um eine Kopflänge und schien weiter zu wachsen. Antons Lippen waren zusammengekniffen, fest verschnürt. Er reagierte nicht, rührte sich nicht von der Stelle.

Pola stützte sich am Schreibtisch ab. Ihre Hand lag direkt neben dem kaputten Rahmen, sie zog sie sofort wieder zurück. Sie versuchte, tief einzuatmen, Luft zu holen, sich Mut zu holen – so hatte es die Mutter ihr einmal beigebracht. »Keinen Heimweg«, sagte sie leise und trat vom Schreibtisch zurück, stellte sich neben Anton, direkt vor den Schatten. »Das werden wir noch sehen.« Es wurde immer kälter. Kaltes Licht, kalte Wände, der Geruch war kaum mehr auszuhalten.

Der Schatten lächelte unheilvoll, im nächsten Moment wurde er ernst, schließlich zeigte sein Gesicht fast so etwas wie Mitleid. »Dein Wille ist stark, außergewöhnlich stark sogar.«

»Wo ist Silberfuchs? Wo hat der Jäger ihn hingebracht?«

»Und jedes Mal, wenn du etwas fragst, werden deine Augen so herrlich groß und rund. Wie zwei Vollmonde. Dir kann niemand widerstehen, nicht wahr? Nein, du bist kein gewöhnliches Mädchen, und du willst kein gewöhnlicher Mensch unter gewöhnlichen Menschen sein. Hast du es nicht längst satt, was sie dir immer zurufen? Dass du nicht zu schnell sein sollst und zu vorlaut und zu ungestüm. Bloß nicht zu weit gehen! Bloß nicht über die Grenzen ihrer Vorstellungskraft hinweg. Willst du denn wirklich in dieser Enge leben, willst du wirklich *dorthin* zurück? Ob du überhaupt eine Wahl hast, hast du mich eben gefragt – na, und ob! Dir bleiben genau zwei Möglichkeiten, möchtest du sie hören?«

»Sagen Sie es mir.«

»Entweder du bleibst hier im Haus und genießt ein Dasein voller Sonderrechte, genau wie unser Anton. Sieh mich nicht so an, du hast richtig gehört! Ich biete dir an, bei mir zu bleiben, im Herzen der Stadt. Ich merke, ihr passt sehr gut zusammen, ihr zwei, und ich weiß doch, dass sich Anton längst nach anderer Gesellschaft sehnt als nach meiner. Ihr werdet mir gelegentlich behilflich sein, das ist schon alles, was ich als Gegenleistung erwarte. Ihr werdet mir helfen, noch mehr Exemplare eurer Spezies in diese Stadt zu locken. Wohnungen stehen leer, und das muss doch nicht sein. Sie bietet Platz für so viel mehr Menschen, und alle werden es hier gut haben, so viel besser als anderswo. Ja, ich werde euch losschicken, ihr werdet für mich werben. So werden wir uns gegenseitig von Nutzen sein, und ich werde darauf verzichten, euch eure Kräfte zu nehmen. Im Gegenteil, ihr werdet wachsen, ihr werdet stark sein, ihr werdet die Zwänge eurer Spezies hinter euch lassen. Und wirst du dein altes Leben vermissen, Mädchen? Nein, das wirst du nicht!«

Der Schatten berührte sie, sie hatte es nicht kommen sehen, und mit dieser Berührung verlor sich die Schwere, verließ die Müdigkeit ihre Glieder. Prompt hatte sie Bilder vor Augen, sie konnte nichts dagegen tun. Wie sie bei einem Wettrennen einmal als Erste über die Ziellinie gerannt war. Wie sie von ihrem Vater in den Arm genommen wurde, nachdem sie vom Fahrrad gestürzt war. Sie spürte, wie sich die Wärme von Sonnenstrahlen auf ihr Gesicht legte, spürte die Kälte an den Händen, die nur entsteht, wenn man Schnee zu einem Ball formt. Sie saß am Tisch mit ihrer Familie, sie hörte ihre Freundinnen lachen; sie versteckte sich hinter einem Vorhang und bangte, entdeckt zu werden. Alles schien leicht zu sein, ein Spiel, alles schien in Ordnung, in bester Ordnung. Die Überzeugungskraft der Bilder war überwältigend. Einfach loslassen, sich einfach fallen lassen, damit würde sich alles erledigt haben. Es gäbe nichts mehr zu tun, es gäbe keine Hindernisse mehr. Keinen Schmerz. »Was für Aussichten, was für Möglichkeiten!«, sagte der Schatten. »Das möchtest du doch nicht ausschlagen, oder?« Er zog seinen Arm weg, die Bilder verschwanden, es wurde wieder kalt und es war ihr, als würde jemand einen schweren Rucksack auf ihre Schultern legen. »Das wäre unsinnig, nahezu albern. Bleib einfach hier und du wirst es schön haben. Andernfalls ...«

»Was tun Sie den Menschen an?«

»Ich habe dir gesagt, wer ich bin. Den Rest wirst du dir zusammenreimen können. Ein so kluges Mädchen, ich bitte dich. Also, was sagst du?«

Pola schwieg.

»Du weißt es nicht? Vielleicht hilft es dir, wenn ich dir sage, dass der dunkle Fuchs noch am Leben ist? Vielleicht willst du ihn wiedersehen? Es ließe sich einrichten, ihn zu verschonen. Ja, für dich würde ich das möglich machen, nur für dich. Also, was ist jetzt? Entscheide dich, mein Kind, entscheide dich bald.«

Pola schwieg.

Er drückte einen Knopf auf dem Schaltfeld. Kurz darauf kamen die beiden Männer durch den Nebeneingang ins Zimmer. Ihre Gesichter blieben Masken. »Bringt sie zurück«, sagte der Schatten und schüttelte den Kopf, als wäre es die Mühe nicht wert gewesen, sich mit ihr abzugeben.

Pola berührte Antons Arm, doch er sah nicht zu ihr, schien sich in seinen Gedanken verloren zu haben. Die Männer waren fast bei ihr, sie wich zurück zum Aufzug, fand keinen Knopf, um ihn zu rufen. Sie sah sich wild um. Der Seiteneingang! Vielleicht würde sie es bis dahin schaffen. Sie rannte los. Wie wenig Kraft sie hatte, wie müde sie war, trotzdem versuchte sie es. Einer der Männer konnte sie packen, legte seine Arme um sie und hob sie hoch, als wäre es nichts. Sie trat nach ihm, der Griff wurde nur immer fester. Dann stellte er sie ab, nahm ihren Arm und zog ihn ruckartig hinter ihren Rücken, ein jäher Schmerz, Tränen traten ihr in die Augen. Der Schatten näherte sich ihr, fast wirkte er neugierig, sie spuckte nach ihm. Noch einmal. Dann war *sie* eben das Tier. Und Anton? Machte noch immer keine Anstalten, ihr zu helfen, der Feigling. Sein Gesicht wirkte traurig, aber was half ihr das. Er war einer von ihnen, er hatte sich gefügt. Der zweite Handlanger stopfte ihr etwas in den Mund, etwas Rundes, Weiches, es würgte sie. Sie versuchte, es auszuspucken, es war nicht möglich. Die Fratze des Schattens tauchte vor ihr auf, viel zu nah. Das Mondlicht leuchtete ihn aus, es war zurück im Zimmer, wie auf Kommando, als könnte er auch das beeinflussen. Vielleicht würde er sie töten, hier und jetzt. Ein letzter Versuch, sich aus dem Griff zu winden, zu fliehen, vergeblich. Da wurde sie plötzlich ruhig, ihre Muskeln entspannten sich. Der Knebel in ihrem Mund, das musste es sein. Es war eine dieser Kugeln, sie entfaltete ihre Wirkung, sie kam nicht dagegen an. Es einfach geschehen lassen, ja, das war das Beste.

»Du musst wirklich keine Angst haben«, sagte der Schatten. Diese Stimme! Es wäre so einfach, ihr zu folgen, sich von ihr trösten zu lassen. »Du bist hier sicher, vor allem vor dir selbst. Früher oder später wirst du in deine schönsten Erinnerungen eintauchen, wirst es handhaben wie alle anderen. Wir haben eine neue Puppe, mit der du spielen kannst. Hast du sie schon gesehen? Kugeln und Bälle und alles, was du brauchst. Wer will da noch zurück? Es wird sich nicht schlechter anfühlen als dein altes Leben, glaub mir. In den meisten Fällen ist es sogar besser, ich weiß das mittlerweile, ich habe viel von euch gelernt. Wenn du aber auf mehr aus bist, auf mehr als das Gewöhnliche und das Ordentliche, dann bleib hier bei mir, bei mir und Anton. Großes ist möglich! Du hast gar keine Vorstellung davon.«

Sie wurde zurück in das weiße Zimmer gebracht. Sie solle sich hinlegen, einer der beiden Männer zwickte ihr die Klemme an den Finger, sie ließ es geschehen. Bilder flackerten auf, das Geräusch war wieder da, Ting, Ting, Ting, der Monitor füllte sich mit Leben, mit Ausschnitten *ihres* Lebens. Es waren die glücklichen, die süßen. Anton, der sie begleitet hatte, trat an ihr Bett und zog die Kugel aus ihrem Mund. Dann legte er ihr einen Zettel in die Hand, sie umschloss ihn mit der Faust. Als sie allein war, als sie wieder sie selbst war, löste sie die Klemme und warf das Kabel in die Ecke. Sie öffnete die andere Hand und las den Zettel. Auf ihm stand:

Wir haben nicht mehr viel Zeit.

Sie hat noch ein paar Minuten Zeit bis zum Termin bei Doktor Nowak. Sie setzt sich mit einem Kaffeebecher in den Innenhof der Klinik. Obstblüten zittern in der Luft. Verzweifelt haben sie sich an den Ästen festgehalten und mussten doch irgendwann loslassen. Überhaupt der Wind. Er ist wieder kälter geworden, scheint nicht mehr aus der Sahara zu kommen, und hat nicht eben im Aufzug jemand von einem Kälteeinbruch gesprochen? »Das Wetter spielt verrückt!« Sie zieht den Reißverschluss bis unters Kinn, hat sich heute Morgen wieder für die falsche Jacke entschieden, einen Blouson, ein zu feiner Stoff für so ein Wetter. Sie trinkt den Kaffee in zu großen Schlucken, stellt den Becher neben sich auf die Bank, er fällt um, kullert zu Boden, sie hebt ihn auf und entsorgt ihn. Checkt die Uhrzeit auf dem Handy. Nein, es ist noch zu früh, sie setzt sich wieder, auch wenn sie fröstelt. Aber die Luft! So etwas frische Luft tut sicher gut, vor so einem wichtigen Termin. »Nur totes Gewebe, Frau Altenberg, ich darf Sie beruhigen. Nur ein bedeutungsloser Rest. Wir haben es rausgeschnitten, und das war's. Mehr ist da nicht. Es ist alles gut. Wir sehen uns dann in ein paar Monaten zur nächsten Nachsorgeuntersuchung wieder.« Diese Sätze soll Nowak sagen. Genau diese Sätze. Doch das Gesetz der Anziehung hat bei ihr noch nie funktioniert.

Sie umklammert mit den Fingern das Handy, da fällt ihr

ein, dass sie die Sprachnachricht von Lou noch nicht abgehört hat. Da fällt ihr ein, dass sie Lou noch nichts davon gesagt hat, dass die Krankheit zurück ist. Dass alles wieder von vorne losgeht. Oder weitergeht, nur noch schlimmer. Wieso hast du das versäumt? Weil du wenigstens eine Person brauchst, mit der du nicht über die Krankheit sprechen musst? Eine Person, die unbekümmert Botschaften sendet aus einer anderen Welt. Aus Lous Welt.

Hi, meine Liebe! Bist du okay? So langsam mache ich mir Sorgen, weil du nicht zurückrufst. Allerdings haben wir uns ja darauf verständigt, dass wir uns nur melden, wenn es sich gut anfühlt. (Pause) *Ach, komm, scheiße, mir wäre irgendwie wohler, wenn du dich mal mit einem klitzekleinen Lebenszeichen melden könntest, ginge das?* (Lange Pause) *Na ja, es war hier nicht so prickelnd in letzter Zeit. Und ich bin mir nicht sicher, ob es diesmal über das übliche Kleiner-Mensch-in-großer-Stadt-Dingsbums hinausgeht. Zweifel hab ich immer, du kennst mich. Ist vielleicht auch einfach nur eine längere Durststrecke. Ich hab echt viel gearbeitet, viele Leute kontaktiert, auf meine Arbeit aufmerksam gemacht. Und dann sitzt du so vor dem Computer und dem Telefon und wartest, dass sich jemand meldet. Und es passiert gar nichts.* (Pause) *Das ist manchmal so zermürbend, diese verdammte Warterei. Schon klar, das ist nur die äußere Seite, und die kann ich nicht beeinflussen, und die wahre Stärke muss von innen kommen und die Überzeugung und dieser ganze Scheiß.* (Pause) *Manchmal willst du einfach nur mal ein bisschen Applaus bekommen und denkst dir: Ist das zu viel verlangt?* (Pause) *Keine Sorge, ich heule jetzt nicht die ganze Zeit rum, die Nachricht wird eh schon wieder viel zu lang. Denn was ich dir eigentlich sagen wollte, ist* (Pause)*, dass du mir gerade total geholfen hast, die Kurve zu kriegen. Weil ich die Karte mit dem Gedicht wiedergefunden habe, die du mir vor dem Umzug geschenkt hast. Ich hatte sie zwischen zwei Bücher ins Regal geschoben. Du weißt ja, ich verstecke solche Dinge und warte darauf, dass sie sich von selbst wieder bemerkbar machen. Und was soll ich sagen, es hat geklappt!* (Pause) *Du bist immer noch die Einzige, die mich wegen solcher Sachen nicht für verrückt erklärt. Dabei dachte ich, dass ich, wenn ich in die große Stadt ziehe* (Pause)*, dass ich dort viele Leute treffen werde, die so was nicht für verrückt halten. Die* mich *nicht für verrückt halten. Ist aber nicht so, und vielleicht ist das ein Teil meines Problems hier. Ist doch scheißegal, wie groß eine Stadt ist, die richtigen Menschen kannst du überall finden, im kleinsten Dorf.* (Pause) *Jetzt merke ich gerade, wie sehr ich dich vermisse.* (Lange Pause) *Ach, komm schon, ich* (Pause). *Was ich dir eigentlich sagen wollte: Ich habe also das Gedicht wiedergefunden, es fiel mir förmlich entgegen, als ich das eine Buch rauszog. Und es sagt genau das aus, was ich gerade suche. Es ist die Erinnerung daran, dass es total in Ordnung ist, was ich da mache. Weil es eben wichtig ist, selbst wenn es nur für mich wichtig ist. Weil es* nötig *ist. Weil es mir die Welt aufschließt. Ich sehe sie ganz anders, wenn ich male oder schreibe.* (Pause) *Ich kann hier leider noch nicht mit so vielen Leuten darüber sprechen. Fuck, wie ich das vermisse. Und merkst du, ich fluche schon wieder viel zu viel.* (Pause) *Äh, und vielleicht findest du das total daneben, aber ich würde dir das Gedicht gerne vorlesen. Einfach so. Vielleicht hilft es dir ja auch in deiner Situation. Weiß ja nicht, was dich gerade umtreibt. Aber du sollst dich bitte daran erinnert fühlen, dass du* (Pause)*, Achtung, jetzt kommt's,* *dass du eine Frau voller Wunder bist und, und* (Pause) *jedes dieser Wunder darf hinaus in die Welt! Diese kleinen Freaks können sich so glücklich schätzen, dich als Lehrerin zu haben! Wenn die wüssten! Nichts wissen sie. Und Paula hat so eine tolle Mutter. Und ich eine unglaubliche Freundin.* (Pause) *Da geht es schon wieder mit mir durch, tut mir leid. Schieben wir es auf den Rotwein.* (Pause) *Jedenfalls habe ich dann die Karte wieder zurück ins Regal gesteckt, natürlich an einer anderen Stelle. Bis ich eines Tages wieder von ihr gefunden werde. Und ich hab mich sofort an die Leinwand gesetzt und ein Bild gemalt. Und das möchte ich dir gerne schenken. Morgen schicke ich es los. Musst es nicht aufhängen oder so. Du sollst aber wissen, dass ich es in einer krassen Situation gemalt habe. Ich habe mich dir so unfassbar nah gefühlt dabei. Obwohl so viel Raum zwischen uns ist. Doch das bedeutet gar nichts. Wie lang ist diese Nachricht schon? Scheiße. Solltest du das überhaupt noch anhören, hier kommt noch das Gedicht. Hab es auswendig gelernt. Bitte drücke das nicht weg, hörst du?*

> *Am liebsten schreibe ich, wenn die leisen Dinge laut sind,*
> *und wenn der Stumme zu mir spricht.*
>
> *Am liebsten lache ich, wenn die ...*

Sie drückt es weg. Sie sitzt auf der Bank im Innenhof der Klinik, ein Rauschen erfüllt ihre Ohren, der Blick verschwimmt. Sie blinzelt es weg, bis sie wieder klar sieht. Botschaften aus einer anderen Welt. Lou in der großen Stadt, von Turbulenzen umtost. Den Schuldienst abgebrochen, bevor er sie in null Komma nichts aufgefressen hätte.

Weil sie alles auf sich nimmt und alles zu Herzen. Jetzt, nach dem Umzug, erprobt sie nur noch sich selbst, nicht mehr die anderen. Gerade will Lou ein Kinderbuch schreiben und illustrieren. Vorher war es ein Kindermusical. Davor war es ...

Fast zwanzig Jahre jünger und keine Kinder, da kann man so was noch ausprobieren. Wann hat das angefangen, denkt sie, dass sich diese fürchterlichen Sätze in deinem Kopf formen. Wann hat das angefangen, dass du dich verraten fühlst von jemandem, der mutiger ist als du. Lou mit der pulsierenden Stirnader und der weisen Großmutter in Südfrankreich. Die beim Nachdenken seitlich nach oben blickt, als fände sich dort die Antwort, als hätte sie jemand in den Himmel geschrieben. Lou mit den weißen Kleidern und den braunen Lederstiefeln. Mit den übermäßig vielen Leberflecken und Farbflecken und den lackierten Nägeln beim Picknick auf der Sommerwiese. Lou, die Paula als Lehrerin so geliebt hat und als neue *beste Freundin* der Mutter vielleicht noch mehr. Lou mit dem Nagel im Herzen, der es dauerhaft bricht. Der sie rau auflachen und sanft weinen lässt. Lou, die ihre Bilder mit Dramafarben mariniert und nicht heimisch werden kann, nirgendwo. Sie möchte ihr antworten, sie kann es nicht. Außerdem muss sie los. In den anderen Block, in die andere Sektion. Es war nicht gut, diese Nachricht abzuhören, denkt sie. Aber das hast du doch vorher gewusst.

*

Das Klavier steht noch immer im Eingangsbereich, und sie ist froh, dass keiner darauf spielt. Auf Station 2D begegnet ihr der Krankenhausclown mit seinem Koffer. Darin sind vermutlich noch immer die Puppen, mit denen er den Kindern kleine Szenen vorspielt. Die Luftballons, die er formen kann nach Wunsch. Und für den Hof: Seifenblasen. Es muss eine besondere Mischung sein, denn die Blasen sind besonders groß und stabil, manche fliegen bis über das Klinikdach hinaus. Und sie erinnert sich noch an den Jungen, der auf sie einschlug, so wütend darüber, dass *sie* fliegen konnten und *er* nicht mehr. Schminke braucht der Clown nicht, eine rote Nase reicht als Erkennungszeichen. Und was sie an ihm mochte, obwohl sie Clowns nicht ausstehen kann: Er wusste immer, nein, er hat es gespürt, wenn der Zeitpunkt der falsche war. Dann hat er nur gegrüßt, sich verbeugt und ist wieder gegangen.

»Eine Rose ist selten genug«, sagt er und schenkt ihr eine Origamiblüte. Und ehe sie etwas antworten kann, ist er im nächsten Zimmer verschwunden.

Sie geht zu den Schwestern und fragt nach Mona. Große Schwester Mona, die im vergangenen Jahr so etwas wie eine neue Coachin für Paula war. Training des aufrechten Gangs, wenn alles krumm und schief läuft. Sechs Monate Gerätetraining mit der Infusionsstange. Mona ist in Eile, sie umarmt Katja, nimmt sie regelrecht in die Mangel.

»Dich wollte ich hier nicht mehr sehen, so gerne ich dich hab«, sagt sie und blinzelt mit den unterschiedlich hellen Augen. »Sag deiner Tochter, sie ist hier zwar willkommen. Aber sie darf sich gerne ein anderes Hotel suchen. Mit Meerblick und besserem Essen und so.«

»Ich werde es ihr ausrichten.«

»Muss leider weiter. Der Chef wird mir sagen, was Sache ist. Halte den Kopf oben, ja?«

Der Chef sitzt hinter dem Monitor, der Kasten scheint jedes Jahr größer zu werden, daneben die zwei kleinen Droiden aus den *Star Wars*-Filmen, deren Kürzel sie sich nie merken konnte. Möge die Macht mit dir sein, schon klar. Regen tackert gegen die Scheibe, könnte auch Hagel sein.

»Wirklich verrückt da draußen«, sagt Doktor Nowak, ohne nach draußen zu schauen. Er lugt hinter dem Monitor hervor, blaues Klinik-Polohemd, er lächelt, rollt mit seinem Stuhl ein Stück zur Seite, in ihr Blickfeld. Schiebt sich eine Silbersträhne aus der Stirn. Wie immer ist er glatt rasiert, wirkt immer wacher und frischer als alle anderen in diesem Bau. Er hat so ein Marmorgesicht, ein schöner Mann, doch leider hat wohl kaum jemand Muße, ihn zu bewundern, denn hinter ihm steht der sprichwörtliche Elefant im Raum. Das, worum es geht. Die Nachrichten. Die Botschaft. Die Bilder. Der Befund. Die Werte. Das Schlechte und das weniger Schlechte und manchmal vielleicht sogar das Gute.

Doktor Nowak weiß das, also spart er sich meistens das Geplänkel. Wodurch er auf manche vielleicht etwas zu sachlich wirkt, zu wenig einfühlsam. Zu sehr Büste und zu wenig Mensch.

»Nun, wir haben den histologischen Befund von der Pathologie erhalten. Leider zeigt sich, dass wir es mit aktiven Tumorzellen zu tun haben.«

Es ist kein Regen, es ist Hagel. Eiskügelchen prasseln gegen die Scheibe, und sie wünschte, sie prasselten gegen ihr Gesicht.

»Es läuft also auf eine Chemo hinaus?«

»Wir empfehlen eine solche Rezidivtherapie. Es ist zwar

nur ein einzelner sichtbarer Herd aufgetreten. Das bedeutet leider nicht, dass es keine weiteren, noch nicht sichtbaren Absiedlungen geben könnte. Die können wir mit einer Chemotherapie erreichen, *bevor* sie Ärger machen. Und das ist der springende Punkt.«

»Was ist aber, wenn es keine weiteren Metastasen gibt? Dann jagen wir Paula wochenlang durch die Hölle, ganz umsonst.«

»Ich weiß, es ist eine äußerst schwierige Situation. Paula hat das alles schon mal durchgemacht, und jetzt ... jetzt ist das alles wieder zurück. Es ist aber hoffentlich nicht *alles*, sondern nur ein Aufflackern, das wir in den Griff bekommen. Nach unseren Maßstäben ist eine weitere zytostatische Behandlung die sicherste Variante.«

»Eine verdammt beschwerliche Variante.«

»Ohne Zweifel. Wir müssen die Situation klar betrachten. Die Erfahrungen mit einem Osteosarkom lehren uns, vorsichtig zu sein. Es können weiterhin Mikrometastasen in ihrem Körper lauern. Sie wissen ja, ich bin zurückhaltend mit Zahlen. Prognosen sind überhaupt eine undankbare Sache in der Onkologie. Wir müssen uns in unseren Entscheidungen davon leiten lassen, was wir wissen. Da ein Rezidiv aufgetreten ist, ist es eben wahrscheinlicher geworden, dass erneut was kommen wird.« Pause, er wischt sich die Haarsträhne aus dem Gesicht. Dann sieht er sie direkt an, was er ansonsten vermeidet, sein Blick geht gerne schräg links an einem vorbei. »Es ist wahrscheinlicher, dass wieder etwas kommen wird, als dass *nichts* mehr kommen wird. Ich wünschte, es wäre nicht so, aber wir können aus der Elf keine gerade Zahl machen. Wenn wir schon bei den Zahlen sind.«

»Das haben Sie schon mal gesagt, oder?«

»Was, das mit der Elf? Ich weiß auch nicht, woher ich das habe.«

Sie weiß es wieder.

*

Es ist dasselbe Zimmer. Kein Regen oder Hagel. Sonnenlicht fällt hinein und blendet; eine etwas jüngere Ausgabe von Doktor Nowak lässt ein Rollo herunter. Vor ihm sitzt eine Mutter, sie hat sich gerade, wie man das nennt, geöffnet; sie hat versucht zu beschreiben, wie sie sich fühlt. Sie konnte es nicht vermeiden, dabei zu weinen, und der Doktor scheint auf solche Eruptionen vorbereitet, Schublade auf, und schon ist eine Box mit Taschentüchern zur Hand. Vielleicht, vermutlich ist er der ganz Falsche, um sich zu öffnen, er ist kein Psychologe, doch sie konnte nicht mehr, konnte diese Sätze nicht länger für sich behalten. Sätze, die sie seit Tagen martern, sie lassen sie nicht schlafen, sie lassen sie nicht atmen, sie lassen sie nicht denken, sie lassen sie nicht essen, sie lassen sie nicht los. Eine Handvoll Sätze nur, aber das reicht, und manchmal kommt ein neuer hinzu oder ein bestehender verändert sein Aussehen, nur ein bisschen. Was ist mit der Scheidung/Trennung/dem Fehlen des Vaters/meiner Rolle als alleinerziehende Mutter? Kann das nicht etwas in Paula ausgelöst haben/verändert haben/kaputtgemacht haben? Kann ein solcher Einschnitt/ein solch einschneidendes Erlebnis/ein solches Trauma nicht krank machen? Also auch körperlich krank? Gibt es nicht so etwas, das man eine Krebspersönlichkeit nennt? Und was ist, wenn ich eine solche geformt habe/eine solche erzogen habe/wenn ich daran schuld bin, dass meine Tochter jetzt diese Krankheit hat/dass sie nicht mehr gesund wird/dass sie stirbt.

Der Arzt lächelt, er schaut nicht auf die Uhr. Er gibt ihr nicht das Gefühl, dass sie schon viel zu viel seiner Zeit in Anspruch nimmt. Er holt tief Luft und weit aus. Nein, sie müsse sich nicht schuldig fühlen. Wenn Kinder Krebs bekommen, dann sind exogene, also äußere Faktoren in der Regel auszuschließen. »Wir können hier ganz im Stofflichen bleiben. Denn sehen Sie: Die Zellteilung funktioniert allermeistens perfekt. Die Natur hat ihre Pläne, und beim Abschreiben passieren nur sehr wenige Fehler. Manchmal aber passieren sie, und selbst das ist im Grunde genommen nichts Schlimmes. Ohne solche Fehler würden wir uns nicht weiterentwickeln, wir könnten uns nicht an veränderte Umweltbedingungen anpassen. Ich sage es mal so: Eine Gattung, bei der es zu keinen Fehlern beim Abschreiben der Bauanleitung kommt, wäre längst ausgestorben. Was für eine Gattung gut ist, kann für den Einzelnen schlecht sein, das ist die Kehrseite der Medaille. Aus einer fehlerhaften Zelle kann eine Krebszelle werden. Niemand möchte derjenige sein, bei dem das passiert. Aber es passiert. Und bei einem Kind, das Krebs hat, hat niemand Schuld.«

»Ich habe aber davon gelesen, dass traumatische Ereignisse krank machen. Und dass es bestimmte Persönlichkeitstypen gibt, die eher ...«

»Sie haben keine Schuld an der Krankheit Ihrer Tochter. Aus wissenschaftlicher Sicht ist das völlig eindeutig.«

»Dieser Abschreibfehler, von dem sie gesprochen haben, den habe ich ihr doch aber vererbt.«

»Nein, diese Krebsart wird nicht *ver*erbt. *Er*erbt, und das ist ein großer Unterschied, werden bestimmte Prädispositionen. Wenn in einer Familie häufiger Krebserkrankungen auftreten, müssen wir genauer hinschauen. Bei Ihnen ist das nicht der Fall. Verstehen Sie? Sie tragen keine Schuld.«

Versteht sie das? Nein, sie versteht es noch nicht.

»Und ich habe davon gelesen, dass Mutter und Fötus während der Schwangerschaft Zellen austauschen. Heißen sie nicht sogar Zombie-Zellen, weil sie nicht sterben? Und dass diese Zellen Krankheiten auslösen können. Könnte also ...«

Diesmal unterbricht er sie. »Frau Altenberg, ich verstehe Ihre Sorge. Und mir sind mündige Patientinnen und deren Angehörige tatsächlich lieber als diejenigen, die alles sofort akzeptieren. Vielleicht sollten Sie nicht so viel lesen, vor allem nicht im Internet. Was den Mikrochimärismus angeht, also den Zellaustausch während der Schwangerschaft: Wir sehen hier, was das Krebsrisiko angeht, sogar eher positive Effekte. Ich wiederhole es noch einmal: Sie haben mit der Krebserkrankung Ihrer Tochter nichts zu tun.« Der Doktor erhebt sich, steht etwas verloren im Raum, und sie deutet das als ein Zeichen, zu gehen. Zu verstehen und zu gehen.

»Danke«, sagt sie, »ich verstehe das.« Versteht sie das? Sie nimmt noch ein Taschentuch aus der Box, ein Trostmittel to go. Der Arzt gibt ihr die Hand und möchte noch etwas sagen, beginnt einen Satz, bricht ab, versucht es noch einmal: »Es ist nicht leicht, dieser Krankheit zu begegnen. Wir können nicht zaubern. Wir können nicht aus der Elf eine gerade Zahl machen. Aber wir wissen immer mehr, und wir werden immer besser darin, und ich verspreche Ihnen, dass wir alles dafür tun werden, dass Ihre Tochter gesund wird.«

Dass Paula gesund wird. Dass Elf eine gerade Zahl wird. Sie verlässt den Doktor Nowak der Vergangenheit und kehrt zum Doktor Nowak der Gegenwart zurück.

*

Der Hagelregen hat aufgehört. Es ist merkwürdig still im Zimmer. Sie hört die Lüftung des Computers, das Schlagen der Wanduhr.

»Frau Altenberg, geht es Ihnen gut?«

»Gut, na ja, ich weiß nicht ...«

»Wir müssen nichts überstürzen. Wir machen einfach nächste Woche wieder einen Termin aus. Gerne mit Paula zusammen. Sie muss sich erst einmal erholen. Wir besprechen noch einmal alles in Ruhe, in Ordnung? Und dann sehen wir weiter.«

Der Doktor erhebt sich, steht etwas verloren im Raum, kein Elefant neben ihm, und sie deutet das als ein Zeichen, zu gehen. Zu verstehen und zu gehen. Sie geht Gänge entlang, links, rechts, links, wie in Trance, wie in einem trüben Traum. Im Foyer sitzt nun jemand im Bademantel am Klavier und spielt *Summertime*. Scheiße, schnell weg. Draußen geht ein kalter Wind, draußen steht das Wasser in Pfützen mit Wellengang. Denn das Hageleis ist geschmolzen, und sie würde sich am liebsten in eine solche Pfütze werfen und auf der anderen Seite der Welt wieder auftauchen. So weit weg.

Die Tür blieb verschlossen. »Sturkopf«, hatte die Frau zu ihr gesagt, als sie noch einmal ihre Wunden versorgt hatte. Anton tauchte nicht mehr auf. Irgendwann wurde das Licht für ein paar Stunden gelöscht, irgendwann wurde es wieder eingeschaltet. Eine Mahlzeit wurde ihr gereicht, derselbe Brei wie am Vortag, und eine Empfehlung ausgesprochen: Alles würde leichter werden, wenn sie das hier essen, und wenn sie sich endlich die Klemme an den Finger stecken würde. Wenn sie sich die Bilder ansehen würde, die schönen Bilder ihres Lebens. Warum also machte sie es sich so schwer? Warum zögerte sie? Der Schatten habe ihr ein Angebot gemacht, um das sie alle hier beneideten. Alle.

Sie hatte nur einen Löffel gegessen, der Monitor war schwarz geblieben. Sie hatte den Apparat nicht in Betrieb genommen, auch wenn sich so etwas wie ein Verlangen danach eingestellt hatte. Nur kurz. Nur kurz einmal. Nur ein Bild. Die Eltern sehen. Die Großeltern. Die Freundinnen. Anfangs dachte sie sich, dafür müsse sie ja nur die Augen schließen und an sie denken, aber die Gesichter blieben merkwürdig verschwommen und unvollständig. Grimassenhaft wie damals, als sie bei Magda in den Spiegel geschaut und sich selbst als verwaschenes Bild vor Augen gehabt hatte. Damals, wie das klang.

Sonst sprach niemand mit ihr. Also würde sie sich mit der Puppe unterhalten, mit der von Silberfuchs zerbissenen

Puppe, die neue rührte sie nicht an. »Weißt du, ich habe mich längst entschieden«, sagte sie.

Da öffnete sich die Tür einen Spaltbreit. Was sollte das jetzt? Sie nahm die Puppe, ging zur Tür und spähte auf den Gang hinaus. Niemand war zu sehen. Sie ging los, was hatte sie schon zu verlieren. Die Türen standen allesamt offen, in einem Raum sah sie einen langen Tisch ohne Stühle, schwarze Monitore hingen in einer Reihe an der Decke, Loch an Loch an Loch. Ein anderer wirkte wie ein Labor, seltsame Apparaturen, sie blinkten, als hätte gerade noch jemand an ihnen gearbeitet. Im letzten Zimmer des Ganges stieß sie auf eine Art Wäschekammer. Schlichte Kleider hingen an einer Stange, sie waren allesamt schwarz. Sie suchte sich, ohne lange zu überlegen, eines aus, es war ihr zu groß, es war ihr egal. Der Stoff fühlte sich rau an auf der Haut. Unterhalb der Stange waren Schuhe aufgereiht, sie waren ebenfalls schwarz, es waren unterschiedliche Modelle: Sandalen, Halbschuhe, Stiefel. Sie entschied sich für ein Paar Stiefeletten, und es war ungewohnt, beinahe störend, wieder etwas an den Füßen zu haben.

Sie lief zurück, sie hatte noch immer die zerschlissene Puppe in der Hand. Kam sich albern vor. War das alles, was sie dem Schatten entgegenzusetzen hatte?

Da waren die Aufzüge, sie hatte sie gefunden. Sie hatten keine Knöpfe, keine Anzeige, und so stand sie ratlos davor; sie wusste nicht einmal, in welchem Stockwerk sie sich befand. Ansonsten war es hier wie in der Eingangshalle, viel Weiß und Schwarz, keine Farben, es fehlte nur der große Empfangstisch in der Mitte. Sie beschloss, weiterzugehen, vielleicht gab es ein Treppenhaus, doch bevor sie dazu kam, öffnete sich die rechte Aufzugtür.

Die Fahrt währte nur kurz. Sie endete nicht in der Halle, sondern in einem dunklen Raum. Tanzende Schemen, mehr konnte sie nicht erkennen. Sie wollte ihren Augen Zeit geben, sich an die Dunkelheit zu gewöhnen, währenddessen schloss sich der Fahrstuhl hinter ihr, sie konnte nicht mehr zurück. Ein kalter Luftzug streifte sie, sie wagte einen Schritt, einen zweiten, hielt wieder inne, denn mit ihren Sohlen erzeugte sie ein klackendes Geräusch, das nicht verklingen wollte, als würde der Ton immer wieder von Neuem von Wand zu Wand geschleudert, als würde das Echo immer wieder aufleben.

Sie spürte, dass sich mit diesem Geräusch etwas verändert hatte, sie spürte es genau. Etwas regte sich, richtete sich auf sie aus. Es war ihr, als wäre ihre Anwesenheit hier unten oder hier oben nicht länger unbemerkt geblieben. Als wäre sie in das Blickfeld von jemandem geraten. Oder von etwas. Nein, in einen Bann war sie geraten, denn sie wurde nun angezogen von einer Kraft, so unwiderstehlich, so alt wie die älteste Empfindung, so klar wie der klarste Gedanke daran, dass nichts anfangen kann, ohne zu enden. Es war die Rückseite des Schmetterlingsflügels, es war der Schatten. Es hatte nichts Gewaltsames, es geschah nahezu beiläufig, jedenfalls mit großer Selbstverständlichkeit. Ihr Kopf begann zu summen und füllte sich mit den schönsten und den schrecklichsten Gedanken, und ihr Herz zog sich zusammen und hatte keinen Platz mehr, um zu schlagen, und ihre Füße setzten, ohne dass sie es wollte, einen Schritt nach dem anderen in die Dunkelheit hinein. Sie konnte nicht mehr weglaufen. Hätte sie jemals weglaufen können? Der Schatten hatte sie vor eine Wahl gestellt, aber war es nicht ganz egal, wie sie sich entschieden hätte? Sie ahnte, sie wäre so oder so an dieser Stelle angekommen. Sie hörte kein Geräusch mehr, das Echo war verhallt, und nun war es ihr, als würde die Dunkelheit anfangen, zu ihr zu sprechen. Flüsternd, wie ein Ausatmen, wie ein Händereichen, lass es geschehen, denn so, wie es geschieht, muss es sein, und du kannst nichts mehr daran ändern. Und doch wurde noch eine andere Empfindung in ihr geweckt, vielleicht war es sogar mehr als nur das. War es eine Eigenschaft von ihr? Ein Wesenszug? Für die Eltern, die Großeltern war es jedenfalls ein Makel, für den sie oft gescholten worden war. Dass sie sich nicht füge. Dass sie sich nichts sagen lasse. Dass sie immerzu versuche, ihren Willen zu bekommen. Wildes Mädchen, so stur. Und wenn das stimmte, dann war der Zeitpunkt da, sich darauf zu besinnen. Sie würde nicht einfach aufgeben. Sie würde nicht einfach loslassen, ohne davon überzeugt zu sein, dass es richtig war und unabdingbar. Sie fing an, sich gegen den Sog zu stemmen. *Widerspenstig* hatte man sie geheißen, und diese Stimmen erfüllten nun den Raum und erzeugten ein neues Echo. Sie befahl ihren Füßen, anzuhalten. *Dickkopf!* Sie ließ die Puppe fallen und ballte die Fäuste, so fest sie nur konnte, um eine Gegenkraft zu erzeugen. *Unbelehrbar!* Sie schloss die Augen, sie versuchte, alles zu bündeln, was ihr an Kraft geblieben war. *Dein Hochmut!* Noch fester drückte sie die Finger zusammen, noch lauter befahl sie ihren Füßen, stehen zu bleiben, zurückzugehen, doch der Schatten wurde nicht schwächer, hellte sich nicht auf, er zog an ihr, unaufhörlich, und wieder kam es so, dass Polas Füße ihr nicht mehr gehorchten. Einen Schritt nach dem anderen setzte sie – und obwohl sich nichts verändert hatte, obwohl sie nichts anderes wahrnehmen konnte als flirrende Schwärze, war es ihr, als ob sie gleich den Ursprung der Dunkelheit erreicht hätte. Ihren Mittelpunkt, der zugleich der Endpunkt ihrer Reise sein würde. Nichts anderes würde es sein. Nichts anderes würde mehr sein, dessen war sie sich sicher. Tränen in den Augen, sie war nun bereit, loszulassen, sie hatte keine Kraft mehr.

Da hörte sie einen Schrei, wie sie ihn noch nie von einem Menschen gehört hatte. Sein Widerhall dröhnte in ihren Ohren. Über ihr fing es an zu sirren und zu knacken, Lichtfelder flackerten auf, und mit einem Mal stand sie in einem hell erleuchteten Raum. Nackte graue Wände voller Risse, Lichtleisten über ihr, eine davon flackerte. Ein leerer, toter, kalter Raum, wenn nicht der Schatten vor ihr gewesen wäre, eine Handbreit, zwei, so nahe war er ihr gekommen oder besser: sie ihm.

Anton trat an ihre Seite, drückte ihr die Flasche mit der schwarzen Flüssigkeit in die Hand. Hatte er geschrien, hatte er seine Stimme wiedergefunden? Sie trank, und das Dunkle zog sich augenblicklich zurück, verschwand hinter den Wänden und lauerte dort, das wusste sie. Sie ging ein paar Schritte, unsicher, überrascht, dass ihre Füße ihr wieder gehorchten, dann jedoch, als sie Sicherheit gewonnen hatte, stürmte sie auf Anton zu und umarmte ihn.

»Nichts wie weg hier«, sagte er, und als wären seine Worte ein Befehl, öffnete sich die Aufzugtür hinter ihnen. »Ich habe nur diese eine Flasche.«

Sie werden unterbrochen. Schwester Ilka ist da und hilft Paula, ihren Körper ein winziges Stück zu verlagern. Was wiederum einen großen Unterschied macht. »Okay«, sagt Paula, »so ist es besser!« Ilka verringert die Dosis des Schmerzmittels, notiert die Zahlen am Infusionsturm, überprüft die Drainagepumpe. Paula trinkt einen Schluck, sie mag nichts essen. Sie hat Angst, sich zu verschlucken.

»Keine Sorge, Nährstoffe bekommt sie über die Infusion«, sagt die Schwester. »Ab morgen trainieren wir ein bisschen das Essen. Was Kühles vielleicht. Joghurt. Da kann nichts passieren. Alles muss trainiert werden, das Atmen, das Kauen, das Lachen. All das sind Muskeln, und sie verkümmern, wenn sie nicht beansprucht werden.« Ihr Lächeln lässt jedes Aber und jede Sorge unter die Sagbarkeitsgrenze schrumpfen. Es gibt Menschen, denen möchte man in einem Anfall von Urvertrauen sofort alles überlassen. Hier, nimm meine Seele, nimm mein Herz. Ilka ist so ein Mensch, denkt Katja.

In der neuen Position wird ihre Tochter sofort schläfrig, oder die Schwester hat ein wenig nachgeholfen. Ihre Lider fangen an zu zittern, sie kämpft noch dagegen an. »Der Schatten«, sagt sie, geht nicht weiter darauf ein. Hoffentlich beschere ich ihr mit der Geschichte keine Albträume, denkt Katja. Keine Albtraumfiguren. Sie erinnert sich an den Wassermann. Der sie als Kind in ihren Träumen heimgesucht hatte, wenn sie Fieber bekam. Sie träumte, sie ist in ihrem Zimmer, und in der Ecke steht oder sitzt plötzlich dieser Mann. Der Mantel ist immer nass, als wäre er gerade durch den Regen gelaufen. Von seinem Hut mit der breiten Krempe tropft das Wasser.

»Paula?«

Paula ist eingeschlafen. Sie steht auf, tritt an ihr Bett. Sie würde sie so gerne berühren, traut es sich nicht, sie soll nicht gleich wieder aufwachen. Paulas Gesicht wirkt entspannt, sie atmet ruhig. Katja denkt daran, wie sie vorhin die Nachricht von Doktor Nowak aufgenommen hat.

»Ich weiß es eh schon«, sagte sie, als Katja zurück war. »Ich sehe es dir an.«

»Er empfiehlt eine erneute Chemo. Der Befund ...«

»War irgendwie klar.«

»Ich habe so gehofft ...«

»War aber ziemlich unwahrscheinlich, oder?«

»Manchmal ist das Unwahrscheinliche ...«

»Ach, Kat.«

Und während Paula an Marlon ein paar Textnachrichten ins Handy tippte, um ihn auf den neuesten Stand zu bringen, dachte Katja wieder über ein Wort nach, anstatt Alfred, Ellen, Simon und Lou eine Nachricht zu schreiben und sie auf den neuesten Stand zu bringen. *Wahrscheinlich*. Wie seltsam, das Wahre und der Schein, zwei ungleiche Geister, wohnhaft in ein und derselben Flasche. Da kann nichts Gutes herauskommen, wenn sie entkorkt wird. Also hoffst du, dass das Wahrscheinliche nicht eintritt. Weder das Wahre noch der Schein sollen eintreten. Scheiße, was soll denn überhaupt noch eintreten. Das Wunder natürlich. Alles, was unter einem Wunder rangiert, hilft uns nicht mehr weiter. Ist es nicht so? Als Paula das Handy weglegte, sagte Katja zu ihr:

»Nächste Woche, bevor du entlassen wirst, sprechen wir noch einmal in Ruhe mit Doktor Nowak darüber, okay?«

»Okay.« Und dann wollte Paula nichts mehr davon hören. Sie wollte wissen, wie die Geschichte weitergeht.

Katja steht noch immer am Bett und bewacht ihren Schlaf, bis die Schwester kommt und sie vertreibt. Das Licht ist wie immer zu grell, aber die Töne der Monitore und Apparate sind seltsam fern. Mein Mädchen, denkt sie. Nach außen wirkst du so tapfer, so cool. Ich darf mich nicht davon täuschen lassen. Die Erdbeben unter der Haut sind unsichtbar.

*

»Kalt geworden«, sagt Alfred und reibt sich die Hände. »Bin kurz davor, die Heizung wieder anzustellen. Verrückter Frühling.« Er hat etwas gekocht. Einen Eintopf diesmal, Borschtsch. Und als er das Wort sagt, macht er Geräusche wie eine alte Dampflok. Borschtsch-tsch-tsch-tsch. Und er muss lachen, und als er sein Lachen erfolgreich unterdrückt hat, sagt er: »Weißt du noch?«

Sie weiß es noch. Erika hat es oft gekocht. Die Variante ihrer polnischen Verwandtschaft: Rote Bete, Sauerrahm und hartgekochte Eier. Und statt *Guten Appetit* zu sagen, haben sie diese Eisenbahngeräusche gemacht und gelacht. Jedenfalls, als sie noch jünger war. In Paulas Alter fand sie es bereits hochgradig peinlich, doch Alfred hatte das nicht gemerkt, oder es war ihm egal. Tsch-Tsch-Tsch.

Sie essen, heute schafft sie einen halben Teller. Es schmeckt nach früher, und es wärmt. Wie lange können sie den Elefanten im Raum ignorieren? Er ist immerhin etwas kleiner als das Exemplar von Doktor Nowak. Während sie essen, schaffen sie es noch, Alfred räumt ab, sie soll sitzen bleiben. »Magst du einen Tee? Kaffee? Wein?«

»Wein, bitte.«

»Hab noch einen Merlot. Ist zwar vom Aldi, hat aber 90 Punkte bei Falstaff. Der sollte was taugen.«

»Was zum Teufel ist eigentlich Falstaff?«

Alfred muss schmunzeln. »Genau weiß ich das auch nicht. So was wie der Michelin-Guide, nur für Weine, nehme ich an.«

Er geht, er kommt mit zwei Gläsern zurück. Lächelt. Setzt sich. Drei, zwei, eins, das Räderwerk steht still, seine Miene wird finster. »Hätte ich nicht gedacht, ich ... ich packe das gerade ganz schlecht in der Klinik. Es ist einfach hart. Hart, sie so zu sehen.«

»Schon gut, ich bin da.«

»Nicht falsch verstehen! Ich möchte damit nicht sagen, dass ich nicht mehr zu ihr gehen will, überhaupt nicht. Es ist nur so ... Ich bewundere dich, dass du das aushältst.« Er faltet die Hände, schafft es nicht, sie direkt anzusehen.

»Ich halte es nicht aus. Paula hält es aus.« Sie trinkt den Merlot viel zu schnell.

»Und der Termin bei Nowak? Ich meine, ich hätte mich gefreut, wenn du mich direkt danach informiert hättest. Ich hänge immer so in der Luft, weißt du. War wieder kurz davor, in der Klinik anzurufen.«

Sie versucht, ruhig zu bleiben. »Ich habe zuerst Paula informiert. Und dann war keine Zeit, jemand anderen zu informieren.«

»Aber wieso denn nicht?«

»Weil ich ihr eine Geschichte erzählt habe.«

»Du erzählst ihr immer noch diese Geschichte?«

»Jeden Tag.«

Jetzt nimmt er seinen ersten Schluck. Verzieht den Mund, als hätte er in eine Zitrone gebissen. »Würde zu gerne wissen, worum es da geht. In dieser Geschichte.«

»Ach, lieber nicht.«

»Was hat Nowak denn nun gesagt?«

Sie berichtet es ihm, er steht auf, er setzt sich wieder. Und sie merkt, wie sehr er an sich halten muss, um nicht zu einer Grundsatzrede über das Nötige und das Unnötige, das Wahrscheinliche und das Unwahrscheinliche anzusetzen. »Das ist!«, sagt er schließlich. »Das ist doch!«

»Wir lassen das am besten erst mal sacken. Paula muss sich erholen, wir müssen sie nicht jeden Tag damit konfrontieren. Und ich wäre dir sehr dankbar, wenn du ...«

Er hebt beschwichtigend die Hände. »Hab schon verstanden. Ich warte mal noch ab mit meinem Doktor Fisher aus Australien. Es ...« Er stockt. *Es tut mir leid? Es war dumm von mir, damit anzukommen, einen Tag vor der Operation?* Nein, er wird sich nicht entschuldigen, das konnte er noch nie – zumindest nicht ohne ein Aber. »Es ist vielleicht der falsche Zeitpunkt. Das sehe ich ja ein. Aber ich halte es nach wie vor für einen Fehler, nicht alles in Betracht zu ziehen.«

»Du meinst: *meinen* Fehler.«

»Das habe ich nicht gesagt.«

»Papa, von mir aus gehst du zu Doktor Nowak mit dieser Sache. Schön. Aber bitte sag mir nur etwas davon, wenn er begeistert ist und es unbedingt ausprobieren möchte. Weißt du, ich schaffe es gerade nicht, mich damit zu beschäftigen.

Mich da einzulesen, durch Foren zu wühlen. Und dann glaube ich wirklich, dass es hilft, und am Ende ist es wieder nur ...«

»Schon gut, das verstehe ich doch. Ich warte damit, bis es Paula wieder etwas besser geht. Und ich kann morgen früh in die Klinik gehen, dann kannst du dich ein bisschen ausruhen.«

»Musst du gar nicht. Simon kommt.«

»Ah, das ist gut. Wird auch Zeit, dass der mal hier aufkreuzt.«

»Er wäre schon früher gekommen. Ich wollte es nicht.«

»Du wolltest es nicht? Katja, du ...«

»Ja?«

»Schon gut, schon gut. Ich bin mal kurz weg.« Er verzieht erneut das Gesicht, diesmal ohne etwas getrunken zu haben. Vielleicht verträgt er den Falstaff-Premium-Merlot nicht, oder den Eintopf. Er geht aus dem Wohnzimmer, Katja steht auf, sieht sich um, auf der hässlichen Vitrine aus grauer Vorzeit steht das Bild von Erika. Silberhochzeit, sie trägt ein schwarzes, schlichtes Kleid, und sie lächelt nicht. Es gibt kein Foto von ihr, auf dem sie lächelt. Sie wollte nie fotografiert werden, denn sie behauptete immer, sie sei nicht fotogen. Was überhaupt nicht stimmt, denkt sie. Die blonden Haare hast du von ihr. Den Giraffenhals, wie Alfred sagen würde. Von ihm habe ich die Felsnase, die maskulinen Hände, den Wunderkopf. Nein, ihre Mutter mochte keine Fotos. Festhalten lässt sich sowieso nichts. Als Erika einmal eine große Kiste mit Fotografien erbte, mütterlicherseits, Tanten, Onkel, Menschen und Gesichter aus Danzig und Umgebung, spendete sie die Bilder ungerührt an eine Fotothek, an eine Sammelstelle für verlorene

Bilder und Geschichten. Sie mochte keine Geschichten. Und Katja ist sich nicht sicher, ob sie überhaupt das Leben mochte, das diese Geschichten schrieb. Was fühlte sie, als sie der Schlag traf? In diesem kurzen Augenblick, als sie noch denken und fühlen konnte. Vielleicht war sie einfach nur dankbar, dass es mit einem Knall vorbei war. Ohne eine große Geschichte daraus zu machen.

»Ich vermisse sie sehr«, sagt Alfred. Er ist zurück, steht plötzlich neben ihr. »Warte mal«, sagt er dann und geht zum sogenannten Medienschrank. Öffnet ihn, zieht eine Platte heraus. Nein, das muss doch jetzt nicht sein. Sie lässt ihn gewähren, kein weiterer Einspruch heute. Er legt die Platte auf, es knistert, es knackt. Ray Charles singt Erikas Lieblingslied, und Alfred legt die linke Hand auf das Herz, die rechte streckt er nach ihr aus. Er deutet Tanzschritte an.

»Papa …«

»Na, komm schon. Ich hab ja sonst niemanden.«

Sie tritt zu ihm, ihre Hände verbinden sich, sie lässt sich führen, es wird ein sehr langsamer, seltsamer Tanz. Sein Bart kratzt, sie riecht das Rasierwasser, Moos, Erde, Gewitter.

Sie sagen, Ruby, du bist wie ein Traum. Bist nicht immer, was du scheinst. Und vielleicht wird mein Herz brechen, sollte ich eines Tages aufwachen. Lassen wir es darauf ankommen.

Und sie tanzt mit ihm, er hat die Augen geschlossen. Und womöglich denkt er an seine Frau und wie er mit ihr getanzt hat. Jeden Freitag im Vereinsheim und bei den Familienfeiern, und irgendwann war es der erste Tanz und irgendwann der letzte, und dazwischen waren sie ein Paar, das aus Gewohnheit zusammenblieb. Nichts mehr fühlen zu müssen, kann sehr bequem sein. Die Messer sind stumpf geworden, alles wurde ausgefochten.

Und sie sagen, Ruby, du bist wie ein Song, du kannst nicht unterscheiden, was richtig und was falsch ist.

Und was wir nicht gelebt haben, wird unser Kind schon leben. Haben wir ihm dafür nicht alles in die Wiege gelegt? Doch das Kind macht ihnen einen Strich durch die Rechnung. Das Kind weiß nicht, wie es leben soll. Bricht ein Leben lieber ab, wenn es sich falsch anfühlt, und versucht ein Neues. Das ist der Unterschied, denkt sie, ihr habt nichts abgebrochen, ihr habt das durchgezogen. Von ihrem Vater weiß sie, dass er an andere Berufe dachte, die er gern ergriffen, andere Länder, die er gerne bereist hätte. Von Erika weiß sie nur so viel, wie man von einem Menschen wissen kann, der nicht gerne von sich erzählt. An ihren Geburtstagen will sie manchmal allein sein. Niemand ahnt, wohin sie geht. Vielleicht sitzt sie auf einer Brücke und sieht den Schiffen nach. Sie steht an einem Gleis und steigt beinahe in den Zug. Sie sitzt in einem Taxi und kann dem Fahrer nicht sagen, wohin sie möchte.

Sie sagen, Ruby, du bist wie eine Flamme. Du kamst in mein Leben. Und ich sollte acht auf mich geben, aber das ist mir ganz gleich. Denn du berührst mich, du elektrisierst mich, und eins weiß ich, Ruby: Das bist du. Du bist kein Traum.

Dann ist das Lied zu Ende, und für ein weiteres ist heute kein Platz mehr. Katja zieht ihre Jacke an, sie nimmt die Tasche. Sie schaut ein letztes Mal zu dem Bild auf der Vitrine und denkt: Ruby, lassen wir es darauf ankommen.

Samstag

Es fängt leicht an zu nieseln. Regenschirme werden aufgeklappt, Kapuzen über Köpfe gezogen. Tropfen fallen in den Kaffeebecher der Mutter, es kümmert sie nicht, der Kaffee ist längst kalt geworden. Sie tauscht Blicke mit ihren Sitznachbarinnen. Einvernehmliches Nicken, wir halten durch, für das Mädchen machen wir das doch gern. Sie sitzen auf der sogenannten Haupttribüne, moosbewachsene Betonreihen, abgestuft, die Leute von der Auswärtsmannschaft sitzen ihnen gegenüber.

Die Mutter weiß, wie wichtig dieses Spiel ist. Die Fußballgöttin hat es so gefügt, dass die bestplatzierte Mannschaft in der Liga gegen die zweitplatzierte Mannschaft spielt, und das am letzten Spieltag. Und sollte die zweitplatzierte Mannschaft gewinnen, in der ihre Tochter Torhüterin und Kapitänin ist, wäre sie Meister oder besser: Meisterin und würde aufsteigen. Ein Unentschieden reichte nicht.

Sie kann nicht behaupten, dass Fußball sie sonderlich interessiere, sie versteht die Abläufe und Regeln nur, weil ihre Tochter nicht müde wird, es zu erklären. Was es bedeutet, im Abseits zu stehen. Warum ein Rückpass nicht mit der Hand aufgenommen werden darf. Sie weiß genau, wie breit und hoch ein Tor ist im Jugendfußball und im Erwachsenenfußball und wer im Frauenfußball deutscher Meister (Meisterin) wurde. Das einzige Buch, das ihre Tochter in letzter Zeit gelesen hat, handelt von modernen Trainingsmethoden, und auch davon hat sie nun also etwas gehört. Wie wichtig die vielbeschworene mentale Seite in dieser Sportart ist, wie sich durch ein gutes Stretching Verletzungen vermeiden lassen und wie die Antizipation (des Balles, des Gegners, des Raumes?) durch gezielte Übungen geschult werden kann.

Wenn sie Spiele im Fernsehen anschaut (anschauen muss), schläft sie trotzdem nach wenigen Minuten ein. Weil ihre Tochter sich dafür begeistert, und diese Begeisterung eine bemerkenswerte Konstante in einem sprunghaften und von Gefühlswellen überschwappten Kinderleben ist, versucht sie, sich wenigstens Mühe zu geben. Sogar zwei Freundinnen ließen sich motivieren, diesem Spiel beizuwohnen, und auch der Vater ist anwesend. Er ist aus der anderen Stadt angereist, wobei, es wäre ohnehin sein Wochenende gewesen, das monatliche Vaterwochenende. Er sitzt etwas abseits, umgeben von Stadionmoos, und sie stellt sich vor, es würde ihn überwuchern, was eine bemerkenswerte Skulptur ergeben würde.

Der Schiedsrichter pfeift zur Halbzeit. Ein Teil der Zuschauerschaft springt auf, um die Spielerinnen mit Trinkflaschen zu versorgen. Die Mutter unterdrückt den Impuls, es ihnen gleichzutun. Es wäre ihrer Tochter unangenehm bis peinlich. Das war vor ein, zwei Jahren noch anders. Da würde sie sich jetzt auf dem Rasen wiederfinden und sich mit Fragen konfrontiert sehen wie: »Mama, wo ist mein Powerade?« Die Frühpubertät hat also auch ihre guten Seiten, das Kind kann sich allein eine Flasche holen und daraus trinken, wer hätte das gedacht. Ein Seitenblick verrät der Mutter, dass der Vater nicht mehr an seinem Platz sitzt, er steht direkt am Spielfeldrand, mit verschränkten Armen, unbeschirmt und ohne Kapuze, das schwarze Haar glänzt wie seine Schuhe. Er wird ihr doch keine Tipps geben wollen? Nein, er hält sich zurück. Die Mannschaften verschwinden in den Kabinen, der Vater steht unbeirrt an der Werbebande, er sieht nicht zu ihnen herüber, er kommt nicht vorbei. Er steht einfach nur da und lässt die Ausläufer eines Gewitters auf sich herniederregnen.

Unter ihren Schirmen verfallen sie in eine Plauderei. Dann sagt Lou zu Ellen, die davon noch nichts weiß, dass sie den Schuldienst quittiert habe und bald in eine noch größere Stadt, in die größte Stadt ziehen werde, um sich noch einmal (endgültig?) als Künstlerin zu versuchen. Was der Mutter einen Stich versetzt, einen deutlich zu lokalisierenden Stich im Brustkorb. Ellen, von solchen Manövern nur schwer zu beeindrucken, sagt: »Ich wünsche dir viel Glück dabei.«

Als die Spielerinnen zurück sind, findet sich die Mannschaft der Tochter zu einem Kreis zusammen, die Trainerin verliert ein paar Worte, dann aber tritt die Tochter in die Mitte des Kreises und hält eine Ansprache, gefolgt von einem gemeinsamen Urschrei, der aus der Entfernung so klingt wie:

»Patschunka!«

Wieder tauschen die drei Frauen Blicke. Diesmal ein anerkennendes Nicken. »Wow«, sagt Lou, »das scheint ja wirklich ihr Ding zu sein.« – »Denke nicht, dass sie noch einmal mit mir Schach spielen wird«, vermutet Ellen und grinst.

Ihre Tochter postiert sich vor das Tor. Rudert mit dem

rechten Arm. Lässt ihre Schultern kreisen. Verzieht das Gesicht, was der Mutter Sorge bereitet. Seit einiger Zeit hat ihre Tochter immer mal wieder Beschwerden in Schulter- und Ellbogengelenk. Sie musste mit dem Training kürzertreten, der Orthopäde hielt es wahlweise für Wachstumsschmerzen oder Überbelastung. Gut, dass die Saison mit diesem Spiel vorbei ist. Mit diesem Spiel, das an Intensität zunimmt, das merkt sogar sie. Nach ein paar Minuten fällt das Führungstor für die Mannschaft der Tochter, 1:0, das würde die Meisterschaft bedeuten. Die gegnerische Mannschaft startet wütende Gegenangriffe (sagt man das nicht so?), aber alle Schüsse auf das Tor kann ihre Tochter mit tollen Paraden abwehren. Kein Wunder, besitzt sie doch einen magischen Ring, der die Bälle anzieht, am Vormittag gebastelt von ihrer Mutter. Sie weiß nicht, ob dieser Ring tatsächlich an ihrem Finger unter dem Handschuh steckt, ob das überhaupt erlaubt wäre, oder ob er in ihrer Sporttasche in der Kabine liegt, aber es ist die Geste, die zählt, oder vielmehr der Glaube (Moderne Trainingsmethoden im Jugendfußball, Kapitel 3: Mentale Stärke gewinnen durch Manifestationen). Ihre Tochter also hechtet nach den Bällen ohne Rücksicht auf ihre Knochen, und zwischendurch, wenn sie nicht beschäftigt ist, knetet sie ihre Schulter, beugt und streckt den Arm mit der Binde der Spielführerin. Die Trainerin ruft, ob es noch gehe, sie nickt unglücklich.

Die Mutter ist jetzt voll im Spiel. Wann pfeift die Schiedsrichterin endlich ab? Doch es ist noch nicht vorbei. Der Vater krallt sich mit den Händen an der Bande fest, die Schuhe bohren sich in den Kies. Der Regen hat aufgehört, Sonnenlicht fällt durch eine Lücke im grauen Mauerwerk über ihren Köpfen, es ist schwül, schweißtreibend, der Rasen beginnt zu dampfen. Es herrscht eine seltsame Stille im Stadion, nur die Rufe der Trainerin und des gegnerischen Trainers sind zu hören, ein paar Kommandos der Spielerinnen. Da ertönt ein Schrei im Strafraum der Tochter, gefolgt von einem Pfiff. Ein Mädchen mit einem braunen Pferdeschwanz liegt auf dem Boden, beide Hände auf das Gesicht gepresst. Elfmeter. Diskussionen. Rufe der Zuschauer.

Die Trainerin ihrer Tochter scheint bereit zum Sprung auf das Spielfeld, hält inne, schüttelt den Kopf. Fassungslos. Es gibt Elfmeter. Kurz vor Schluss.

»Ein kitschiges Drehbuch«, sagt Lou, klappt den Regenschirm ein und scheint mittlerweile richtig Spaß an der Sache zu haben. Ellen verzieht keine Miene.

Die Mutter sucht im Rudel der Spielerinnen nach ihrer Tochter. Sie steht etwas abseits und schüttelt ebenfalls den Kopf. Dann wendet sie sich plötzlich um, blickt herüber zur Tribüne, sucht ihre Mutter, findet sie. Die Mutter deutet mit dem Zeigefinger der rechten Hand auf die linke Hand. Der Ring! Der Ring! Sie weiß nicht, ob ihre Tochter diese Geste versteht. Die Schiedsrichterin lässt einen gellenden Pfeifton folgen und stoppt damit alle Diskussionen. Es gibt Elfmeter. Beziehungsweise Neunmeter. Die Sache ist entschieden.

Ihre Tochter postiert sich auf die Linie zwischen den Pfosten. Wenn das Tor fünf Meter breit ist und sie in der Mitte steht, dann sind da auf jeder Seite ungefähr zwei Meter Platz, um einen Ball unterzubringen. Viel Platz. Die gegnerische Spielerin legt sich den Ball zurecht. Stress. Kurzes Durchatmen. Wieder ertönt ein Pfiff. Die Neunmeterschützin strafft sich. Ihre Tochter rudert mit den Armen, diesmal mit beiden, und dann läuft die andere Spielerin an. Ihre Tochter springt in die rechte Ecke und landet auf ihrem schmerzenden Arm, doch der Ball geht in die andere, in die linke Ecke, und es kommt der Mutter so vor, als würde sie ihn in Zeitlupe auf das Tor zurollen sehen. Dann klatscht der Ball gegen den Pfosten und kullert zur Seite weg. Kein Tor, wieder ertönt ein Pfiff, das Spiel ist aus.

Jubel, Enttäuschung, Tränen, Lou und Ellen applaudieren. Um ihre Tochter hat sich eine Traube blau gekleideter Spielerinnen formiert, Abklatschen, Kichern, einige hüpfen vor Freude. Die Trainerin ist aufgesprungen und weiß gar nicht, wohin mit ihrer Kernenergie. Der Vater steht noch immer am Spielfeldrand, hat jetzt die Hände entspannt in den Hosentaschen, und da sie nur seinen Rücken sehen kann, weiß sie nicht, was der väterliche Stolz mit seinem Gesicht macht. Sie packen zusammen, verlassen die Tribüne und betreten das Spielfeld. Es kommt ihr so vor, als wäre es auf dem Rasen noch einmal schwüler, mehr Luftfeuchtigkeit, der Treibhauseffekt einer Anstrengung. Sie möchte sich nicht in das Knäuel der Jubelnden zwängen, sie kann warten, bis sie ihrer Tochter gratuliert. Simon, der Vater, steht plötzlich neben ihr und sagt: »Das war was!«

Lange warten müssen sie nicht, denn mit einem Mal öffnet sich eine Schneise durch das Gewühl, und ihre Tochter kommt auf sie zu. Sie läuft etwas verkrümmt, vornübergebeugt, hält sich die Schulter, Tränen laufen über ihre Wange. Glückstränen sind es nicht. Und bevor sie ihr sagen können, wie toll sie das gemacht habe, sagt ihre Tochter zu ihnen: »Ich glaube, da ist was kaputtgegangen.«

*

Gerade bastelt Katja ihr einen neuen Ring. Denn der magische Ring der Torhüterin liegt, da er im Klo versenkt wurde, irgendwo im Schlamm der Kanalisation. Sie beschließt, bei einer Farbe zu bleiben, ein Türkisblau wie das Meer im Sommer. Blau wie die Flügel eines Schmetterlings in einer merkwürdigen Geschichte. Erzählt von einer Mutter, deren Kind sehr krank ist. Als sie fertig ist, verknotet sie den Ring, streicht Nagellack über den Knoten. Dann kommt das Wichtigste, das Aufladen. Sie legt ihn in die linke Hand und umschließt ihn. Legt die rechte Hand auf die linke und drückt, so fest sie kann. Die Augen kneift sie zu, und sie ist wieder zwölf und glaubt daran, dass sie eine besondere Kraft besitzt. Sie muss nur ihre Hände fest zusammendrücken, ganz fest, damit sich die Magie entfalten kann. Damit sie einen magischen Schutzzauber um das Haus legen kann, sodass kein Feuer es jemals verbrennen wird. Damit sie Ringe aufladen kann, die Glück bringen. Kraft. Mut. Ringe, die ihre Trägerinnen durch Prüfungen und Krisen führen. Durch Liebesschmerz, Enttäuschungen, Einsamkeit. Welche Kraft soll der neue Ring haben? Das ist einfach zu beantworten. Er muss heilen können, nichts anderes. Er muss bewirken, dass seine Trägerin wieder gesund wird. Sie drückt so lange zu, bis ihre Hände sich verkrampfen, bis es wehtut. Aber es muss wehtun, sonst wirkt es nicht. Und dann ist der Ring fertig.

»Was machst du da?«, fragt das erwachsene Ich. »Was machst du da nur?« Sie blickt auf die Uhr des Handys. Es ist noch zu früh, um in die Klinik zu fahren. Ein seltsames Gefühl, dass Simon gerade bei Paula ist. Dass er seine Ex-Frau damit *entlastet*. Sie erinnert sich an die erste Zeit nach der Trennung. Als er noch dafür eintrat, dass er genauso viele Tage mit seiner Tochter haben müsse wie sie, die Mutter. Pari. Diese schrecklichen Wochen, als sie mit Paulas Lebenszeit eine Art Wertehandel betrieben haben. Und auch später, als klar war, dass aus dem Wochenvater ein Monatsvater wurde, verspürte sie diese seltsame Form von Eifersucht während der Vaterwochenenden. Macht er es besser als ich? Torpediert er meine Erziehungsgrundsätze? Erlaubt er ihr alles an diesen zwei Tagen im Monat? Aber das hat sich gelegt. Heute möchte sie möglichst wenig davon wissen, was an diesen Tagen passiert, das ist das Beste.

Sie legt den Ring in die Tasche, blickt dann wieder auf die Uhr. Noch Zeit, noch Zeit. Sie könnte damit anfangen, der Vertretungslehrerin Material zu schicken. Sie könnte aufräumen, zumindest mal den verschimmelten Biomüll rausbringen. Das Arbeitszimmer aka Schlafzimmer in einen betretbaren Raum verwandeln. Du könntest auch einfach nur dasitzen und ins Nichts starren. Meditieren. Mit der Selbstfürsorge beginnen. Der beste Augenblick ist jetzt. Stattdessen setzt sie sich aufs Sofa und zuckt mit dem Zeigefinger, scrollt sich durch die bunten Felder von Instagram. Doch falls sie geglaubt haben sollte (und du hast es geglaubt!), dass sie damit den ihr auferlegten Pflichten der Selbstfürsorge entfliehen könnte, sieht sie sich getäuscht. Sie wird gespammt, so würde Paula es nennen. Die Bastelanleitungen, die Lieder, die Arbeitsblätter, die pädagogischen Grundsatzreden, das alles gibt es noch immer. Aber seit Phase 1 eben auch die vielen lächelnden Gesichter, die ihr sagen möchten, wie sie endlich die beste Version ihres Selbst wird. Schlafoptimierung. Leberkuren. Pilzgetränke. Die Gesetze der Gewinner. Stuhlyoga. 10k im Monat! Männer in weißen Hemden mit schütterem Haar oder komplett ohne Haar stehen in stylischen Wohnzimmern oder mitten in der Natur (die Hintergründe vermutlich von einer KI generiert) und bieten ihre fünf Schritte an, um aus einem verkorksten Leben ein glückliches Leben voller Energie und Tatendrang zu machen. Fünf unglaublich wichtige, geheimnisvolle Punkte oder Schritte oder Maßnahmen, die dir so noch niemand beigebracht hat und die dein armseliges Leben verändern werden. Eines dieser Videos hält sie an und studiert das Gesicht des Lebenstrainers. Sein Lächeln eingefroren. Es ist das Lächeln von jemandem, der weiß, dass er damit 10k im Monat machen wird.

Sie schließt die App. Scrollt durch die Nachrichten. Sollte sie Lou antworten? Du solltest ihr antworten. Diese wehe Stelle in ihrem Brustkorb ist noch nicht verheilt, seit Lou weggezogen ist. Kurz nach und trotz der Erkrankung ihrer Tochter weggezogen ist. Nach Paulas letztem Fußballspiel dauerte es nur noch wenige Wochen, bis sie Gewissheit hatten. Ein zweiter Orthopäde beschloss, Arm und Schulter genauer zu durchleuchten. Und was er in den Bildern sah, konnte er nicht schönreden, er versuchte es erst gar nicht.

Und Lou? Hatte die Schwelle schon übersprungen, sie konnte nicht mehr zurück. Wollte sie nicht mehr zurück? Katja verstand es und verstand es nicht. War böse auf sie und freute sich für sie. Sie war eifersüchtig und gönnte es ihr, gönnte ihr alles. Und in dieser Unentschiedenheit bewege ich mich bis heute, denkt sie, in dieser Unschärfe. Sie starrt noch immer auf das Handy, sieht nur noch innere Bilder. Ihre Freundschaft hatte etwas Zartes gehabt. Ihre Wortwechsel waren zart, auch wenn Lou mit ihrem Fluchen den Anschein zerstreuen wollte, sensibel zu sein. Ihre Umarmungen waren zart, oder besser: so flüchtig wie möglich. Eine Randerscheinung. Eine zu feste, zu deutliche Berührung hätte vielleicht alles zwischen ihnen verändert. Doch dieser Teil ihrer Freundschaft ist verloren, seit sie fort ist. Aber deswegen heißt ja etwas zart, weil es bei einer Grobheit leicht kaputtgehen kann. War Lou grob gewesen? Ignorant? Gar: eine Verräterin? Hinterlässt sie, wohin sie geht, zerbrochenes Glas? Nein, denkt sie, das ist es nicht. Sie hat dir nie etwas geschuldet und schuldet dir noch immer nichts. Katja drückt auf das Aufnahmesymbol.

Hey! Danke für deine Nachricht. Verzeih mir bitte, dass ich nicht früher antworte. Dass ich vielleicht auf eine Nachricht von dir gar nicht geantwortet hab in letzter Zeit. Bin ein bisschen durcheinander. Weil, es ist so (lange Pause). *Ich hätte dir das längst sagen müssen.* (Pause) *Andererseits, es wäre irgendwie schön, jemanden zu haben, mit dem ich nicht darüber sprechen muss. Bei dem ich keine Fragen beantworten muss. An nichts erinnert werde. Weil es alles so dominiert. So in den Schatten stellt. Aber das funktioniert natürlich nicht, und ich will dich nicht irgendwie ausnutzen oder täuschen. Jedenfalls: Bei Paula ist der Krebs zurück. Wir wissen das seit ungefähr drei, vier Wochen. Bitte* (Pause) *bitte sei mir nicht böse, dass ich es noch nicht erzählt hab. Sie wurde am Mittwoch operiert. Sie hat es ganz gut überstanden. Trotzdem ist es die Hölle. Sie ist* (lange Pause). *Ich erzähle ihr eine Geschichte. Schon die ganzen letzten Tage. Es ist anstrengend, die Konzentration dafür aufzubringen. Gleichzeitig ist es* (Pause). *Es tut mir sehr gut. Paula auch, glaube ich. Sie will immer mehr hören. Vielleicht bringt uns das durch diese Scheißtage. Es ist so eine Scheiße. Keine Ahnung, wie das werden soll. Sie wird wieder eine Chemo machen müssen. Führt wohl kein Weg dran vorbei. Ich muss schauen, wie ich mich wieder auf die Reihe bekomme. Gerade bin ich etwas* (Pause). *Ich kann es gar nicht sagen. Kopfunter, das trifft es wohl. Der Kopf unter Wasser, alles ist so dumpf, so anders. Ich muss jetzt Schluss machen. Schreib mir. Es tut mir leid.*

Sie lässt den Aufnahmeknopf los. Überlegt, die Nachricht sofort zu löschen. Wäre das nicht besser? Sie sinkt zurück ins Sofa, wischt sich mit dem Handrücken über die Nase, blinzelt die Tränen weg. Fühlt sich, als hätte sie keine Knochen mehr. Nichts mehr da, das sie hält. So liegt sie als Hülle auf dem Sofa und schaut an die Decke. An der Decke sind Lichtpunkte, lauter Lichtpunkte. Die winzige Discokugel, die sie mit Paula an den Fensterrahmen gehängt hat, reflektiert das Licht. Nein, streut das Licht, so muss es heißen. Streulicht. Das sieht schön aus. Sie hat nicht viel Schöneres gesehen in letzter Zeit. Die Punkte bewegen sich nicht, sie wirken wie hingetupft. Und dann wusste der Maler nicht mehr weiter. Bedeuten diese Lichtpunkte etwas? Ergeben sie ein Muster? Einen Sinn? Sind sie ein Hinweis auf irgendwas? Nein, sie sind einfach nur das, was sie sind. Sie schaut noch einmal auf das Handy, die Nachricht wurde gesendet. Ein Häkchen, zwei Häkchen. Katja versucht, aufzustehen, noch einmal aufzustehen. Sich auf das Fahrrad zu schwingen, was für eine ungeheure Übertreibung. Als hätte sie noch Schwung.

Kurz nachdem sie losgefahren ist, merkt sie, dass sie heute eine andere Route fährt. Hat sie das entschieden? Ihre Hände haben es entschieden, haben sich selbstständig gemacht. Anfangs fährt sie durch die Straßen einer sich unschuldig gebenden Stadt. Wochenende. Markttag. Die Menschen schwärmen aus, um einzukaufen. Obst, Gemüse, Fisch, Fleisch. Der tägliche Bedarf. Vor dem Bäcker eine Schlange, ein junger Typ lacht, woanders weint ein Kind. Das Wetter hat sich noch für keine klare Linie entschieden, der Himmel ein helles Grau, es ist nicht kalt, es ist nicht warm. Nennen wir es lau, ja, es könnte so schön lau sein heute. *Weekend!* Sie fährt wieder an, kommt an die Ränder der Stadt, fährt an dem Fußballplatz vorbei, auf dem Paula früher - auf dem Paula nicht mehr - sie fährt weiter über die Fußgängerbrücke und erreicht den Waldrand.

Sie hat hier zu jeder Biegung, zu jedem Stück Weg, zu beinahe jedem Fleck eine Erinnerung parat: Spaziergänge mit dem Kinderwagen, ein Streit mit der Mutter über Mutterschaft, gelesene und vor allem ungelesene Bücher im Rucksack, ein Lied in Dauerschleife im Ohr, *Oh no no no*, und genau, die Unterführung, die sie gerade passiert hat, war bei diesem Jahrhundertgewitter mal die Rettung, als Blitze am Himmel zuckten wie Noten einer komplizierten Partitur. Und nach dem Regen kommt die Sonne kommt wieder der Regen kommt der Schnee.

Wenn sie könnte, würde sie mit geschlossenen Augen weiterfahren. Sie würde die Mohnwiese sehen und das Herbstlaub, sie hörte das knisternde Weizenfeld und den Knall eines Jets, der die Schallmauer durchbricht, und jemand fasste sich ans Herz. Eine Biene sticht das Kind auf der sogenannten Hasenwiese in den Arm, eine aufgeschnittene Zwiebel, die auf den Stich gelegt wird. Ein Tretbootabenteuer auf dem See, sie küsst Simon zum ersten Mal. Ein aus Alufolie gepelltes Stück Streuselkuchen, die Kaffeemilch ist sauer geworden. Und weißt du noch, hier, auf der Lichtung, hat es schon mal im Oktober geschneit und dann noch einmal im Mai, jeweils, als sie ein Picknick machen wollten. Dazwischen schneite es gar nicht, »und das liegt bestimmt am Klimawandel«, sagte Alfred dazu. Auf diesem Wegstück werden die Schuhe schnell dreckig, die Pfützen halten sich lange, und Paula sprang hinein wie in einen Ozean. Dort drüben, hinter der Weide, lagen die blauen Fässer, jemand hatte sie abgeladen und sie dachten, als sie sie entdeckten, sie seien angefüllt mit Gift. Wie sie zurückwichen, als der Polizist zum Abschied das Blaulicht anschaltete. Und dort auf der Lichtung wurde der Hausschlüssel vergessen und wiedergefunden wie durch ein Wunder, und hier hatte das Fahrrad einen Platten, aber kein Problem für Simon. Vor dieser Baumgruppe war die Luft schon einmal sehr klar gewesen, und sie stand da mit Alfred, an seiner Hand, und sie atmeten ein und aus, als würden sie nie wieder so einatmen und ausatmen können. Das Gewürz des Waldes. Sie ist ein Kind und sie ist eine Frau, eine Tochter und eine Mutter. Sie hat eine Mutter und hat keine mehr. Manchmal glaubt sie zu wissen, wer sie ist. Meistens läuft und fährt sie hier als Frage entlang.

Sie bremst vor der sogenannten Panoramabank, gestiftet von der Sparkasse. Von Bank zu Bank. Und auf diesem Doppelwort saßen sie und sie erklärte Simon, dass sie nicht mehr diese Wege gehen würde, jedenfalls nicht mehr mit ihm. Und sie ließ ihn auf dieser Bank zurück, allein, und radelte davon in ein Zuhause, das keins mehr war. Durch eine Stadt, die ihr Regelwerk von jetzt auf gleich verändert hatte. Ihre Ordnung.

In diesem Moment weiß sie auch, warum sie den Weg so

lange gemieden hat. Er gehört ihr nicht mehr, gehört der Vergangenheit an. Und als sie vor sich die Klinik auftauchen sieht, diese Stadt in einer Stadt, kommt es ihr so vor, als wäre sie durch eine innere Landschaft gefahren. Die Straße ist feucht, als sie das Fahrrad abstellt. Regentropfen perlen von den Scheiben des Hauptgebäudes. Sie ist trocken geblieben.

*

Simon wartet bereits in der Cafeteria auf sie, sitzt ganz hinten neben der Tablettrückgabe. Es ist Samstag, es ist Hochbetrieb. Er steht auf und umarmt sie, sie riecht sein Körperspray. Das Hemd, woher hat er dieses geckenhafte Hemd? Die Sneaker dazu ironisch gesetzt? Er war schon immer modebewusst, aber im Außendienst, im Kundenkontakt, da muss er was hermachen, muss in Erinnerung bleiben. Er lächelt, er lächelt nie unsicher, selbst hier nicht. Krähenfüße, das Haar wird langsam grau, was er sich immer gewünscht hat, um noch interessanter zu wirken.

»Ich hole mir einen Kaffee«, sagt sie und muss an der Theke ewig darauf warten. Macht ihr das etwas aus? Nein, sie muss sich nicht lange mit ihm besprechen. Außerdem wird sie fragen müssen: »Wie war deine Begegnung mit Paula?« Und es ist besser für dich, denkt sie, während sie wartet, nicht zu viel davon zu wissen. Überhaupt lautet das Motto ihrer Nach-Ehe: So wenig wie möglich voneinander wissen.

»Sie ist eigentlich ganz gut drauf«, beantwortet er die Frage, als sie wieder am Tisch ist, sich niedergelassen und einen Schluck vom Kaffee getrunken hat.

»So gut man drauf sein kann auf einer Intensivstation«,

erwidert sie. »Nahezu bewegungsunfähig, mit höllischen Schmerzen, vollgepumpt mit Medikamenten, ohne viel Schlaf, und die ganze Zeit diese grauenhaften Geräusche.«

Er umfasst sein Glas, Cola light vermutlich, denkt über ihre Worte nach. Scheint zu überprüfen, ob sie recht hat oder mal wieder übertreibt, schwarzmalt, eine Tiefe sieht, einen Abgrund, wo für ihn nicht viel ist. Nichts, das man nicht beherzt überspringen könnte. Er hat noch immer die Angewohnheit, einem direkt in die Augen zu schauen. Ein fester Blick, und sie dachte früher, der weicht nie aus, diese Verbindlichkeit wird mir guttun.

»Paula ist verdammt stark«, sagt er endlich, »das war sie schon immer. Überleg mal, was sie alles schon durchgemacht hat.«

Natürlich, was sie *alles* schon durchgemacht hat. Und wir beide wissen, wer das zu verantworten hat. Er möchte also ein paar Wirkungstreffer setzen, denkt sie. Ein routinierter Austausch von Stichen, sie kennen ihre Schmerzpunkte gut. Manchmal gelingt ihr an dieser Stelle noch ein Ausweichmanöver. Sie müsste ein anderes Thema anschlagen, das Wetter, der chaotische Frühling, Politisches. Doch sie möchte bei ihrer gemeinsamen Tochter bleiben.

»Paula hat dir gesagt, dass sie die Chemo machen möchte?«

»Hat sie mir gesagt. Das ist auch ziemlich alternativlos, oder?« Er nippt vorsichtig an seiner Cola, als könnte sie zu kalt sein.

»Du weißt schon noch, wie es ihr das erste Mal damit ging?«

»Das weiß ich. Aber soll sie es deswegen ablehnen? Das wäre ja völlig unverantwortlich.«

»Unverantwortlich.«

»Sie ist noch ein Kind, Katja, sie kann das sowieso nicht entscheiden. Wir müssen das entscheiden.«

»Selbstverständlich. Und das ist überhaupt kein Problem. Weil Paula so verdammt stark ist, kann sie sowieso *alles* aushalten.«

»Kannst du mal diesen ironischen Unterton weglassen. Ich bin durchaus in der Lage zu verstehen, was hier passiert. Was es für Paula bedeutet. Das ist, nebenbei bemerkt, bei der dürftigen Informationslage gar nicht so leicht. Es ist gerade wirklich schwer, mit dir zu kommunizieren, aber okay, auch das kann ich nachvollziehen. Und es gibt Alfred, und manchmal rufe ich direkt in der Klinik an, ich komme schon an meine Informationen.«

»Darin warst du schon immer gut.«

»Scheiße, Katja, lass gut sein. Ich wäre schon längst hier gewesen, du wolltest ja nicht. Weil ich vermutlich ein Störfaktor bin. Fragt sich nur, für wen. Für Paula sicher nicht. Sie hat sich eben wirklich gefreut, mich zu sehen. Es ist schon wieder so ein Special-Ding, was du hier draus machst. Es dreht sich schon wieder viel um dich, hab ich das Gefühl.«

»Ein Drama, meinst du? Willst du sagen, ich dramatisiere die Situation?«

»Lass uns einfach bei den Fakten bleiben. Es ist schlecht, dass sich die Metastase in der Lunge gebildet hat. Das bestreitet wirklich niemand. Und die OP war heftig, das sehe ich. Aber sie ist gut verlaufen. Und sollte die Chemo ihren Zweck erfüllen, wovon ich ausgehe, dann ist Paula wieder krebsfrei, und dann kommt diese Scheiße vielleicht nie wieder zurück.«

Designlöcher in der Decke, das Klappern der Tassen und Teller, das Gemurmel. Über Krankheiten sprichst du lieber leise, sie sprechen schon wieder viel zu laut.

»Du kennst die Zahlen«, sagt sie.

»Ich kenne die Zahlen, ja. Witzig, dass ausgerechnet du mich darauf hinweist.«

»Was soll das heißen?«

»Weil du ja vielleicht kein Drama, aber schon wieder einen Roman aus der Sache machst.«

»Was soll das heißen?«

»Paula hat mir gesagt, dass du ihr da was erzählst. Das hier ist doch keine Geschichte, Katja, es ist die Realität. Und es hilft nur, sie nüchtern zu betrachten. Vernünftig. Es ist noch überhaupt nichts verloren! Und du erzählst ihr von irgendwelchen Schatten und Giften und weiß der Kuckuck. Wahrscheinlich machst du ihr damit total Angst. Es wäre wirklich besser, du würdest dich auf das Wesentliche konzentrieren. Ihr Mut machen, zum Beispiel. Auf einer Sachebene bleiben und sie nicht in irgendeine Parallelwelt schicken. Das würde ich mir wünschen.«

Sie muss zugeben, er ist heute gut in Form. Sie wird es nicht schaffen, gegen seine Wünsche anzukommen. Sie würde sich verausgaben. Das spürt sie, gleichzeitig spürt sie den Sog, sich hineinzuwerfen. Hinabstürzen und ihn mitreißen. Ihn wenigstens ein bisschen bluten lassen, ihm dieses hässliche Hemd zerfetzen. Ihm das angeleimte Lächeln herunterreißen. Nein, denkt sie, heute nicht, ich kann es nicht. Ihre Hände suchen etwas, an dem sie sich festhalten können, die Tischplatte. Sie sucht nach den Sätzen, die sie für solche Situationen gelernt, in- und auswendig gelernt hat. Sie findet sie nicht, findet auch nicht ihren Atem, das verdammte Atmen, es gelingt ihr nicht. Sie spürt, dass sie anfängt zu zittern. Sie legt die rechte auf die linke Hand, um es zu stoppen, er hat es längst gesehen. »Es wäre wirklich besser, sie würde bei dir sein«, sagt sie und steht auf. Abbruch, raus hier.

»Katja, was ...«

Katja, Katja, Katja. Der Blick verschwimmt, sie sieht kaum, wohin sie geht. Steht vor dem Haupteingang der Klinik, die Luft ist hier kühl. Etwas, jemand berührt sie am Arm, sie sieht ein Muster durch den Schleier, ein Gesicht. Er ist ihr gefolgt, er sagt, es tue ihm leid, so habe er das nicht gemeint. Er wisse, wie schwer das alles für sie sei. Für ihn doch auch. »Katja!« Er umarmt sie fest, sie lässt es geschehen, lässt sich zusammenfalten, kein Gegendruck. »Wir schaffen das.«

»Wann kommst du wieder?«, fragt sie.

»Am liebsten morgen. Aber Felix hat gerade Probleme in der ... Anke muss noch zum ...«

»Nächstes Wochenende?«

»Nächsten Samstag bin ich wieder da.«

»Dann wird Paula hoffentlich wieder zu Hause sein.«

»Ganz bestimmt.«

»Dann entscheiden wir die Sache mit der Chemo, wir besprechen das noch einmal mit ihr zusammen.« Sie schaut an ihm vorbei, ein Taxi fährt vor oder zurück.

»So machen wir das. Katja, ich will nur ...«

»Tut mir leid, dass ich mich nicht immer gleich gemeldet habe.«

»Das verstehe ich doch.«

»Ich gehe dann mal zu ihr.«

»Schaffst du das denn?«

»Schaffe ich.«

Sie schafft es noch nicht. Sie ist in der Besuchertoilette, setzt sich in der Kabine auf den Klodeckel. Den Kopf in die Hände gelegt. Was für eine Pose. Sie schlägt sich mit der Faust auf den Oberschenkel. Und noch einmal, fester. Und noch einmal. Fester, fester, fester. Das Handy gibt ein Geräusch von sich. Sie holt es aus der Tasche. Eine Nachricht von Lou:

Am Montag komme ich zu dir, am Montag bin ich da.

Nein, bitte nicht, denkt sie, denkt etwas in ihr, und sie antwortet:

Danke!

Dann muss sie weinen, als hätte dieses eine Wort etwas gelöst, das vorher festklemmte, und sie hat das Gefühl, als würde sie auseinanderfliegen, es fühlt sich gut an, nicht mehr so schwer, sie muss nicht mehr das Gesamtgewicht tragen, und mit einem Mal beginnt jemand, sie wieder zusammenzusetzen. Damit es weitergehen kann. Das geht so schnell, und sie möchte gar nicht wissen, wer oder was das ist, der oder das aus ihr wieder ein Ganzes macht. Das Universum, dessen Teil ich bin. Oder bin ich es selbst? Mache ich das alles ganz allein?

Sie steht auf, das rechte Bein tut weh, das spürt sie, das Bein ist wenigstens an der richtigen Stelle. Sie schaut in den Spiegel. Das bin ich, ich erkenne mich wieder. Sie benetzt ihr Gesicht mit kaltem Wasser, desinfiziert die Hände, macht sich auf den Weg. Ich gehe zu Paula, denkt sie. Ich gehe wieder zurück in die Geschichte. Da kann Simon sagen, was er will. Denn es ist mir lieber, in einer Geschichte zu leben, als in seiner sogenannten Realität.

In der Eingangshalle lagen Rauchschwaden in der Luft, das Atmen fiel ihr schwer. Anton tauchte hinter dem Tresen ab und holte seine Ledertasche hervor. Er wirkte ruhig, sichere Handgriffe, ein entschlossenes Gesicht. Als hätte er sich auf diesen Tag vorbereitet.

»Nichts wie weg«, wiederholte er leise, seine Stimme war brüchig, noch ungeübt. Lag es am Rauch? Wie lange hatte er nicht mehr gesprochen? Hatte er jemals gesprochen? Ihr blieb keine Zeit, danach zu fragen, sie mussten raus hier. Draußen sah sie, dass Flammen aus dem oberen Teil des Gebäudes züngelten, dort, wo der Schatten seinen Kuppelsaal haben musste.

»Hast du das Feuer gelegt?«

»Es musste einmal geschehen«, sagte Anton. »Das wird ihn hoffentlich für eine Weile ablenken. Sicher bin ich mir nicht.«

Sie hasteten den schmalen Weg zurück in das Labyrinth aus Straßen und Häusern und Plätzen. Kaum jemand war zu sehen. Silhouetten, sie kamen ins Bild und verschwanden wieder. Eine Stadt ohne Namen? Allmählich wusste sie, was der Schatten damit gemeint hatte. Der Tag war weder heiß noch kalt, weder sonnig noch trüb, weder windig noch windstill. Er war ein hellgraues Dazwischen. Die Stadt wirkte auf sie noch immer wie ein Traum, doch gab es einen großen Unterschied: Alles hier hinterließ Spuren auf der Haut.

»Ich bringe dich zu ihm«, sagte Anton, als er keuchend in einer Nische anhielt.

»Zu Silberfuchs? Weißt du, wo der Jäger ist?«

Seine Wangen waren gerötet, er atmete in kurzen Stößen. »Das weiß ich ganz genau«, sagte er leise, beinahe flüsternd. »Ich kann nur hoffen, dass wir schneller sind als er.«

»Schneller als der Schatten.«

»Ich habe keinen anderen Namen.«

»Warum arbeitest du für ihn?«

»Arbeiten? Es ist viel mehr als das. Er ist, nein, er war wie ein Vater für mich. Den ich lange Zeit gefürchtet habe. Den ich angefangen habe zu hassen, als ich herausfand, was er meiner Mutter angetan hat. Magda.«

»Du bist wirklich ihr Sohn! Ich hatte eine Ahnung, weil du den Trank hattest. Aber wenn du von ihr das schwarze Wasser bekommen hast, dann hast du sie getroffen? Ihr konntet euch sehen?«

»Die Schmetterlinge hatten mich zu ihr geführt und uns auf irgendeine Weise abgeschirmt. So konnte ich sie besuchen. Bis der Schatten es herausfand und der Jäger anfing, die Seelenbläulinge zu töten und einzurahmen. Es gibt nicht mehr viele von ihnen, und ich wollte die restlichen nicht gefährden. Ich habe Magda lange nicht mehr gesehen.«

Ein lauter Knall war zu hören. Gefolgt von einem leiseren Geräusch, das Pola noch mehr erschreckte, es war das Ausatmen der Dunkelheit. Der Schatten war nicht weit.

»Wie lange wirkt der Trank?«, fragte sie.

»Ich weiß es nicht.«

»Und hast du auch davon genommen?«

»Los, wir müssen weiter.«

Schnell kamen sie nicht voran. Sie vermieden es, auf offener Straße zu laufen, für den Fall, dass der Schatten seine Häscher ausgesandt hatte. Sie hangelten sich von Nische zu Nische, von Ecke zu Ecke. Hielten an, hielten Ausschau, eilten weiter, wenn sie sich sicher fühlten. Wo war der Schatten? Vielleicht spielte er nur mit ihnen, ein Spiel gegen die Eintönigkeit seiner Welt. Pola ging das alles zu langsam, doch sie versuchte, Anton zu vertrauen. Außerdem hatte sie keine Ahnung, wo sie sich befanden und wohin sie gehen mussten. Noch ein Stück, noch ein Straßenzug, dann mussten sie wieder im Schutz eines Mauervorsprungs abwarten. Zwei Männer zogen vorbei, sie liefen nebeneinanderher, der eine ging rückwärts, der andere vorwärts. Vielleicht, damit sie so alles im Blick behalten konnten. Vielleicht war ihnen auch nur langweilig – oder sie waren verrückt. »Einfach nur rätselhaft«, sagte Pola. »Alles um mich herum hat anscheinend eine besondere Bedeutung, alles könnte aber auch völlig sinnlos sein.«

»Das Leben funktioniert hier bestimmt ganz anders, als du es gewohnt bist. Aber frag mich bitte nicht nach einem höheren Sinn. Alles hängt mit dem Schatten zusammen, sein Wille ist entscheidend. Mehr musst du eigentlich nicht wissen.«

Anton schwieg, und sie spähten über die Straße. Die Männer waren aus ihrem Blickfeld verschwunden. Anton wollte weiter, aber irgendetwas ließ Pola noch zögern. Da entdeckte sie ihn. Ein Seelenbläuling flog heran, er näherte sich ihnen in immer kleiner werdenden Kreisbewegungen, bis der Falter schließlich Anton umrundete und auf seiner Schulter landete.

»Ein besonders schönes Exemplar«, sagte er, den Kopf

vorsichtig zur Seite geneigt. »Es dürfte einer der Letzten sein. Vielleicht ist es der Letzte.«

»So einer hat mich auch zu Magda geführt.«

»Als ich davon erfuhr, war ich voller Hoffnung. Ich habe so sehr gehofft, sie würde durch dich neuen Mut schöpfen. Die alte Magda werden. Ich glaubte, wir zusammen würden einen Weg finden, den Schatten zu überwinden und diese ganze Stadt zu befreien. Aber nichts passierte. Die Tage vergingen, das hat mich verrückt gemacht. ›Worauf wartet ihr‹, dachte ich. ›Worauf wartet ihr denn bloß?‹«

»Sie wollte mich nicht gehen lassen. Der Schmetterling kam zurück und zeigte mir einen Fluchtweg, aber es war zu spät. Hast du ihn geschickt?«

»Ach was, sie haben ihren eigenen Willen. Deshalb lässt der Schatten sie jagen. Bei deinem Fuchs wird es genauso sein. Vielleicht werden wir mit ihm einen Weg in deine Welt finden.«

Pola betrachtete den Falter genauer. »Eine helle und eine dunkle Seite«, sagte sie. »Aber wenn er fliegt, achtet man nur auf die helle Seite, auf die Farbe, auf das Leuchten.«

»Ich würde so gerne einmal die helle Seite sehen, ich kenne nur das hier. Und ich wünschte, ich hätte solche schönen Bilder im Kopf wie ihr, ich beneide euch darum. Stundenlang saß ich vor den Monitoren und habe zugeschaut …« Anton streckte die offene Hand aus, der Schmetterling setzte sich darauf.

»Ich werde dir die andere Seite zeigen«, sagte Pola.

Anton reagierte mit einem dünnen Lächeln, starrte auf den Schmetterling. Der Falter flog los, Anton schulterte die Tasche, es ging weiter. Sie waren ihm nicht lange gefolgt, da zog es den Seelenbläuling in eine enge Häuserschlucht, es war düster hier, ein kühler Wind blies ihnen entgegen und machte es dem zarten Tier schwer, voranzukommen. Als sie die Gasse passiert hatten, zeigte sich ihnen ein anderes Bild. Sie waren am Stadtrand angelangt, Brachland erstreckte sich vor ihnen. Es war nicht auszumachen, wie es hinter dem Gestrüpp und dem Schutt weiterging. Ob es überhaupt weiterging. Die Straße machte noch eine Windung, und da war der Zaun! Ein Teil des Zauns. Das meiste war weggerissen, von Magdas Bauwagen war keine Spur mehr zu sehen, nur noch eine Grube, ein Schacht. Als sie das Gelände abschritten, fanden sie verkohlte Bretter, ein loses Rad, einen hässlich gemusterten Sonnenschirm. Die Reste einer Fotografie, sie zeigte ein Baby. Anton hob sie auf und betrachtete sie.

Pola trat zu ihm. »Denkst du, sie lebt noch?«

Er sagte nichts, starrte nur auf das Bild, eine Träne lief, er verstaute das Foto wortlos in der Tasche. Sie wollte etwas Tröstendes sagen, aber was sollte das sein. »Ich …« Sie kam noch einen Schritt näher, doch er machte eine abwehrende Handbewegung. »Nur kurz«, sagte er, »gib mir einen Augenblick.«

Pola stellte sich an den Rand der Grube und starrte in einen bodenlosen Abgrund. Ihr wurde schwindlig, sie war kurz davor, den Halt zu verlieren, hinabzustürzen, und sie würde bestimmt nicht auf der anderen Seite der Welt wieder herauskommen, wie sie es sich als kleines Kind immer vorgestellt hatte. Jemand berührte sie an der Schulter, flüchtig, Anton stand neben ihr. »Wir müssen weiter«, sagte er leise.

Der Seelenbläuling war inzwischen auf einem Holzpfahl gelandet. Wartete er auf sie? Oder wusste er nicht mehr weiter? Pola blickte sich um. Der Schatten war nirgends zu sehen, sein Atmen nicht zu hören.

»Hast du jemals versucht, wegzulaufen?«

»Nein, ich hatte Angst. Er ist überall, es ist sein Reich. Du kannst nichts tun, ohne dass er es spürt. Und dann gibt es noch den Jäger.«

»Ich habe auch Angst«, sagte sie und hätte es am liebsten sofort wieder zurückgenommen. Es war, als hätte dieser schwarze Schacht ihr jede Zuversicht genommen. Magda war nicht mehr hier, und Pola fragte sich: Hätte sie etwas tun können, das den Lauf der Dinge verändert hätte? Hätte sie bei Magda bleiben, hätte sie kämpfen müssen? Zu Hause hielten sie alle immer für die Mutige, die Entschlossene. Vielleicht, weil sie nie zugeben konnte, dass sie Angst hatte, weil sie es nie gesagt hatte. Bis eben. Pola musste an ihre Eltern denken, wie schön es wäre, wenn sie jetzt hier wären, hier bei ihr. Sie würde es ihnen sagen, in diesem Augenblick würde sie ihnen sagen können, dass sie große Angst hatte.

Antons Stimme schien von weit her zu kommen, als er sagte: »Der Schatten wollte mir solche Gefühle ersparen. Mittlerweile hat er wohl eingesehen, dass das nicht geht. Dass er mich nicht davon abhalten kann, ein Mensch zu sein.«

Es war kalt hier draußen, der Schutz der Häuser fehlte. Trotzdem war sie froh, nicht mehr in den Straßen zu sein, die für niemanden eine Heimat werden konnten. Dunkle Wolken kreisten die Stadt ein, als würde der Wind aus verschiedenen Himmelsrichtungen blasen. Mit einem Mal schienen sie sich zu bündeln und nur noch in eine Richtung zu ziehen, in ihre Richtung. Der Schatten formierte sich, kam auf sie zu. Der Seelenbläuling flog plötzlich auf und schnurgerade weiter. »Endlich«, sagte Anton, »ich halte es hier nicht länger aus.«

Sie näherten sich einem eingezäunten Areal, dahinter ein flaches Bauwerk, eher eine Halle als ein Haus. Davor parkte der Lieferwagen. Sie konnten sich noch leidlich hinter Büschen verstecken, hinter einem Erdwall, bald aber würden sie vor dem Zaun stehen, im Blickfeld des Jägers. Pola wandte sich noch einmal um, die Hochhäuser hinter ihnen mit ihren Fenstern und Antennen, sie waren nah und fern zugleich. Wo war der Schmetterling geblieben? Der Seelenbläuling hatte sie anscheinend verlassen, und sein Fehlen erfüllte sie mit Wehmut.

Nur noch wenige Meter trennten sie vom Tor. Sie kauerten hinter einem Haufen Schutt, eine Blechwanne, Eimer, zerbrochene Backsteine. Sie atmeten tief, Luft holen, Mut holen. Anton öffnete die Tasche und hatte drei Kugeln in der Hand. Sie waren rosafarben.

»Was willst du denn damit?«

»Für die Hunde. Vielleicht lenkt sie das eine Weile ab.« Er holte einen Flakon aus der Tasche und verspritzte Flüssigkeit über die Kugeln. Es duftete seltsam, nicht einmal unangenehm. »Alle lieben diese Dinger. Du ahnst bestimmt, wer sie entwickelt hat.«

»Ich weiß nicht viel von deiner Mutter. Sie hat mir nur das Nötigste erzählt, denke ich. Aber ich ahne langsam, wie groß ihr Einfluss auf diese Welt gewesen ist. Aber sag mir lieber noch eins: Warum warst du stumm?«

Anton machte ein unglückliches Gesicht, das konnte sie im abnehmenden Licht noch erkennen. »Der Schatten und ich, wir haben unseren eigenen Weg, uns zu verständigen, er kann mir seinen Willen auch wortlos mitteilen. Mit den Menschen habe ich immer viel gesprochen, vor allem mit den Neuankömmlingen. Mit Magda natürlich. Aber als ich nicht mehr zu ihr konnte, als der Jäger anfing, die Schmetterlinge zu töten, da habe ich damit aufgehört. Mit dir hat sich das geändert, mit dir habe ich meine Stimme wiedergefunden.«

»Und du hast mich mit deinem Schrei gerettet. Jetzt werde ich dir helfen. Komm, lass uns gehen, ich muss wissen, ob Silberfuchs noch lebt.«

Sie standen auf. Die Wolken waren zu einem dunkelgrauen Himmel verquollen. Das Licht reichte nicht mehr aus, die Welt in Farben zu sehen, es war, als bestünde sie aus Scherenschnitten. Das Tor war nicht verschlossen, es ließ sich geräuschlos öffnen. Als sie den Fuß auf das Gelände setzten, blieb erst einmal alles ruhig. Sie schlichen an eines der Fenster und spähten hinein. Lange Röhren an der Decke erzeugten ein zorniges Licht, der Raum war nur spärlich möbliert. Metallregale an den Wänden, die meisten waren leer. Hinten ein Bett, eine Tagesdecke darauf drapiert, ein Waschbecken. Alles wirkte sauber, ordentlich, und kaum etwas ließ darauf schließen, es mit einem Jäger zu tun zu haben; es gab keine Waffen, und die Trophäen hatte er wohl alle dem Schatten überlassen. Der Mann saß an einem Tisch, kehrte ihnen den Rücken zu, war mit irgendwas beschäftigt. Da waren noch die drei Körbe für die Hunde, drei Schalen mit Wasser, die Hunde aber waren nicht da.

»Wo hat er ihn eingesperrt?«, flüsterte sie.

»Es muss noch einen anderen Raum geben.«

Da hörten sie einen spitzen Laut, Pola hatte ihn seit jenem Nachmittag im Park nicht mehr gehört. Es war Silberfuchs, kein Zweifel. Sein Schrei klang so nah; es war nur eine Wand, eine Mauer, die sie von ihm trennte. Gerade, als sie sich abwenden wollten, stand der Jäger auf, und jetzt konnten sie erkennen, woran er gearbeitet hatte. Es war ein Bilderrahmen, er hielt ihn prüfend in die Höhe. Es war kein Gemälde, ein Tier wurde zur Schau gestellt, ein echtes Tier. Ein leuchtend blauer Schimmer, leblos jedoch, auf ewig erstarrt.

»Nein!«, schrie Anton und schlug mit der Faust gegen die Scheibe, sie bekam Risse, tausend Risse, aber sie zersprang nicht. Pola glaubte zu erkennen, dass sich der Jäger ihnen grinsend zuwandte.

An der Rückseite der Halle entdeckten sie die erhoffte Tür. Sie ließ sich öffnen, der Jäger schien sich allzu sicher zu fühlen. Aber er hatte ja seine Hunde, sie schossen heraus und erst einmal an ihnen vorbei, bellend, geifernd, dann bremsten sie ab, machten kehrt, bereit zum Angriff. Anton warf ihnen die parfümierten Kugeln hin. Sogleich machten sich die Tiere darüber her, bissen sich in ihnen fest, und mit jedem Biss wurden ihre Bewegungen langsamer und kraftloser. Die Tiere verstummten, konnten sich nicht mehr auf den Beinen halten.

»Schnell«, sagte Anton, »der Jäger wird gleich hier sein. Ich bleibe draußen und lenke ihn ab.«

Es blieb Pola keine Zeit, über diesen Teil von Antons Plan nachzudenken. Sie ging hinein, Silberfuchs war in einem großen Käfig eingesperrt, er nahm einen guten Teil des Raumes ein. Ansonsten gab es hier nicht viel, weiß getünchte Wände wie nebenan, ein paar Regale. Der Fuchs winselte und drückte sich gegen das Gitter, als sie sich ihm näherte. Sein Gefängnis war nur durch einen einfachen Riegel gesichert. Pola streckte die Hand danach aus, drückte dagegen, er ließ sich nur schwer öffnen. Sie versuchte es noch einmal, Panik stieg in ihr auf.

»Mach schon!«, zischte Anton von draußen.

Silberfuchs schrie spitz auf, stieß mit seinem Körper gegen den Käfig, als wollte er die Stäbe einfach wegdrücken. Sie musste sich beeilen, aber für den Moment hatte sie jede Kraft verloren. Sie stand vor dem Käfig wie in einem Albtraum, in dem sie sich nicht mehr bewegen konnte. Das Licht stach ihr in die Augen. Der Riegel. Sie versuchte es erneut, er bewegte sich keinen Millimeter. Noch einmal, sie schaffte es nicht. Noch einmal. Sie wollte schon aufgeben, da sah sie in sein Gesicht. Sie sah die kahle Stelle an seinem Kopf, sah den weißen Fellstreifen, der sich über den Rücken erstreckte. Er war blutig geworden, eine Wunde klaffte. »Ich hole dich da raus«, sagte sie zu ihm. Mit aller Kraft stemmte sie sich gegen den Verschluss. Er bewegte sich ein winziges Stück, und als sie ihn einmal gelockert hatte, sprang er auf, was sie taumeln ließ. Sie öffnete die Gittertür, der Fuchs drängte an ihr vorbei ins Freie und ging in Habachtstellung. Sie streckte die Hand nach ihm aus, wie sie es im Park, wie sie es in der Stadt getan hatte. Als er ihre Finger ableckte, sagte sie zu ihm: »Diesmal werden wir zusammenbleiben.«

»Lass das!« In der Tür, auf der Schwelle, stand der hünenhafte Mann, das Gewehr in beiden Händen, er hatte Anton damit in den Raum getrieben. Pola straffte sich, drehte sich zu ihm. Er zielte auf sie, er zielte auf Anton und auf Silberfuchs, immer abwechselnd. »Ganz ruhig bleiben«, sagte er. »Er wird gleich hier sein.«

Pola spürte die Stelle an der Hand, die der Fuchs eben noch mit der Zunge berührt hatte. Ansonsten spürte sie nichts mehr. Im nächsten Augenblick war der Schatten da. Er strömte als schwarzer Nebel in den Raum und verwandelte sich in den hochgewachsenen Mann mit schwarzem Anzug und dem gebogenen Hut auf dem Kopf. Silberfuchs war neben ihr, duckte sich, knurrte. Anton drückte sich an eine Wand.

»So weit bist du gekommen!«, sagte der Schatten, und es klang tatsächlich anerkennend. »Ich hätte es dir nicht zugetraut, so schwächlich, wie du warst, als du bei mir eingetroffen bist. Aber du hattest auch Hilfe, nicht wahr?« Er warf einen Blick auf Anton, klatschte dreimal in die Hände, ohne dass es ein Geräusch ergab. »Wie bedauerlich, dass du mein Angebot noch immer nicht angenommen hast. Was du da ausschlägst, ist eine Zukunft voller Möglichkeiten. Eine ganz neue Welt könntest du gestalten. All das hier könnten wir verändern, wir könnten es noch viel besser machen.«

»Noch besser für wen?«, sagte Pola.

»Was ist es nur, das dich hindert? Warum möchtest du zurück in ein Leben voller Beschränkungen? Was erwartet dich denn, wenn du zurückkehrst? Menschen, deren Horizont an der eigenen Fußspitze endet. Es erwarten dich Kleingeist, Missgunst und Neid. Werden sie sich denn dafür interessieren, was du hier erlebt hast? Werden sie versuchen, es zu verstehen? Nein, sie werden dir Vorhaltungen machen: ›Warum hast du die Regeln gebrochen!‹ – ›Wir haben dir doch tausendmal gesagt!‹ – ›Warum bist du nur so unvernünftig!‹ Sie werden die Schuld immer bei dir suchen und dich immer wie einen Sonderling behandeln. Sie werden dich kleinhalten, ich aber mache dich groß.«

»Ich werde nicht bleiben.«

Der Schatten lächelte, doch diesmal misslang es ihm gänzlich. Es wurde eine seltsame Grimasse, es war ein falsches Gesicht. Pola spürte die Kälte seiner Existenz, und doch war ihr heiß – heiß und kalt zugleich. Der Schatten öffnete die Augen wieder, sie waren dunkel, sie waren leer und tot wie der Abgrund, an dessen Rand sie eben noch gestanden hatte. »Töte den Fuchs«, befahl er. Der Jäger legte an. Silberfuchs, der voller Unruhe gewesen war, wurde plötzlich ruhig, machte keine Anstalten zu fliehen, und auch Pola fühlte sich mit einem Mal kraftlos, ihr Körper verweigerte jede Bewegung. Anton jedoch löste sich von der Wand, er stellte sich dem Jäger in den Weg, kniete sich vor den Fuchs, schirmte ihn ab, breitete die Hände aus.

»Anton«, rief Pola, »nein!« Was tat er da? Ging er davon aus, der Mann würde nicht schießen, er würde mit sich reden lassen?

»Zur Seite«, sagte der Jäger, es klang beinahe wie eine Frage.

Anton hörte nicht auf ihn.

»Na mach schon.«

Der Jäger trat auf Anton zu, ein zögerlicher Schritt, noch ein Schritt, die Mündung des Gewehrs war nun direkt vor dem Gesicht des Jungen. »Sei vernünftig …« Die Stimme des Jägers klang schrill wie damals vor der Garage, als er das erste Mal auf Silberfuchs gezielt hatte.

Der Schatten sah zu, stand da mit verschränkten Armen, wirkte vergnügt und im nächsten Moment besorgt. »Anton, mein Anton«, sagte er. »Das Tragische deiner Gattung klebt an dir wie zähes Pech. Du wirst es einfach nicht los, nicht wahr. Wie bei dem Mädchen und wie bei deiner Mutter. Dabei hatte ich mir solche Mühe gegeben. Die Wahrheit ist, und es ist beinahe lächerlich, dass ich das nicht viel früher gesehen habe: Du wirst mir niemals von Nutzen sein. *Ihr* werdet mir niemals von Nutzen sein. Ihr gehört zu den anderen in die Häuser, ihr gehört betäubt und ausgebeutet. Ihr seid nicht mehr als sie! Nicht mehr und nicht weniger.« Der Schatten streckte den Arm nach Anton aus, dabei löste er sich auf, die Glieder wurden Rauch, eine Klaue aus Dunst, sie packte den Jungen und schob ihn zur Seite, als sei es nichts, drückte ihn gegen die Wand. »Töte ihn endlich«, sagte der Schatten, »es ist an der Zeit.«

Der Jäger zielte, seine Arme zitterten leicht dabei, Silberfuchs sah direkt in die Mündung, bewegte sich noch immer nicht von der Stelle.

»Lauf!«, rief Pola dem Tier zu. »So lauf doch!«

Kein Knall, nur ein sirrendes Geräusch war zu hören, der Jäger fasste sich an den Nacken, schien verwundert, taumelte plötzlich, ließ das Gewehr fallen und knickte ein, sackte zu Boden.

»Schon wieder eine Feier, zu der ich nicht eingeladen wurde«, sagte Magda, sie stand breitbeinig im Türrahmen. Magda mit dem kurzen Haar, sie trug die blaue Latzhose. Dazu ein dunkler, zerrissener Mantel, er erstreckte sich hinter ihr ins Dunkle, als hätte sie die Nacht über ihre Schultern geworfen.

»Mutter«, sagte Anton, und Pola erkannte einen neuen Ausdruck in seinen Augen.

Paulas Handy klingelt. »Ausgerechnet jetzt«, sagt sie und schaut auf das Display. Sie nimmt den Anruf entgegen, kurze, knappe Sätze. »Okay, bis nachher!« Sie legt das Handy auf die Decke, lächelt Katja an. »Sorry. Schlechtes Timing. Aber ein guter Cliffhanger.«

Sie ist eigentlich ganz gut drauf. Waren das nicht Simons Worte gewesen? Die Sache ist: Er hatte nicht einmal unrecht damit. Verglichen mit gestern, mit vorgestern, mit vorvorgestern, verglichen mit den vergangenen Wochen, ist Paula heute ganz gut drauf. Zwei von drei Drainageschläuchen wurden am Morgen entfernt, noch bevor ihr Vater sie besuchen kam. Es ist kein Quantensprung, trotzdem macht es einen gehörigen Unterschied. Und weil Simon sie zuvor nicht erlebt hat, nicht gestern und nicht vorgestern, geht er davon aus, es sei immer so gewesen und ich würde alles überzeichnen, es schlimmer machen, als es ist. Und er *kann* nicht wissen, wie es vorher war, weil ich nicht wollte, dass er kommt. Es ist also meine Schuld, dass er ein falsches Bild hat, ein richtiges falsches Bild. Irgendwie ist das typisch, denkt sie, typisch für unsere Ungleichzeitigkeit.

Sie hat nicht danach gefragt, was Paula am Vormittag mit ihrem Vater besprochen hat. Sie hat nicht erwähnt, dass er es unsinnig findet, dass sie ihr eine Geschichte erzählt. Dass er lieber bei den Fakten bleiben will. Mit diesem Spiel braucht sie ihr nicht zu kommen, mit dem Gegeneinanderausspielen-Spiel.

Und Paula ist eigentlich ganz gut drauf. Sie konnte etwas essen. Suppe, Grießbrei, sie hat sich nicht verschluckt dabei. Sie wirkt nicht unendlich müde, nur verdammt müde, das Schmerzmittel wurde noch einmal reduziert. Sie ist eigentlich ganz gut drauf, und vielleicht sagt sie deshalb in diesem Moment, Katja könne nach Hause gehen.

»Du kannst ruhig nach Hause gehen. Marlon kommt noch vorbei. Wir haben etwas Wichtiges zu besprechen.«

»Marlon, schön«, antwortet sie, »aber ich kann doch ...«

»Wirklich, Mama. Marlon kommt ja. Alles gut. Und morgen erzählst du die Geschichte weiter.«

Sie starrt für einen Moment durch die Wasserflasche auf dem Beistelltisch hindurch und sagt dann: »Morgen werde ich sie zu Ende erzählen.«

Sie gibt der Tochter einen Kuss auf die Stirn. Deckt sie auf und zu. Befüllt das Wasserglas. Blickt auf unverständliche Anzeigen, hört nach den Herztönen.

»Bis morgen«, sagt Paula.

»Schon gut«, sagt Katja. »Ich hab übrigens auch etwas Wichtiges zu besprechen. Sehr wichtig.«

»So, mit wem denn?«

»Verrate ich dir erst, wenn du mir sagst, was du mit Marlon zu besprechen hast?«

»Darf ich nicht.«

»Dann verrate ich es dir auch nicht.«

»Blöde Kuh«, sagt Paula lächelnd.

»Hab dich lieb«, sagt Katja und schafft es, zu gehen.

*

Sie ist draußen, sie ist wieder auf dem Rad, diesmal nimmt sie ihre gewohnte Route. Es nieselt, kaum jemand ist auf der Straße, niemand fährt am Waldrand durch den Matsch. Sie hört den Wind in den Bäumen, sie hört aber auch Rufe, Autoreifen auf nassem Asphalt. Das Haar wird nass, die Hose wird nass. Es ist ihr nicht kalt, und es fällt ihr erstaunlich leicht, voranzukommen, als würde jemand sie anschieben. Die W*egzehrung* hat geschlossen. Merkwürdig, an einem Samstag. Nein, es ist nicht merkwürdig, weil es diesen Laden gar nicht gibt, denkt sie. Sie überhört die Stimme in ihrem Kopf, die ihr sagt, sie solle nicht albern sein. Sie bremst, stellt das Fahrrad ab. Geht ans Fenster, sie muss das wissen. Sie rechnet damit, dass der Raum leer ist, oder vielleicht sind da staubbedeckte Möbel, Kabel hängen lose aus der Wand. Nein, an den Wänden hängen die Poster, die Tierfiguren stehen auf dem Regalbrett. Es gibt Stühle, Tische, einen Tresen, einen Aushang mit Speisen und Getränken, *Der Boden ist Lava*-Burger mit extrascharfen Jalapeños, wahlweise mit Süßkartoffelpommes oder Salat oder, oder, oder. Der Mann sitzt am Tresen und - er sitzt am Tresen. Er macht nichts weiter, er sitzt, er hat die Augen zugekniffen. Vielleicht meditiert er, vielleicht denkt er darüber nach, ob es auf molekularer Ebene Vegetarismus überhaupt geben kann. Oder er ist erstarrt, in einen hundertjährigen Schlaf gefallen. Sie muss warten, bis er sich regt, erst dann kann sie weiterfahren. Irgendwann lächelt er, öffnet die Augen, dreht den Kopf. Bevor sich ihre Blicke treffen, ist sie fort.

*

Es ist die Zeit zwischen gestern und heute. Sie läuft mit ihm ziellos durch die Straßen und sie erzählen sich zwei Leben. Erzählen von Kindheitstagen; von peinlichen Eltern; von Besuchen bei Verwandten, die im Fiasko enden; von einer Klassenfahrt nach Sorrent; von einer total prägenden Lehrerin und von einem Lehrer, der seine Schüler nicht mit Abschreibeübungen, sondern mit Liegestützen bestrafte.

Zwischendurch küssen sie sich.

Das Morgenlicht gibt einen ersten Hinweis, dass es bald enden wird. Er muss ins Seminar *Funktechnologien in der Logistik II*, sie hat einen Studentenjob in der Küche des Cafés *Kornblume*. So, wie es aussieht, werden sie davor nicht mehr miteinander schlafen. Ein Auto fährt an ihnen vorbei, der Erste, der zur Arbeit muss, oder der Letzte, der nach Hause fährt. Warum denkt sie, dass es ein Mann ist? Er fährt zu schnell, wie eines dieser Messgeräte am Straßenrand anzeigt. Ein verächtlich dreinblickender roter Smiley. Du Idiot! Sechsundvierzig Stundenkilometer statt der erlaubten dreißig.

»Moment mal«, sagt er, »ob mich das Ding messen kann?« Er drückt ihr die Rotweinflasche in die Hand, aus der sie gemeinsam getrunken haben und die längst leer ist. Er läuft ein ganzes Stück zurück, begibt sich mitten auf der Straße in Startposition wie ein Leichtathlet, sie ruft laut »Go«, als sie nicht mehr lachen muss, und er sprintet los. Achtundzwanzig Kilometer in der Stunde, ein freundlicher grüner Smiley.

»Du wurdest leider nicht geblitzt«, sagt sie. »Das Foto hätte ich gern gesehen.«

»Willst du es auch mal versuchen?«

Sie lehnt ab. Sie möchte ihm die Erkenntnis ersparen, dass sie viel schneller laufen kann als er.

*

Katja sitzt am Küchentisch und denkt an Simon. Sie möchte nicht an ihn denken, aber es ist, als hätte er sich seit dem Morgen in ihre Gedanken gehackt, als hätte er alle Sicherheitsvorkehrungen umgangen. Ein Streifzug durch ihre Wohnungen: Die erste hat Wände und Decken aus Pappe. Wie sich die Nachbarn über ihnen fast jeden Abend anschreien. Die zweite Wohnung hat eine etwas höhere Halbwertszeit, die dritte ist dann kindertauglich. Simon in der Küche, wie er seine Lieblingstasse hält und sagt: »Ich hätte gerne ein Kind von dir!« Wie sie es lange versuchen, schließlich mit dem Periodenwecker, mit der Stechuhr. Wie sie allmählich die Lust verliert, aber nicht das Ziel aus den Augen. Diesmal muss es doch ... Während der Wehen beschwört er das Kind in ihrem Leib, es möge bitte herauskommen, vergeblich. Der nicht geplante Kaiserschnitt, sie müssen Paula eine Tür bauen und sie über die Schwelle ziehen. Wie erschöpft ihre Mutter danach ist und nicht immer glücklich, tage- und wochenlang nicht glücklich. Simon kann das nicht verstehen, er *ist* glücklich, er ist allerdings nicht viel öfter zu Hause als sonst. Ein Außendienstleiter kann nicht im Homeoffice arbeiten, sonst würde es ja nicht Außendienst heißen. Er wird schon vor der Trennung zu einem Wochenendvater, der hässliche Puppen von unterwegs mitbringt und der studierten Pädagogin sagen muss, was unter der Woche falsch lief. *Es wäre wirklich besser, du würdest dich auf das Wesentliche konzentrieren.* Der dir auch an den Wochenenden das Gefühl gibt, dass er lieber woanders wäre. Da draußen. Woanders. Sie wusste nicht, ob er woanders küsste. Ob er woanders liebte. Aber darum ging es nicht. Worum ging es? Na ja, worum wohl, denkt sie. Erkennst du mich und erkenne ich dich ... gibt es noch einen gemeinsamen Grund ... nicht, dass eines Tages nur noch das Kind der Grund ist.

Sie muss sich ablenken, sie muss Simon loswerden. Sie bezieht Paulas Bett neu. Verbindet die Bluetooth-Box mit dem Handy, lässt irgendwas laufen. Saugt das Zimmer, wischt Staub. Räumt das Inhalationsgerät weg. Irgendwann klappt es, Paula löst ihren Vater ab.

*

Sie tragen smaragdgrüne Kleider und schwarze Strumpfhosen, Paula ist das Kleid viel zu lang, schleift auf dem Boden, wetzt sich ab, es ist ihnen egal. Sie tragen die schweren Perlenketten von Erika, die sie schon vor Jahren an Katja übergeben hat mit dem Hinweis, *so etwas* nicht mehr nötig zu haben. Sie haben sich das Haar aufgetürmt, sie haben sich mit Chanel eingesprüht. Und jetzt tanzen und stampfen sie durch die Zimmer. So erobern sie sich die neue Wohnung, in der sie zu zweit sein werden und nicht mehr zu dritt. Sie stampfen, sie schwitzen, sie lachen, sie keuchen. Nachbarn klopfen von oben an die Decke oder von unten an den Boden,

»Ruhe!«

brüllen sie, aber Mutter und Tochter wollen erst Ruhe geben, wenn sie das Gefühl haben, erste Schleifspuren hinterlassen und eine Duftmarke gesetzt zu haben. Doch plötzlich hört Paula auf zu tanzen und zu stampfen, sie lässt die Schultern hängen und sagt: »Müssen wir wirklich hier wohnen bleiben?«

Ein anderes Bild schiebt sich vor ihre innere Linse. Paula steckt in einem anderen Kleid, in einem weißen. Der Tanz mit der Infusionsstange ist ein langsamer Walzer bestenfalls. Ein ängstlicher Walzer, jeder Schritt ein Stolpern. Sie läuft, als wäre sie noch nie gelaufen, so schwach. Sie muss auch dieses Bild loswerden, sie muss all diese Bilder loswerden, sie führen sie nirgendwohin, das weiß sie. Distanzieren, Frau Altenberg, Sie müssen das alles aus der Distanz beobachten. Vater, Mutter, Kind. Keine Namen. *Ja, klar.*

Sie entkorkt den Supermarktwein, der *Wein der Aufklärung* ist sauer geworden. Du müsstest mal was essen. Es ist nichts im Haus, und sie hat keine Lust, noch einmal loszugehen. Sie stellt das Waffeleisen an, als wäre das ein Automatismus, aber sie hat keine Butter mehr, fällt ihr ein, keine Eier, also macht sie das Waffeleisen wieder aus und schiebt es zur Seite. Es ist allerdings schon heiß geworden, und es zu berühren ist so, als würde sie Daumen und Zeigefinger beider Hände fest auf eine glühende Herdplatte drücken. Sie zuckt zurück. Was zum ...! Sie haut mit der Faust auf die Arbeitsplatte, sie nimmt die Eieruhr in Form einer Katze mit herrlich missmutigem Gesichtsausdruck und wirft sie auf den Boden. Warum kannst du nicht nachdenken? Sie wischt irgendwelche Schachteln und Dosen von der Ablage, eine Tasse geht zu Bruch. Der Drang, weitere

Dinge zu zerstören, ist stark. Denk nach, denk nach! Sie kühlt die Finger unterm Wasserhahn, sie hat noch ein Kühlpad im Kühlschrank. So, wie es aussieht, wird es nicht schlimm. Ein paar Blasen vielleicht, mehr nicht. Du hättest durchaus mehr verdient, denkt sie.

*

Sie lässt sich Badewasser ein, nachdem sie die wüste Spur in der Küche beseitigt hat. Stellt den Lautsprecher auf das Badregal, das Weinglas in Griffnähe auf einen Hocker neben der Wanne. Während das Wasser einläuft, bereitet sie sich einen Instantpudding zu, löffelt ihn gedankenlos in sich hinein, süß und warm, etwas anderes braucht sie nicht.

Sie aktiviert die persönliche Notfall-Playlist, dann ist sie im Wasser. Die verbrannten Finger schmerzen, als sie die Hände untertaucht. Sie hält es aus, bis es etwas nachlässt. Sie betastet den malträtierten Oberschenkel, blau angelaufen, rote Ränder. *What a day,* singt Hannah Reid, sie ist vielleicht fünfundzwanzig und ihre Stimme klingt, als hätte sie schon drei Scheidungen und zwei Entziehungskuren hinter sich. Dann schreit sie, und es ist ein Schrei, der wie Gesang klingt, direkt aus der Seele, entsetzlich und wunderschön. Katja traut sich nicht, mit ihr zu schreien, dafür ist die Musik nicht laut genug, dennoch formt sie die Lippen zu einem Schrei, stumm, sie bäumt sich etwas auf, sie schlägt die Hände ins Wasser, dann taucht sie unter, so lange wie möglich, und als sie wieder auftaucht, behauptet Nina Simone, dass es Vögel gibt, die dort oben fliegen, eine Sonne, einen Windhauch und ja, es wird wieder einen Sonnenaufgang geben, einen neuen Tag, ein neues Leben.

Und ich fühle mich gut. Noch so eine Stimme, die Stimme einer alten Seele, aber sie kann das nicht glauben, sie kann das nicht aushalten. Sie drückt sich aus der Wanne, macht den Lautsprecher aus, steht tropfend im Bad, sieht sich im Spiegel, das Haar ist nass, nass ist es so schön dunkel, die Tropfen im Gesicht sind keine Tränen, die Wangenknochen, die Lippen, der Hals. Sie war mal schön, sie ist noch schön, sie sollte wieder jemanden finden, der ihr das sagt, der vor ihr steht und ihr das sagt. Weil ich es selbst nicht kann.

Sie schreibt, noch in das Handtuch gewickelt, Lou eine Nachricht. Lou könnte ihr sagen, dass sie schön ist, sie hat es früher manchmal gesagt. Dennoch schreibt sie ihr:

Könntest Du vielleicht etwas später kommen? Wenn Paula wieder zu Hause ist? Ich hoffe, Du verstehst das. Ich verstehe es zwar selbst nicht, aber ... Sagen wir nächste Woche? Ginge das?

Sie weiß nicht, ob es gut oder schlecht ist, Lou fernzuhalten. Sie weiß nicht, was gut oder schlecht für sie ist. In diesem Augenblick fühlt es sich besser an, es zu verschieben, in fünf Minuten vielleicht nicht mehr. Die Nachricht ist gesendet, zwei Häkchen. Sie geht ins Schlafzimmer, zieht sich Jogginghose und Pullover an, setzt sich an den Computer. Versuchen wir es mit was Handfestem. Das Wesentliche. Sie will der Kollegin, die sie vertreten wird, eine Mail schreiben, möchte ihr Material schicken. Die *Challenge* ist, dass sie dazu das Mail-Programm aufmachen muss und dadurch eine neue Nachricht nach der anderen in das Postfach flattert, fünfzig, sechzig, siebzig, achtzig ungelesene Nachrichten. Alle Eulen werfen auf einmal ihre Briefe ab, und jeder Brief bedeutet ein mögliches Versäumnis, ein *To-do*. Sie ignoriert den Posteingang, versucht ein paar Zeilen an Ines zu schreiben, Ines wird an ihrer Stelle den Kindern den Frühling erklären. Die Vögel, die Sonne, der Windhauch. Ein Sonnenaufgang, ein neuer Tag. Sie hängt Arbeitsblätter an, sie schickt die Nachricht weg, wo ist eigentlich der Rotwein. Der Rotwein ist im Bad, er schmeckt ihr nicht, sie kippt ihn ins Badewasser, und es sieht aus, als wäre es Blut. Sie lässt das Wasser ablaufen, sie geht wieder ins Schlafzimmer, löscht das Licht, legt sich aufs Bett. Wie gerne würde sie schlafen können. Einfach einschlafen. Meditation bedeutet für sie, das Einfallstor zu öffnen, alles hineinzulassen. Dann lieber Medikation, sie erinnert sich an diese Melatonin-Tabletten aus Phase 1. Sie steht auf, geht ins Bad, nimmt eine, nimmt zwei. Da fällt ihr noch etwas ein, warum fällt ihr das jetzt ein: die Kiste unterm Bett. Zurück im Schlafzimmer taucht sie ab, zieht die Weinkiste hervor. Darauf steht das Wort:

ICH.

Es ist ein völlig verrücktes Wort, denkt sie. Die Kiste neben ihr auf dem Bett, die sie lange nicht geöffnet hat und wenn, dann nur, um zu prüfen, ob sie sie nun endlich entsorgen kann oder nicht. Die Halskette mit dem Sternzeichen-Anhänger: Skorpion. Der erste Liebesbrief, Armbänder, Eintrittskarten (Natalie Imbruglia, *No Doubt*). *Das Wunderbuch* von Kornej Tschukowski. Mit der Geschichte von Doktor Aibolít, dem guten alten Doktor Aibolít. Der alle Lebewesen wieder heilt. Allen, allen wird er helfen – Käfer,

Würmchen, Hund und Wölfin, Känguru, Schaf und Kuh und der Bärin noch dazu. Sie blättert die Seiten durch. Der Doktor ist im Einsatz auf der ganzen Welt, in der Wüste, im Schnee, auf dem Berg Fernando-Po, denn die Tiere,

Sie seufzen schwer im Fieber:
»Wann kommt er nur herüber,
wann kommt nur unser lieber
und guter Aibolít?«

Das Buch war das Geschenk von einer Tante aus Danzig, Katja hat den polnischen Familienzweig der Mutter nie zu Gesicht bekommen, und irgendwann kamen keine Geschenke mehr von dort. Wie sehr sie dieses Buch geliebt und wie sehr sie es gefürchtet hat. Die Geschichte von dem lebendig gewordenen Waschtisch; die Geschichte von der Sonne, die von einem Krokodil verschluckt wird, bis der Bär sie wieder befreit.

Alice im Wunderland kommt als Nächstes, es ist eine alte Ausgabe, sie hat sie von Alfred geschenkt bekommen. Auf dem Umschlag steht Alice zwischen Frosch und Kaninchen mit geröteten Wangen, der Hand an den Lippen und scheint sich zu schämen. Für was? Sie weiß es nicht mehr. Dann eine DVD, *Das letzte Einhorn*. Es gibt Sätze aus dem Film, die sie nie vergessen wird (könnte so etwas nicht mal auf den Essenstabletts stehen):

Meine Geheimnisse hüten sich selbst,
hüten sich auch die deinen.
König Haggard

Du hast all die Kraft, die du brauchst,
wenn du nur wagst, sie zu finden.
Molly Grue

Aber ich träume doch immer, auch wenn ich wach bin.
Ein Traum, der nie zu Ende geht.
Amalthea/Einhorn

Es gibt nie ein glückliches Ende, denn es endet nichts.
Schmendrick

Sie hatte die Filmmusik von *America* auf Kassette (wo ist die eigentlich hin?), und wenn sie zu Bett ging und sie hörte, dachte sie: Wer diese Musik mag, kann kein schlechter Mensch sein. Dass es welche gibt, die Schumann hören, während sie Menschen in Rauch aufgehen lassen, das wusste sie damals noch nicht. Aus dem Studium sind nur zwei Sachen in der Schachtel gelandet. Der Film *Der Club der toten Dichter* und die zerfledderte Rowohlt-Biografie von Ingeborg Bachmann, überreicht von Juri.

Wie schön es wäre, die Magie der Kiste würde sich entfalten. Für einen Augenblick hat sie tatsächlich das Gefühl, dass es funktionieren könnte, als hätte sie alte Weggefährten um sich geschart. Doch dann liegen ihr die Sachen wie Treibgut in den Händen; eine Kiste, angeschwemmt und angefüllt mit irgendetwas Fernem, Unverständlichem. Sie lässt das Zeug liegen, läuft weiter am Meeressaum entlang, es ist neblig, die Möwen fliegen tief, ein harscher Wind zerrt an ihr. Es wird ein neuer Morgen sein, ein neuer Tag, wie in diesem Lied. *Und ich fühle mich nicht gut.*

Beenden wir das Ganze, denkt sie. Aus der Zeit mit

Simon: nur ein Foto, das sie mit einem gewölbten Bauch zeigt, die Hände glücklich darauf abgelegt. Dann Paula in ihren Armen, noch ganz runzlig, haarlos, das schönste Kind der Welt. Das sie nicht schlafen, das sie mit entzündeten Brustwarzen ziellos durch die Stadt laufen lässt, im Tuch, im Kinderwagen, jetzt schlaf doch bitte, schlaf doch bitte ein. Mit der Trennung hatte sie aufgehört, die Kiste zu befüllen, und war beim Umzug kurz davor gewesen, sie wegzuwerfen, Neuanfang, reiner Tisch, sie durfte noch einmal mit.

Als sie die Sachen wieder einräumt, fällt ihr noch etwas auf. Ein Zettel, er klemmt in der Bachmann-Biografie, eine Ecke steht hervor. Lou würde sagen: »Da will dich etwas finden.« Es ist ein Bild von ihrer Tochter, sie hatte es ihr zum Geburtstag geschenkt, da war sie vier, fünf, sechs. Ein Schmetterling, er wirkt ganz schön abgeflogen, und Paula hatte es sich damals noch gestattet, hemmungslos über den Rand zu malen. Dennoch unverkennbar ein Schmetterling. Blaue Flügel, sie erzeugen im Licht der Nachttischleuchte eine Tiefe, einen Sog. Ein Ozean auf den Flügeln, und sie fragt sich, wie Paula wohl ihre Rückseite gemalt hätte.

Sonntag

Magda, sie war hier. In der Halle des Jägers wirkte sie nicht so groß wie in ihrem Bauwagen, in dem sie fast mit dem Kopf an die Decke gestoßen war. Sie hielt etwas in der Hand, sie ließ es fallen, ein weißes Röhrchen. »Kommt zu mir!«, sagte sie.

Mit ihrem Eintreffen konnte sich Pola wieder rühren, aber sie zögerte. Der wuchtige Leib des Jägers lag ausgestreckt vor ihr. Schweißnasse helle Haare, ein kantiges Gesicht. Dieser Mann hatte all die Schmetterlinge getötet – und früher auch die Menschen? Menschen wie sie, die sich nicht dem Willen des Schattens fügen wollten. Der Jäger lebte jedoch, atmete, zitterte noch immer, kaum merklich. Pola wollte sich nun doch abwenden und zu Magda gehen, da entdeckte sie etwas: Eine feine Nadel steckte im Hals des Mannes, ein Blutstropfen war zu sehen. Magda hatte ihn damit anscheinend betäubt, noch ein Zaubertrick von ihr. Pola trat zu ihr, die Frau legte ihren Arm um sie, nur kurz, Anton kam mit dem Fuchs dazu. Sie waren nahe der Tür, es waren nur wenige Schritte nach draußen.

Der Schatten ließ sie zunächst gewähren, wirkte seltsam unbeteiligt. Dann setzte er wieder ein Lächeln auf, gefolgt von einem Stirnrunzeln und gespieltem Mitleid; er tauschte jetzt seine Gesichter im Sekundentakt. »Nun sind wir hier versammelt. Es geschieht alles an diesem Tag, sogar innerhalb weniger Minuten. Und ist es nicht ein Jammer? Ihr seid die Einzigen, denen ich jemals eine Wahl gelassen habe. Die Einzigen, denen ich eine besondere Rolle zugedacht habe, die ich als meine Familie angesehen hätte.«

»Als wüsstest du, was das ist«, sagte Magda.

»Und wie habt ihr euch entschieden? Eine Dummheit, dumm seid ihr! Die Menschen und ihre fatalen Irrtümer. Euer Geist ist winzig, und was wird also von euch bleiben?«

»Wir werden sehen, wer von uns scheitern wird«, erwiderte die Frau und wollte sich schon wegdrehen.

Der Schatten wuchs, er nahm den Hut ab und ließ ihn achtlos fallen. Das Neonlicht spiegelte sich auf seinem kahlen Schädel.

»Warte, Magda! Du willst schon gehen, du erträgst meine Anwesenheit nicht länger? Waren wir einst nicht unzertrennlich? Du wolltest an meiner Seite glänzen, weißt du das nicht mehr? Du wolltest wachsen, über dich hinauswachsen und über die Grenzen deiner Spezies hinweg. Und als es dich reute, führtest du dich plötzlich als Widerspenstige auf. Wolltest alles rückgängig machen, wolltest fliehen. Dein tapferer Versuch, Anton mitzunehmen, ein Kind *meiner* Welt! Aber es ist nichts draus geworden, Magda, rein gar nichts. Irgendwann gabst du auf, und ich hätte dich beinahe vergessen … bis, bis dieses Mädchen zu dir kam und … und sogar diesmal habe ich dich verschont.«

»Das stimmt nicht«, sagte Pola, sie hatte die Trümmerteile des Bauwagens vor Augen, den schwarzen Schacht. Antons Gesicht, als er das Foto gefunden hatte. »Sie haben ihr doch alles genommen.«

»So, habe ich das?« Das Gesicht des Schattens flackerte, wurde immer undeutlicher.

Magda schloss die Augen; ein Laut kam über ihre Lippen wie ein tiefes Summen. »Wir gehen jetzt.«

»Warum sollte ich das zulassen? Weil du glaubst, dein schwarzes Gebräu würde euch schützen? Wann hast du es das letzte Mal zu dir genommen ohne dein ... Labor? Ist die letzte Ration denn noch wirksam? Und was macht dich so sicher, dass es der Junge und das Mädchen auch getrunken haben? Ein löchriger Plan, das bin ich nicht von dir gewohnt.«

»Wir werden jetzt gehen«, wiederholte Magda und sah Anton fragend an. Dieser wollte etwas sagen, doch der Schatten kam ihm zuvor.

»Bitte, versucht es. Ich hingegen werde den Versuch unternehmen, deine Annahmen zu überprüfen, Magda.«

Sie setzten sich in Bewegung, im selben Moment verlor der Mann endgültig seine menschliche Gestalt, wurde Nebel, wurde Nacht. Seine Ranken breiteten sich aus, schnürten sich um Anton und Magda, um ihre Körper, um ihre Hälse, er würgte sie, er schleuderte ihre Köpfe hin und her, sie rangen nach Luft, ihre Gesichter wurden weiß. Silberfuchs erwachte aus seiner seltsamen Ruhe und begann, gegen die Auswüchse des Schattens anzuspringen, er schnappte danach, aber er bekam sie nicht zu fassen; das Dunkle wich zurück, nur um an einer anderen Stelle wieder zu wachsen und zu wuchern.

»Aufhören«, schrie Pola, »sofort aufhören!«

Die schwarzen Schlingen lösten sich von den Kehlen, hielten Magda und Anton aber weiterhin gefesselt.

»Nun also«, sagte der Schatten, ohne sich wieder zurückzuverwandeln. »Behauptet ihr immer noch, geschützt zu sein?«

»Geh!«, rief Anton Pola zu, als er wieder Luft bekam.

»Das werde ich nicht!«, versetzte Pola mechanisch, auch sie fühlte sich wie betäubt, fühlte sich eingeschnürt. Aber da waren keine Schlingen um ihren Körper, sie war frei.

»Sei nicht dumm!«, sagte Magda. »Wenigstens du, wenigstens eine von uns.«

Anton hob die Schultern, als wollte er sich entschuldigen. Er sah sie mit glänzenden Augen an. »Du *musst* gehen«, sagte er leise.

»Ich kann nicht, ich ...«

»Du möchtest hierbleiben?«, tönte es aus der wogenden Dunkelheit. Der Schatten hatte sich weiter ausgebreitet, flutete die Wände und die Decke, der Boden war noch frei. Der Fuchs griff nicht mehr an, er drückte sich winselnd an Polas Beine. »Du möchtest hierbleiben und warten, bis der Jäger aufwacht?«, hob der Schatten erneut an. »Eine gute Idee! Ich werde dir die Wartezeit etwas verkürzen.«

Augenblicklich fielen Puppen und Bälle auf Pola herab, schützend hob sie die Arme. Der Fuchs löste sich wieder von ihr, biss sich in einer Puppe fest, sprang dann einem Ball hinterher, schnappte nach einem anderen, wollte alles von ihr fernhalten. Wie ein Chor fingen die Puppen an zu lachen und zu plappern, als sie auf dem Boden aufkamen. Manche bewegten sich wie Käfer, die auf dem Rücken gelandet waren. Es war ohrenbetäubend, und Pola spürte gleichzeitig, wie sie von Bildern bedrängt wurde, wie sie in ihren Kopf eindrangen, Hunderte Bilder von der Sommerfrische am Strand und Winternächten vor dem Kamin und Frühlingstagen mit blühenden Obstbäumen. Sie hörte Kinderlachen und knackendes Feuer, der Wind rauschte durch das Geäst und Vögel zwitscherten. Es war ein Sturm von

Erinnerungen, in schrille Farben getaucht; Töne, die sich überlagerten. Alles war zu laut und zu viel. Der Schatten lachte auf und rief: »Ist das nicht schön? *Ist das nicht wunderschön?*«

Da schrie Pola. Sie schrie, wie sie noch nie geschrien hatte, sie schrie gegen diese falschen Bilder an, gegen den ungeheuren Lärm in ihrem Kopf. Sie schrie gegen die Tage in dieser Stadt an, gegen diesen ewigen Herbst. Sie schrie gegen die Erschöpfung an und gegen die Verzweiflung, die sich ihrer bemächtigen wollte. Sie schrie gegen den Schatten an, der keinen Namen hatte oder viele. Sie schrie gegen die Angst an, alles zu verlieren: ihre Eltern, ihre Großmutter, ihre Freundinnen. Ihre Wünsche und ihre Hoffnungen. Sie schrie für Anton und für Magda, sie schrie an ihrer Stelle, sie schrie für alle Menschen in dieser Stadt. Und als sie genug geschrien hatte, war es still in der Halle des Jägers. Die Puppen hatten aufgehört zu plappern, die Bilder in ihrem Kopf waren verschwunden. Und auch der Nebel aus Dunkelheit hatte sich zurückgezogen, der Schatten stand ihr in Menschengestalt gegenüber, mit verschränkten Armen und starrte sie an. Magda und Anton waren neben ihm, von den Fesseln befreit.

»Sehr eindrucksvoll«, sagte der Schatten, bevor er gönnerhaft nickte. »Wirklich sehr eindrucksvoll. Aber es ändert nichts, es tut mir leid. Es ändert nicht das Geringste.«

Der Jäger öffnete die Augen, atmete laut aus. Er war noch benommen, bald würde er zu sich kommen. Sie hatten nicht mehr viel Zeit. Und der Schatten? Er lächelte ein letztes Mal und sagte: »Warte, ich werde dir behilflich sein.« Als das letzte Wort verklungen war, war er verschwunden – er tauchte im nächsten Moment als dunkle Wolke hinter

Magda und Anton auf. Als sie es bemerkte, nickte Magda und sagte zu ihrem Sohn: »Wir sind zusammen.« Sie versuchte noch, die Hand nach Anton auszustrecken, doch der Schatten hatte sie verschlungen, bevor sie sich berühren konnten. Pola wollte schreien, sie hatte keinen Schrei mehr übrig. In ihren Ohren rauschte es, die Kälte des Schattens drang ihr unter die Haut. Sie stürzte auf die Wolke zu, griff nach ihr, doch das Dunkle war plötzlich verschwunden und mit ihm Magda und Anton. Sie hatte nichts in der Hand.

Der Raum war wieder hell und weiß. Das Licht blendete sie. Das Rauschen in ihren Ohren nahm ab, und sie hörte den Jäger aufstöhnen. Er bewegte sich, er versuchte sich aufzurappeln. Da hörte Pola eine Stimme, sie wusste, zu wem sie gehörte, und diese Stimme sagte: »Lauf! Es ist noch nicht vorbei.«

Also lief sie, sie lief mit Silberfuchs zurück zur Vorderseite der Halle. Niemand war zu sehen. Sie passierten das Tor, es stand offen. Der Fuchs übernahm die Führung, laufen, einfach laufen, sie war außerstande, etwas anderes zu tun. Denn wenn sie anhielt, würde sie denken, würde sie wieder etwas fühlen müssen, beides würde wehtun. Es ging hinauf, es ging hinab, als würden sie über Wellen laufen. Von einer Anhöhe aus blickten sie auf die Stadt. Sie lag im Dämmerlicht, Hochhaus neben Hochhaus, vereinzelte Lichter, ein Labyrinth aus Asphalt – so grau und verschlossen wie zuvor. Der Fuchs wich zurück und knurrte, Pola erschreckte dieser Anblick nicht mehr.

Sie eilten weiter, sie folgten dem schwarzen Wasser des Flusses. Die Zeit schien rückwärtszulaufen, aus dem Herbst wurde ein Spätsommer, sie befanden sich in einem Wald, Licht blinzelte durch die Bäume, es war honigfarben. Das

Rauschen der Blätter, das Knacken und Knistern, das Schlagen von Flügeln. Es war fast wie eines von Magdas Traumbildern, doch ohne das Künstliche, zu Grelle der Tage im Jahreszeitenhaus. Pola zog, ohne zu überlegen, die Stiefel aus, ihre nackten Füße berührten Moos, Steine, Sand, Baumrinde und Farnblätter. Das Flusswasser war nicht mehr dunkel, war von einer schonungslosen Klarheit. Als sie die Finger eintauchte, liefen sie rot an, so kalt war es. Das, was sie in der Stadt, was sie in der Halle des Jägers erlebt hatte, verblasste immer mehr, je länger sie das Wasser berührte. War es wirklich passiert? Sie richtete sich wieder auf und hatte die Schönheit des Waldes vor Augen. Sie hatte all das vor Augen, was sie so gemocht hatte an jenen Tagen im Park, und dafür benötigte sie kein Gebäck und keinen Monitor und keine Puppen. Weiter, sie würde weitergehen, und mit jedem Schritt fiel etwas von ihr ab und eine eigentümliche Kraft erfüllte sie. Als sie sich stark genug wähnte, rannte sie los, rannte mit Silberfuchs um die Wette – und sie war sich sicher, dass sie schneller sein würde, so schnell, dass es sich wie Fliegen anfühlen musste. Um sie herum nur noch Schemen und Farben, verschmolzen, eins.

Als sie anhielten, war das Licht verschwunden, es begann zu regnen. Sie spürte die warmen Tropfen im Gesicht, auf den ausgestreckten Armen. Ihre Wunden waren verheilt. Die Erde verströmte einen schweren, modrigen Geruch, unter den Tannen und Fichten hingegen roch es nach einem Weihnachtstag. Pola wollte nicht stehen bleiben, sie lief immer weiter in den Regen hinein. Sie ging jetzt voran, sie wusste, dass Silberfuchs ihr folgte, auch wenn sie kaum noch etwas sah. Mit einem Mal verschwand jedoch der Regenschleier wie ein zurückgezogener Vorhang, und sie wusste nun, wo sie waren, sie erkannte alles wieder. Sie waren zurück im Park, sie waren vor der Brücke. Pola war fast zu Hause.

»Wir haben es geschafft!«, sagte sie zu Silberfuchs. »Wir haben es tatsächlich geschafft!« Es blieben ihr nur noch wenige Schritte über die Brücke hinweg, danach kam der Schotterweg – sie würde vor der blauen Tür stehen, sie würde ihre Eltern wiedersehen. »Los«, sagte sie, »komm! Wir sind gleich da!« Sie lief auf die Brücke zu, die Brücke kam nicht näher; es war, als würde sie auf der Stelle treten. Sie versuchte es noch einmal, versuchte, sich noch mehr anzustrengen, es half nichts. Hinter ihr atmete etwas Gewaltiges aus, ein kehliges Aushauchen, es wurde immer lauter. Das Dunkle kam von allen Seiten, näherte sich ihr langsam, aber unaufhaltsam. Es war wie beim ersten Mal, oder es war das erste Mal, alles verlor seine Ordnung, der Anfang war das Ende war der Anfang.

»Keine Angst«, sagte seine Stimme, ohne dass der Schatten sich in einen menschlichen Körper verwandelte. »Du hast genug getan. Du hast *alles* versucht. Manchmal ist sogar das nicht genug.«

Sie geriet ins Stocken, sie verlor augenblicklich ihre neu gewonnene Kraft. Starre. Stillstand. Silberfuchs jaulte auf und sprang drohend in die eine, dann in die andere Richtung. Wollte sie verteidigen, wollte sie beschützen. Wollte allein in den Schatten stürmen, der vor ihm zurückwich, nur um sich gleich darauf wieder nach ihnen auszustrecken, noch größer, noch mächtiger. Ein eisiger Wind kam auf, und mit dem Wuchern des Schattens veränderte sich die Umgebung: Die Bäume verfärbten sich und verloren ihre Blätter, die Dunkelheit schlug eine Schneise, ließ die Stämme wegknicken wie dürre Äste – und am Horizont, erschreckend nah, konnte sie Häuser ausmachen, die Silhouette einer gewaltigen grauen Stadt.

Der Fuchs duckte sich, knurrte, dann folgte ein spitzer Schrei in ihre Richtung. Wollte er, dass sie mit ihm floh? Aber was sollte das nutzen? Der Schatten konnte ihnen den Weg versperren, schlimmer noch: Er konnte ihre Wege anscheinend so verändern, dass sie immer wieder in die Stadt zurückführten.

»Warte!«, rief sie zu Silberfuchs, sie rief es, so laut sie konnte. Sie rief es, weil sie sich plötzlich sicher war. Weil sie wusste, dass es keine andere Möglichkeit gab. Um nach Hause zu kommen, mussten sie in den Schatten gehen. Sie mussten durch ihn hindurchgehen und ihn damit überwinden. Wenn sie versuchten, vor ihm wegzulaufen, würden sie nur wieder gefangen sein im Zwielicht der kalten grauen Häuser, und alles würde sich wiederholen. Silberfuchs blieb stehen. »Ich werde nicht mehr weglaufen«, sagte sie zu ihm. Der Fuchs kam zu ihr, senkte den Kopf auf die Vorderpfoten. Sie beugte sich zu ihm hinab, fuhr ihm durchs Fell, berührte sanft die kahle Stelle. Er schmiegte sich an sie. »Komm mit«, sagte sie, dann richtete sie sich auf und ging auf das Namenlose und Vielnamige zu. Silberfuchs folgte ihr, war an ihrer Seite. Kälte umfing sie, sie hatte den herben Geruch der Dunkelheit in der Nase. Sie gingen langsam, wie in Zeitlupe, Polas Schritte waren dennoch leicht. »Es musste so kommen«, hörte sie den Schatten sagen. Dann spürte sie, wie sie der Wirbel erfasste, wie er sie davontrug, nach oben, nach unten, alles war ununterscheidbar geworden, alles war eins – bis sie beide sanft wieder auf die Füße und Pfoten kamen. Niemand war in der Dunkelheit zu sehen, und doch waren sie nicht allein, das spürte sie. Sie lief mit dem Tier an ihrer Seite weiter, immer weiter. Silberfuchs und Pola. Es dauerte eine lange Zeit, vielleicht ging die Zeit aber auch rückwärts. Irgendwann hörte sie jemanden sagen: »Ich habe dir doch versprochen, dass es noch nicht vorbei ist!« Sie kannte diese etwas raue Stimme. Sie gehörte zu jemandem, der eine Zeit lang geschwiegen hatte. Zwei Silhouetten lösten sich aus der Dunkelheit. Magda und Anton. Sie konnte nur ihre Umrisse erkennen, sie konnte nicht sicher sagen, ob sie aus Fleisch und Blut waren oder aus Nebel. Weitere Schemen traten hervor. Schmetterlinge waren es, sie flogen heran, der erste Farbton, den sie hier sah, ein tiefes bläuliches Schimmern. Waren sie es selbst oder waren es nur Abbilder von ihnen? Das Herz schlug ihr aus der Brust. Es kamen noch mehr Tiere dazu, drei Kater konnte sie erkennen, Vögel und Hunde, die Silhouetten weiterer Menschen. Durch das Schimmern der Tiere wurde es immer heller um sie herum. Ein Mosaik aus Farben verdrängte nach und nach die Dunkelheit. Pola tastete nach Silberfuchs, er war nicht mehr bei ihr, er war vielleicht ein Teil dieses Leuchtens geworden, der weiße Streifen auf seinem Rücken, weiß wie frisch gefallener Schnee.

»Genau!«, rief Pola. »Es wird Zeit, dass wir hier Licht machen.«

Nach einer Weile hörte sie aus einer unbestimmten Ferne ein Rufen, sie fühlte sich davon angezogen. Erst war es noch leise, eher ein Flüstern, dann wurde es immer deutlicher. Sie hörte ihren Namen, oder irrte sie sich? Nein, kein Zweifel.

»Pola! Pola! Wo bist du?«

Sie versuchte, dorthin zu gelangen, zu den vertrauten Stimmen, zu den Stimmen jener Menschen, die ihr das meiste bedeuteten. So viel gäbe es zu sagen, so viel zu erzählen. Sie hätte sich gerne entschuldigt, dass sie ihnen solchen Kummer bereitet hatte. Dass sie ihnen solche Angst gemacht hatte. Am liebsten aber wäre sie einfach nur in ihren Armen gelegen und hätte sich halten lassen. Sie wollte ihnen antworten, ihnen etwas zurufen, doch ihre Worte waren noch tonlos. Ihre Schritte aber führten nicht mehr ins Leere, nein, sie schritt voran. Sie wusste, sie kam ihnen näher. Sie wusste, der Weg zu ihnen war nicht mehr weit.

Sie ist draußen auf dem Klinikgelände, sie läuft ohne Ziel, sie atmet ein und aus. Es dürfte bald regnen, die schmutzigen Wolken ziehen schnell. Es ist kühl. Die Jacke hat sie bei Paula gelassen, eigentlich wollte sie nur einen Kaffee holen. Die Cafeteria hat allerdings geschlossen (an einem Sonntag?), und der Automatenkaffee gab ihr den Rest. Jetzt ist sie draußen, und man muss es wohl allmählich einen Spaziergang nennen. Es ist gut, allein zu sein, denkt sie. Es wäre besser, es nicht zu sein. Sie hat mal gelesen, dass sich manche in solchen *Ausnahmesituationen* verlieben, denn ein zerbröckelndes Herz ist auch ein offenes Herz. Wer kann so etwas behaupten?

Sie kommt am Labyrinth oder Irrgarten vorbei und ist drauf und dran, ihn zu betreten. Und wer kommt bitte auf die Idee, so etwas neben einem Krankenhaus anzulegen. Es ist naheliegend und absurd zugleich. Eine billige Metapher für alle Ausweglosen da drinnen und hier draußen. Ein müdes Gleichnis für alle, die noch hoffnungsvoll sind, einen Weg zu finden. Vielleicht ist es eine unmögliche Figur à la M. C. Escher und demonstriert das Vergebliche allen Strebens, allen Lebens. Elf ist eine gerade Zahl. Oder das Labyrinth ist ein Portschlüssel und bringt mich ans Meer. Oder zu Lord Voldemort.

Nach drei Minuten ist sie wieder zurück am Anfang, es ist einfach gar nichts. Also läuft sie weiter, bis zum Waldrand, vereinzelte Tropfen fallen, eine Windböe hält dagegen, der Widerstand tut gut. Bist du enttäuscht, wie Paula auf das Ende der Geschichte reagiert hat? Ja. Nein. Was hast du erwartet? Die große Reinigung, ein tiefgründiges Gespräch? Die Heilung, den Urknall? Damit sie Alfred und Simon endlich sagen kann, wie wichtig und gut das alles war, was sie in den letzten Tagen für ihre Tochter getan hat, und dass sie ihr doch bitte ihre fünfhundert Versäumnisse nachsehen mögen. Geschichten sind mächtige Wesen, wisst ihr? Stattdessen trägt sie mindestens eine Frage und ein unklares Gefühl mehr mit sich herum, mindestens.

Paula hatte ihr zugehört wie die Tage zuvor: ohne sie zu unterbrechen, mit zusammengekniffenen Augen, der zerbeulte Fuchs unter den Händen. Keine Fragen, keine Reaktion. Diesmal aber, als Katja geendet hatte, sammelten sich Tränen in ihren Augen. Paula wischte sie beiseite und ärgerte sich erkennbar darüber. »Ich möchte nicht darüber sprechen«, sagte sie nach einem Luftholen.

»Über die Geschichte? Okay. Schade.«

Schweigen. Und dann: »Krass, dass das von dir ist. Also, von meiner Mutter.« Das *Meiner-Mutter* setzte sie mit den Fingern in Anführungszeichen.

»Was ist daran so krass?«

»Dass das alles in deinem Kopf ist.«

»Bin ich denn *als deine Mutter* so langweilig, dass du mir so was nicht zutraust?«

»Nein, nur meistens so anders.«

»Ich bin eben nicht nur deine Mutter.«

Das sollte nicht wie ein Vorwurf klingen, Paula dachte darüber nach. Saß aufrecht im Bett. Am Morgen hatte die

Ärztin sie vom letzten Drainageschlauch befreit, kaum zu beschreibende Erleichterung, große Freiheit, sie kann sich wieder rühren, ohne dafür bestraft zu werden. Sie wird die ersten Gehversuche machen, morgen auf die Station verlegt werden, zurück in das Zimmer mit den gelben Wänden und den Sprüchen auf dem Essenstablett. Wie sehr man sich über so etwas freuen kann. Paula blickte schräg an ihr vorbei, als sie sagte: »Tut mir leid, dass du gerade meine Mutter sein musst.«

»Ich bin gerne deine Mutter.«

»Ja, du bist schon ganz okay.«

»Du bist als Tochter schon auch ganz okay.«

Sie setzte sich zu ihr aufs Bett, sie schauten sich an, erst fragend, als würden sie sich nicht kennen, dann bitterernst, und dann lachten sie los. Das alte Spiel *Wer grinst zuerst?!* und das erste Lachen, seit sie wieder in der Klinik sind. Sie lachten, bis Paulas Operationswunde anfing zu schmerzen und sie sich zwingen mussten, aufzuhören.

»Aber wir reden nicht mehr über die Geschichte«, sagte ihre Tochter.

»War sie denn so schlimm?«

»Du verstehst das nicht. Erwachsene verstehen das einfach nicht, weil sie nichts einfach so sein lassen können, wie es ist.«

»Verstehe ich wirklich nicht.«

»Alles muss bis ins Kleinste auseinandergenommen werden. Alles wird *erörtert*. Deshalb müssen wir so viel vor euch verheimlichen. Die wichtigen Dinge müssen für uns bleiben. Sie müssen ganz bleiben, sonst ist es nicht mehr dasselbe.«

»Also mochtest du meine Geschichte doch?«

»Mama, kapierst du es denn nicht?«

Sie setzt sich auf die Bank, auf der sie vor ein paar Tagen mit Ellen saß. Nur einzelne Tropfen schaffen es durch die Baumkronen über ihr, sie bleibt weitgehend trocken, dabei wäre es nicht verkehrt, so richtig durchgeregnet zu werden. Eine ältere Frau mit einem gelben Regenschirm spaziert an ihr vorbei und sieht sie sorgenvoll an. Bitte nicht zu mir setzen, die Bank ist belegt. Die Frau geht in Zeitlupentempo weiter, murmelt etwas vor sich hin.

Eine weitere kräftige Böe lässt die Äste vibrieren, ein morscher Ast fällt vor ihr zu Boden. Die Rückstände des Winters werden beseitigt, die Natur kann sich selbst reinigen. Die Frau ist schon zurück, diesmal richten sich ihre Blicke sorgenvoll auf den Regenschirm über ihr, ob er das aushält, bei diesem Wind.

»Wer hätte das gedacht«, sagt sie, nicht eindeutig an sie gerichtet. Katja schafft ein bestätigendes Nicken.

Paula nahm dann das Handy zur Hand. *Ich muss nur ganz kurz eine Nachricht schreiben.* Ganz kurz. Auf diese Art bricht sie gerne Gespräche ab, sie ist fast schon wieder die Alte. Nein, das ist sie nicht. Sie hat noch immer etwas von der alten Paula. Nein, das ist auch falsch. Sie *ist* Paula, und manches an ihr wird sich hoffentlich niemals verändern. Außerdem ist sie ein Teenager, sie ist die beste Freundin von Marlon, sie ist nicht nur deine Tochter. Sie ist nicht nur das Mädchen mit dem Krebs. Und wer bin ich, wenn ich nicht nur ihre Mutter bin? Ich bin ...

»Ich gehe mir mal einen Kaffee holen«, sagte sie zu ihr und ging. Die Cafeteria hatte geschlossen, also suchte sie den Automaten auf. Als sie an der Tunke in ihrem Becher roch, daran nippte, wurde ihr schlecht und sie musste nach draußen. Wo sie noch immer ist. Der Regen ist stärker geworden, sofort sind drei, vier Tropfen auf dem Display zu sehen. Herr Karl, der Psychologe, den sie heute Morgen kontaktiert hat, viel zu spät oder noch zu früh, schreibt:

Hallo Frau Altenberg! Ich schiebe Sie rein. Termin am besten gleich morgen. 12 Uhr mittags?

Sie antwortet:

Sehr gerne. Vielen Dank!

Eine Nachricht von Lou, gewohnt pathetisch:

Ich komme zu dir, wann immer du willst. In Gedanken bin ich jetzt schon da.

Sie antwortet:

Sonntag

und lässt das Telefon sinken, vielleicht sollte sie das morgen erst einmal mit Herrn Karl besprechen. Sie steht auf und geht zurück zur Klinik. Bevor Paula sich Sorgen macht. Der Rückweg ist immer länger als der Hinweg, und wer von uns beiden ist ein größerer Anlass, sich Sorgen zu machen? Das muss wieder anders laufen, denkt sie. Sie hat weichen Boden unter den Füßen und dann Asphalt. Der kühle Wind im Gesicht, und warum kann nicht die Sonne durch die Wolken brechen, genau in diesem Moment. Himmel hilf, und alles wird gut. Aber nein, das passiert nicht, sie folgt dem gelben Regenschirm einer fremden Frau, sie hat ein Labyrinth vor Augen und eine Stadt in der Stadt. Es hat sich eingeregnet.

Donnerstag

Ellen manövriert sie mit dem Fiat durch das Chaos. Brückensperrung, Umleitung, Stau. Alfred neben ihr auf dem Beifahrersitz, sie haben sich lokalpolitisch eingeschossen: Desaster, Fehlplanung, wie soll das gehen, eine Zumutung. Katja sitzt neben ihrer Tochter auf der Rückbank, ihr Blick fällt auf schief geschnittene Buchsbaumhecken, ein Moped schlängelt sich durch die Autoreihen, Männer in orangefarbenen Westen gestikulieren, ein rückwärts rangierendes Baustellenfahrzeug piept, bis das anschwellende Kreischen einer Sirene es übertönt. Das Sonnenlicht so zaghaft, dass man es für einen Irrtum halten könnte. Wer hat das mal zu ihr gesagt: Das Beste an dieser Stadt ist der Zug in Richtung Meer.

Ein Seitenblick auf Paula: Sie sieht aus dem Fenster und schweigt. Hält den Gurt ein Stück von sich weg, weil er auf die Wunde drückt. Sie ist dünn, sie ist so wenig, ein Blatt, ein Strich, aber sie ist hier, hier neben mir, wir sind dem Koloss in unserem Rücken entkommen (schon wieder, noch einmal?).

Ellen fährt an, muss bremsen, fährt an, muss bremsen. Sie hat sich extra freigenommen für diese Fahrt, sie ist alles andere als nachtragend. »Unsere aktuelle Geschwindigkeit beträgt: drei Meter pro Stunde«, sagt sie. »Das wird noch eine ganze Weile dauern.«

Alfred dreht sich zu ihnen um, streckt Paula die Hand

hin, sie drückt sie kurz und lächelt, dann ist Katja an der Reihe, auch wenn er sich dafür verbiegen muss. Sie halten sich bei den Händen, und Alfred sagt: »Trotzdem ein guter Tag.«

*

Marlon wartet vor dem Haus. Schwarzer Kapuzenpulli, Leinenbeutel mit der Aufschrift *Who wants some TNT?* Das Haar ist strähnig, fettig, er wirkt nicht so, als wäre er in der Schule gewesen, als hätte er geschlafen. Müde Knopfaugen.

»Ihr seid verabredet?«

»Jep.«

»Gut zu wissen«, sagt Katja und muss lächeln.

Das Erste, das Paula in der Wohnung anstellt: Sie nimmt das Erdnussbutterglas aus dem Regal, öffnet es, riecht daran, dann schmiert sie sich zwei Toasts und klebt sie zusammen. »Wie sehr ich das vermisst hab!«

Katja kocht für sich, Alfred und Marlon Kaffee. Dann sitzen sie im Wohnzimmer, Paula legt sich aufs Sofa und behauptet, sie würde es nie wieder verlassen. Lous neues Gemälde lehnt daneben an der Wand, es kam vorgestern an, Expresspaket. Niemand geht darauf ein.

Marlon wühlt umständlich im Beutel herum und zieht sein Handy hervor. »Hast du es ihnen schon gesagt?«, fragt er in Paulas Richtung.

Ihr Gesicht verfinstert sich. »Nein, noch nicht.«

Was kommt jetzt? Katjas entzündetes Gehirn entwickelt sogleich ein Dutzend Möglichkeiten. Sie möchten verreisen, sie möchten in eine WG ziehen, sie möchten heiraten, sie möchten die Schule schmeißen, sie möchten sich nur noch vegan ernähren, sie möchten eine Band gründen ... Oder aber: Paula möchte keine weitere Chemo mehr. Ist es das?

»Später«, knurrt Paula und dreht den Kopf weg.

Dann herrscht Schweigen im Wohnzimmer, klappernde Tassen, niemand traut sich, etwas zu sagen. Ist sie eingeschlafen?

Katjas Gedanken entfernen sich und ihr Körper mit ihnen, so kommt es ihr vor. Sie muss sich zwingen, hier am Tisch zu bleiben, präsent zu sein, konzentriere dich auf etwas, ihr Blick wandert von Augenpaar zu Augenpaar, Marlon, Alfred, dann dreht sie sich zum Sofa um. Das Sofa ist leer. Ist Paula gar nicht hier, habe ich mir das nur eingebildet? Da wird ihr klar: *So* werden wir beisammensitzen, in dieser Konstellation, wenn Paula irgendwann nicht mehr zurückkommen wird. Gar nicht mehr zurückkommen wird. Fehlen wird. Wir werden hier sitzen, Kaffee trinken und schweigen. Unklar, was uns dann noch zusammenhalten wird, was uns davon abhalten wird, in unsere Einzelteile zu zerfallen.

Sie hört Geräusche, sie kommen aus der Küche. Eine Schublade wird aufgezogen, und dann kommt Paula zurück und setzt sich wieder aufs Sofa, kauend.

»Was?«, sagt ihre Tochter.

Katja setzt sich zu ihr, würde sie gerne berühren, traut es sich nicht.

»Marlon, zeig ihr bitte mal die Bilder.«

Marlon zuckt zusammen, und auch Paula strafft sich, Spannung in ihrem Körper, was kommt jetzt? Marlon steht auf, setzt sich zu ihnen, wischt auf dem Handy herum und hält es Katja hin. Es sind Bilder aus dem Krankenhaus. Intensivstation, das gelbe Krankenzimmer. Paula zwingt sich auf den Bildern zu einem Lächeln, wo eigentlich kein Lächeln ist. Es folgt ein wackliges Video ohne Ton.

»Ich möchte meine Krankheit dokumentieren, also vor allem die anstehende Chemo. Marlon würde mir dabei helfen.«

»Dokumentieren? Für wen denn? Nur für dich, für uns, oder ...«

»Das ist eine tolle Idee«, fährt Alfred dazwischen und ist anscheinend kurz davor, sich die Hände zu reiben und zu fragen: »Wie kann ich in die Sache einsteigen?« Clever sind die beiden, denkt Katja, ihr in seiner Anwesenheit davon zu erzählen.

»Ich möchte die Bilder und Videos posten.«

»Was? Paula, du bist vierzehn.« Sie hasst es, wenn sie solche Sätze sagt, deshalb versucht sie, noch etwas Stichhaltigeres nachzuschieben. »Und wer reagiert dann auf so was? Hast du mal überlegt, welche Kommentare du bekommen wirst? Was bringt dir denn das falsche Mitleid der Leute? Wenn es überhaupt dabei bleibt.«

»Ich möchte halt nicht nur rumsitzen und warten. Vielleicht bringt es ja was, wenn ich den Leuten die Rückseite des Schmetterlings zeige. Und wenn es auch nur mir hilft. Vielleicht kannst du es dir erst mal anschauen, bevor du Nein sagst.«

Marlon nickt nachdrücklich, sagt aber nichts weiter.

Katja schaut erneut von Augenpaar zu Augenpaar zu Augenpaar. Von Mund zu Mund zu Mund. Spürt den Impuls, alles abzuschmettern. Schon wieder was Neues, schon wieder etwas, das sie prüfen muss, schon wieder hat jemand eine Idee. Diesmal aber hat Paula die Idee, das ist der Unterschied. Sie sagt das, was Eltern gerne sagen, um Zeit zu gewinnen: »Na schön, ich werde mir das mal in Ruhe anschauen.«

»Bald?«

»Bald.«

»Alles klar, muss nicht sofort entschieden werden. Aber du wirst Ja sagen, oder?«

»Netter Versuch.«

»Okay, danke, Kat.«

»Okay.«

»Okay«, fasst Marlon zusammen.

Es entsteht die Stille nach einem Gespräch, das sein Ziel knapp verfehlt hat. Eigentlich hält Katja das ganz gut aus, heute aber nicht. Sie gibt sich einen Ruck, klatscht mit den Händen auf die Oberschenkel und steht auf. Aktionismus, Gewinnerlächeln. Sie geht festen Schrittes in Richtung Küche, gefolgt von einer theatralischen Wendung im Türrahmen und sagt: »Wer hat Lust auf Waffeln?«

*

Später steht Katja vor dem gekippten Küchenfenster und sieht zu, wie ein Pudel und ein Mischling zur Abendrunde ausgeführt werden. Der Schichtarbeiter aus dem ersten Stock geht zur Arbeit, Frau Pavlovic wäscht sich im Fenster gegenüber. Dann werden die Lichter nach und nach gelöscht, es wird stiller, sie hört nur das leise Rauschen der Bäume im nahen Park. Die Nachtigall, denkt sie, singt heute nicht für mich. Sie hält das Glas in der Hand, trinkt noch einen Schluck vom Rotwein. Alfred hat ihn ihr geschenkt, der Gute von neulich, überreicht an einem guten Tag.

Herr Karl hat gesagt, sie solle es mit Gedankenreisen

versuchen, wenn sie nicht schlafen kann. Sie solle an Situationen denken, in denen sie sich geborgen fühlte, umsorgt. Das hatte sie gestern versucht und sich daran erinnert, wie sie einmal zu Besuch bei einer Freundin gewesen war, Yasmin, die nach der Grundschule weggezogen war. Sie blieb ein paar Tage und blickte in ein anderes Leben, sie war sogar für eine kurze Zeit ein Teil davon. Wie freundlich alle waren, niemand schimpfte, meckerte an ihr herum, beklagte sich über ihre Eigenheiten. Und irgendwie flog ihr alles zu in dieser Zeit; auf einem Rummelplatz gewann sie an der Losbude den Hauptpreis, ein gewaltiges Stofftier; im Kino wurde sie von einem Jungen angehimmelt, und auch Yasmins Bruder schien sie mehr als nur ganz nett zu finden. Sie hatte damals zum ersten Mal gedacht: Wie aufregend es wäre, das alte Leben hinter sich zu lassen und neu anzufangen. Ein Neustart, ohne das Verstockte und Festgefahrene des Alten. Ja, bei Yasmin hatte sie sich umsorgt und geborgen gefühlt, nur dass sie ausgerechnet an diese Episode zurückdachte, hatte sie gestern alles andere als gut einschlafen lassen. Fällt dir denn nichts anderes ein, nichts Eigenes? Nichts Echtes? Gibt es nur ein vorgespieltes Leben?

»Kannst du nicht schlafen«, sagt Paula und stellt sich zu ihr ans Fenster. Sie trägt den karierten Männerschlafanzug, den sie so liebt. Sie duftet nach diesem Fruchtsaft-Shampoo, ein Hauch von Kunstapfel. »Du musst dich mal ausruhen, Kat, wie oft muss ich dir das denn sagen. Musst hier nicht Wache stehen.« Sie gähnt.

»Ich mache das gern. Und ja, ich kann nicht schlafen.«

»Du weißt doch, dass du mich nicht bewachen musst. Ich komme schon klar. Die Schmerzen sind gerade echt okay.«

»Ich weiß, und du bist unglaublich tapfer. Aber wenn etwas ist, dann möchte ich da sein.«

»Bist du ja.«

Schweigen. Dann sagt Katja etwas, und sie weiß im Moment des Sagens schon, dass es nicht gut ist:

»Wenn ich dir etwas davon abnehmen könnte, ich würde es sofort tun.«

»Geht aber nicht, und auch das weißt du. Nur in deiner Geschichte.«

Sie versucht, darüber nachzudenken, sie schafft es nicht. »Nein, es geht nicht«, sagt sie und hat das Gefühl, dass dieser Satz auf ihr gesamtes Leben passt.

Paula lehnt sich an sie. Katja stellt das Glas auf der Fensterbank ab. Arm in Arm stehen sie und schauen nach draußen. Es ist wirklich ungewöhnlich still, friedlich. Da bewegt sich etwas am Park. Ein Tier, etwa so groß wie ein Hund. Es meidet das grelle Licht der Laternen, bleibt im Schatten. Nur einmal sticht es kurz hervor, sein Fell ist grau-orange.

»Gibt's ja nicht«, flüstert Paula.

Endlich, denkt Katja. Endlich bist du da.

Tausendundein Dank

Höchstwahrscheinlich sagen Künstlerinnen und Künstler das bei jedem neuen Buch, bei jedem neuen Album, Bild, Film oder Theaterstück: »Die Arbeit daran war diesmal besonders intensiv.« Ich möchte das über dieses Buch, selbst wenn es also abgedroschen klingt, trotzdem sagen, weil ich es wirklich empfinde. Das liegt wahrscheinlich zu einem guten Teil am Thema meines Romans. Eigene schmerzhafte Erfahrungen und Erinnerungen wurden meine stetigen Begleiter beim Schreiben, aber darum ging es mir (auch), ihnen zu begegnen und sie nicht zu verdrängen – auf dass sie sich hoffentlich in eine Geschichte verwandeln, wobei, eigentlich sind es ja zwei geworden.

Ohne Hilfe, ohne die vielen wertvollen und vertrauensvollen Gespräche hätte ich das niemals geschafft. Klingt das ebenfalls nach einer Floskel? Es ist aber so. Irgendwann hatte ich das Gefühl, dass ich das kann, darf und soll, dieses Buch zu schreiben, und bin sehr dankbar, dass es nun *da draußen* ist, zum Beispiel bei Ihnen, ja, Sie sind gemeint, Sie halten es gerade in Ihren Händen (oder haben es auf dem Bildschirm).

Benjamin Brückner bin ich durchgehend dankbar, weil er mir hilft, ein besserer Autor zu werden. Bei diesem Roman war er mein Rat- und Impulsgeber von Anfang an. Danke, dass Du das mit mir durchgezogen hast!

Marion Wichmann danke ich für ihr Vertrauen und ihre Wertschätzung. So ist die Eule mein Schutztier geblieben, zumindest, was das Schreiben angeht (ansonsten vielleicht eher der Rabe oder doch der Schmetterling?).

Iris Wentz danke ich dafür, dass sie mir, obwohl wir uns nicht kannten, so offen, so ganz ohne Maske begegnete, für ein berührendes und für mich sehr wichtiges Gespräch.

Judith Wiedemann danke ich für den Kontakt zu Iris Wentz, darüber hinaus für ihre Ideen, Texte, Kenntnisse und ihre äußerst motivierenden Nachrichten.

Ulrike Winkler von Mohrenfels, Marion Müller, Markus Metzler und Michael Anthony von der Kinderonkologie des Universitätsklinikums Erlangen danke ich dafür, dass sie sich die Zeit genommen haben, mir die Station zu zeigen, mich anzuhören und auf meine Fragen zu antworten, sogar Textstellen zu lesen, obwohl Zeit so knapp ist in ihren Berufen. Dass sie mein Anliegen ernst genommen haben, hat mir viel bedeutet und Sicherheit gegeben.

Jelena Dzalilova danke ich dafür, dass sie mir die Türen zur Klinik geöffnet, mich durch das Labyrinth geführt hat und mir so wertschätzend begegnet ist.

Dimitri Giatrias von der Krebsgesellschaft Rheinland-Pfalz e.V. danke ich für ein sehr aufschlussreiches Gespräch, für seine Geduld mit mir und seine weiterführenden Ideen.

Marco Thomas danke ich für die Vermittlung.

Michael Korenkov vom Klinikum Werra-Meißner und Michael Korenkov von der Berliner Charité danke ich, dass sie meine medizinischen Fragen beantwortet und sogar den gesamten Roman überprüft haben.

Alex Kaiser und sein Team von erlesen.TV danke ich für die filmische Unterstützung und einen schönen Drehtag in Hamburg. Danke an Maik & Maik, Hendrik und Raphael.

Samira Rosenbaum danke ich für unsere Gespräche, für ihre Ideen und »Links«.

Eric Howden aka *raised by swans* danke ich für seine Musik, die mich lange schon trägt, für seine Freundschaft und den Glauben daran, dass ich das hier wirklich kann.

Daniel Wichmann möchte ich dafür danken, dass er mich nun schon einige Jahre begleitet und sich von Rückschlägen nicht aus der Ruhe bringen lässt.

Steffi danke ich für ihre Unterstützung über all die Phasen des Zweifelns und Perioden der Dürre hinweg. Für unseren schönen Hopfengarten. Für ihre Liebe.

Milo. Hoffen wir, dass es mit der Liste und deinem Wunsch klappen wird.